经典照亮前程

七叶树文化出品

山泉

泉水玛侬

MANON DES SOURCES

[法]马塞尔·帕尼奥尔 著
MARCEL PAGNOL

马忠林 孙德芗 译

华东师范大学出版社

马塞尔·帕尼奥尔作品集
《童年回忆》
　　《父亲的荣耀》
　　《母亲的城堡》
　　《秘密时光》
　　《爱的时光》
《山泉》
　　《让·弗洛莱特》
　　《泉水玛侬》
《马里留斯》
《法尼》
《凯撒》
《托帕兹》
《小天使》
《面包师傅的妻子》
《掘井人的女儿》
《勒乾》
《勒斯浦恩兹》
《纳依斯》
《麦尔吕斯》
《约夫华》
《笑的音符》
《隐情》
《巴黎电影业的膨胀》
《两眼忧郁的小姑娘》
《犹大》
《旋转》
《西卡隆》
《爵士乐》
《荣耀商人》
《向星空祈祷》
《初恋》

马塞尔·帕尼奥尔作品全集
法鲁阿出版社出版
第一卷　　戏剧
第二卷　　电影
第三卷　　回忆录及小说
第四卷　　其他不同作品

《他是马塞尔·帕尼奥尔》他的生活及著作
192页　275帧照片　由莱蒙·卡斯堂出版

马塞尔·帕尼奥尔全部电影作品制成了盒式录像带
地中海电影公司出品

译 者 序

  法国著名作家马塞尔·帕尼奥尔的长篇小说《山泉》，在我国再版成功，可喜可贺。

  《山泉》的电影和小说，对我们来说，是有缘分的。1984-1986年，我们受我国教育部的派遣，赴法国巴黎，分别在巴黎第三大学东方语言文化学院和蒙日洪中学任中文教师。这期间，1985年，法国电影大师克洛德·贝里，根据帕尼奥尔的小说《山泉》拍摄成了上下两集宽银幕彩色电影《甘泉玛侬》。电影上映后，获得热烈的好评。也因此，帕尼奥尔早在1963年便已出版的长篇小说《山泉》(含《让·弗洛莱特》和《泉水玛侬》) 再次引起广大读者的兴趣。接着，几家出版社相继再次出版了《山泉》这部书。

  在法国执教期间，自然结交了一些法国朋友，其中有一位法中友协成员，德鲁佩娃夫人。她是懂一些中文的，选修过我的中国现代文学课程。我们与她交往比较多，她常送给我一些法文书，其中有新出版的马塞尔·帕尼奥尔的《让·弗洛莱特》，也就是《山泉》的全本。我和孙老师很喜欢这部小说。

  《山泉》是《让·弗洛莱特》和《泉水玛侬》两部小说的合集。作者马塞尔·帕尼奥尔在小说里，运用现实主义的手法，以泉水为主要线索，生动地再现了一出发生在法国南方山区的贪欲与复仇的人间悲喜剧。法国文学评论家认为，小说的故事情节跌宕起伏，生动紧凑，引人入胜。人物形象栩栩如生，人物性格各异，鲜明突出，语言朴实流畅，富于生活气息，是一部独具特色的乡土文学杰作。

  我和孙老师都认为《山泉》这部小说应该翻译成中文，推荐给中国读者。

  1987年，回国后不久，接到宝文堂书店的稿约。宝文堂书店是清朝同治元年（1862年）开业的，真正的百年老店，专门经营戏剧、曲艺等书籍。为适应改革大潮,它也敞开大门,扩大了出版业务。正好手中有《山泉》,于是答应邀约。

我们利用课余时间,开始着手合作翻译。我翻译出中文,孙老师除当第一读者外,还负责校阅,尤其是语言是否通顺,是否符合语法规则,用词是否得当,总之,经过她的润色,像样的文本完成了。

当时家中没有电脑,更不用说用电脑打字了。于是用手把译本抄出,送交出版社。付印之前,编辑对原著的书名《山泉》不尽满意,认为《山泉》二字太平淡无奇了,应该取一个响亮,奇特,或带点儿色彩的名字。很明显,是为了顺应八十年代的潮流,吸引眼球,扩大销路。这可难为了我们,一时间想不出合适的。最后,灵机一动,就用小说里的女主人公"玛侬"好了,于是《玛侬姑娘》这部书就名正言顺地,在1989年面世了。在这里,我们对您说一声对不起,马塞尔·帕尼奥尔先生,我们不该随意更改您的作品的名字!

三十年过去了,我们也成了七老八十的老者了。这次上海七叶树文化发展有限公司策划,华东师范大学出版社再版了我们的旧译作,我们真是喜悦有加。

此次再版,书名改回了《山泉》(分为《山泉:让·弗洛莱特》和《山泉:泉水玛侬》)。原来没有翻译作者年表、作品列表等,现在根据Editions de Fallois授权的原版书译出故事介绍、作者年表、作品列表等内容,附于书中。原版书没有任何注释,我们在翻译时酌情注释了部分人名、地名、事件等。原版书各章节没有编号,也没有目录。为了便于阅读,本书增加了章节号,列于每一章节的起首;并拟写了简明内容提要,列于目录页。

真诚地感谢,"上海七叶树文化"和华东师大出版社的编辑们,谢谢!

马忠林 孙德艿
2018年12月于北京

目　　录

一　阿地里约　　001
二　财富滚滚来　　008
三　布朗梯也的三个女人　　013
四　村里的变化　　024
五　偶遇　　030
六　金黄色的鸟　　037
七　五百块金路易　　047
八　春之女神　　055
九　旧话重提　　066
十　做了亏心事，就怕鬼敲门　　073
十一　蓄水池边的私语　　078
十二　跟踪　　088
十三　她是谁　　095
十四　刀子换兔子　　108
十五　人是衣、马是鞍　　119
十六　弹弓的滋味　　123
十七　玛侬警惕起来　　132
十八　变疯　　134
十九　晴天霹雳　　136
二十　比古的发现　　152

二十一　广场出现骚动　　　158

二十二　灾难降临　　　173

二十三　工程师的报告　　　182

二十四　"野人"埃利亚山　　　196

二十五　神甫的谴责　　　203

二十六　控告　　　219

二十七　可怜的傻瓜　　　249

二十八　如果父亲还活着　　　260

二十九　会剩下一些老人　　　278

三　十　跪下！都跪下！　　　284

三十一　我不知该对他说些什么　　　307

三十二　要像过去一样　　　314

三十三　德莱菲娜老太　　　318

一

　　阿地里约一得知这个重要消息,没有耽误一分一秒,立即从昂地柏起身,来到洛马兰,亲自指导栽培康乃馨的准备工作。

　　他是骑着一辆崭新闪亮的摩托车来的。那摩托车开起来像放炮一样,嘟嘟直响,后面拖着一缕长长的蓝烟。

　　他个头儿很高,宽肩膀,像罗马王子一样英俊。他讲一口人们很难听得懂的土语。不过,他的法语水平还说得过去,只是常常不合文法地把两个形容词叠在一起用。

　　他站在泉水边,惊奇得直在胸前划十字。他盯住流淌的泉水看了很久,然后说:

　　"它多么清啊!"

　　接着,他像品酒员一样,仔细地品着,足足喝了一大杯。他又说:

　　"它真清凉啊!"

　　然后,他看着他腕上的手表,用小桶测量起来。测量了几次之后,他说:

　　"你每天至少有四十米,立方米!……在昂地柏,这些水,我们一年就得花上三千法郎。按两个劳动力管理的种植园所需的水来计算,你们要多出来三倍!"

　　乌高林和阿伯兴奋极了,两人相视而笑。然后,他们在田地里漫步。乌高林用镐朝地上刨了一下。阿地里约捏起一块土,在手中捻碎,看了看,闻了又闻。

"土质很肥。"他说,"它能长出好花的。不过,首先要做的是把这些橄榄树都拔掉。"

"都拔?"阿伯惊疑地问。

"都拔。"阿地里约回答说,"这些树,它们会吞食一切的。你们可把那边的,房前边的四棵大的留下。其余的,都应该拔掉。还有这从山坡上漫下来的松树林子,应当把它们再赶回山坡上去,起码要留出三十米宽的空闲地。另外,我想这里该有兔子吧?"

"是的,"阿伯不安地回答说,"有不少。那边,你看到的那围栏,过去那儿就是兔苑……跑出去的有二三十只,它们肯定跟野兔又交配了……"

"噢,真是灾难。"阿地里约说,"得延长铁丝网,把地全围起来,根部要埋进地里半米深。不这样,就休想栽种康乃馨!兔子,对花农来说,就像狼和牧羊人一样,是死对头。要是钻进花圃里一只兔子,它一顿饱餐就会毁掉三百株花,然后一走了之,镚子儿不给!"

"好的。"阿伯说,"我们买铁丝网。"

"请您把这个记在一个本子上。"阿地里约说。

"不。"阿伯说,"要是写到本子上,我会忘记的,说不定我会连本子都丢了的。"

阿地里约一听这话笑了,说:

"我父亲,托尔纳布阿先生,也是这么说。然后,要挖沟,六十厘米深。八十厘米深，当然会更好。不过，在你们这儿，六十厘米深也就够了。"

"我们可以挖八十厘米深。"阿伯说，"不是吗，加里耐特？"

"这个我负责。"乌高林说，"我们再借一匹骡子。先犁它三遍，然后用锹把松土铲出来，再用镐刨。每天干上它十二个小时。这个活计我是不打怵的。"

"到时候，你用我的骡子。"阿伯说，"再加上昂格拉德的骡子和埃利亚山家的驴骡。这事由我来张罗。"

"到时候，"乌高林说，"得把驴骡套在最前头，因为它比两匹骡子小得多。要是我们把它套在中间，前边的骡子一使劲儿拉，就会把它架空，它就要蹬动四条腿，发驴脾气了。"

在阿伯那座漂亮的房子里，聋哑女佣伺候他们吃了一顿丰盛的晚餐。几杯雅克盖兹酒下肚，阿地里约用诗一样的美好语言，讲起他的事业来。他激动地说着插条的娇嫩，玛乐麦松种康乃馨花的丰富色泽，尼斯种的那修长的花茎。然后，他又痛恨起红蜘蛛来，对墨西哥花虱咬牙切齿。接着他又谴责昂地柏批发行经理，说他极不光彩地偏向意大利人（因为阿地里约出生在法国，而他的父亲，托尔纳布阿先生，也久已加入法国国籍）。

然后，他从口袋里掏出一张纸来，那是一张所必需的物资的清单。

"首先，"他说，"要四千根木棍，每根六十厘米长。每棵康乃馨需要三至四根。这个么，倒不必去买。你们可以自己做。"

"这是我的活儿。"阿伯说。

阿地里约接着说：

"其次，要订做草帘子，夜里好苫花。那是用卡尔马格的蒲草编的，这至少得用去你一千法郎……再就是，需要五十轴棉线绳，需要化肥、灭虫剂和两个喷雾器。我算了一下，总共也得七八千法郎。"

乌高林望着阿伯，担心他听到这样大的一个数目，会心疼钱，不肯往外拿。可是，老头子只是简短地说：

"喷雾器，我们自己有。"

"阿伯，"乌高林说，"这么说，你同意他代我们订购这些东西了？"

"他这样做是太好了。"阿伯回答说，"因为我们不知道这些东西在哪儿卖。"

英俊的阿地里约，一边跨上他那噼啪作响的摩托车，一边说：

"按照我跟你们说的去干吧……三个月之后，打畦的时候我再来。到那个时候，我把准备好的马上可以栽的插条带来。那是我父亲，托尔纳布阿先生送给你的，因为你帮了我们很多忙。"

砍伐松林的工作进行得相当顺利：由一个伐木工人小组承包了下来，用砍伐下来的树木的一半作为报酬。当然，必须在现场监督他们，否则，为了增加他们分得的部分，他们会把两个山坡上的松树全部砍光，一直砍到山梁上去的。是的，那些伐木工人就是这样。

接着是拔出橄榄树。

它们一共有几百棵，根须盘绕，在地面下形成一个个庞大的硬土团。

乌高林用鹤嘴镐刨,用斧子砍,用滑车吊,整整干了五个星期才把它们全部清除。然后又用了一些时间,把那些直径有三四米的大坑填平。

在进行这项工作的时候,乌高林心里很是不安。为了求得宽恕,他向圣·多米尼克①神供献了二十根小蜡烛,并保证一定认真地把保留下来的那四棵橄榄树管理好。

接着,必须把"可怜的让先生"挖的井填上。乌高林用了两整天把那些碎石沙土回填到坑里去。他一想到那个为了把这些东西挖出来,花了许多力气,流了许多汗水的人,心中不免掀起波澜。然而,他是多么迷恋着他那期待已久的事业啊!

为了挖埋铁丝网的深沟,乌高林用牲口深蹚三遍之后,又用锹镐起早贪黑地干了六个星期。晚上收工时,他连腰都直不起来了,有时甚至要阿伯拿加了烧酒的薰衣草为他按摩。接下来,是埋围栏。兔苑的铁丝网还不足所需要的一半。他们得到欧巴涅镇去买,花去了九百法郎。另外,他们又毫不犹豫地花了七百八十法郎买了铁立柱和水泥。

五月份,阿地里约又来了。他赞扬活计干得好。他指导乌高林修第一批花畦。花畦是狭长平坦的,周围有小土埂,像种水稻的地一样。

然后,阿地里约拉线,乌高林依着线等距离地刨埯。阿伯用一双旧鞋和破布做了一副护膝,绑在腿上。他紧跟在乌高林后面,

---

①圣·多米尼克是法国南部人们所信奉的一个神明。

一边哼着人们不知道什么名字的抒情歌曲,一边用小镐和小铲,仔细地修整埯子。他不时地说着:

"我真高兴!"

干完了活儿,阿地里约最后嘱咐了几句之后,就带上乌高林去马赛了。

当阿伯看着他苏贝朗家最后一根独苗,跨上那据阿地里约说时速可以超过四十公里的摩托车的后座上时,他不免有些担心。然而,乌高林抱住他朋友的后腰,得意洋洋地向他挤了一下眼睛,意思是请他放心。

他们是去见"发货人",也就是鲜花经纪人特里莫拉先生。特里莫拉先生是阿地里约在马赛的业务联系人。

这位经纪人长得肥胖,脸上总是带着笑,能说会道。他说,要是乌高林的康乃馨花质量合乎要求,他将按时价——由他自己标定的——全部收购。

至于运送,乌高林只要每星期二、四、六早晨四点钟以前把鲜花装进柳条筐,交给欧巴涅镇中转站就可以了。

乌高林不惜气力,起早贪黑地干,有时甚至在夜里也手里提着风灯,在康乃馨花圃里转悠。阿伯耐心地帮助他,做些简单、需要细心的活计,像喷洒杀虫药啊,采摘、绑捆啊什么的。尽管遭到两次轻微霜冻,第一次的收获还是非常成功的。乌高林不仅偿还了他教父为他付出的全部开支,他还净剩一百二十块金路易。特里莫拉先生同意支付他金币,只不过须作一点折价。唯一不称心的是，尽管阿伯和德丽娅竭尽了全力，但特里莫拉先生还是说花束捆得不好，他的工人不得不重捆。还说，以后如果还是这样捆不好的话，最好将花散着送来，不过要少付货款的百分之五。尽管乌高林经常心疼地想着这丢掉的百分之五，可他被迫不得不接受这种办法，因为阿伯尽管有时一连干几个小时，想把花束捆得好些，可他总是按着他自己的兴趣捆绑，一直达不到特里莫拉先生所要求的那样……

二

乌高林的这一切举动,在村子里引起了人们的议论……外出打猎的人们,过去都经过圣灵山的另一个山坡去远处的山岭,可现在都愿走洛马兰这条路,目的自然是顺道看一眼那个花圃。

人们传说,乌高林赚了许多钱。在欧巴涅镇负责为乌高林转运鲜花的人,曾对菲劳克塞纳透露说,只是他自己就得到运费六百多法郎,因为每周他要把三大筐鲜花送到特里莫拉先生的公司里去。有时一周四次,甚至有一回,一周竟送了五次!每个人都可估计出这运费和商品价钱的大致比例关系。人们从中得出令人咂舌的数字,然而这数字仍低于实际的数目。

第二年的收入就更为可观。

两场大霜冻毁坏了蓝色海岸一带的全部花圃,康乃馨花的价格一下子涨了三倍。由于天气的变幻,寒流没有来袭击马赛,所以,乌高林的花圃几乎没有受到什么损害。

是阿地里约开着一辆摇摇晃晃的小卡车,亲自来告诉乌高林这个使他眉开眼笑的消息的。阿地里约运走了满满一小卡车鲜花,到昂地柏市场上去出售。特里莫拉先生也抬高了鲜花的价码,并且亲自爬上山,直接找到洛马兰来,出高价收购。他不再管花束捆绑得好坏,也不再提那扣除百分之五的事了。

他们讨价还价,争论了很长时间。经纪人曾三次跳将起来,喊着"强盗"！最后，双方商定，将花圃收成的一半卖给他，余下的一半留给阿地里约。不过，特里莫拉先生应当按昂地柏的批发价付款。在昂地柏，批发商们手中攥着几千法郎的票子，竞相抢购康乃馨花。可是去年，康乃馨花却卖得卖不出去，人们只好拿去喂羊。今年，在别处遭灾的情况下，乌高林才有可能赚了大钱。一天夜里，他把拿到手的二百六十块金币放在桌子上，长长地摆了一大串。

农民最犯愁的事，是选择一个合适的藏钱的地方。不过，乌高林倒为自己找到了一个办法，并且为此而沾沾自喜。

在他厨房的一个瘸腿小柜橱上边，他钉了一大块马粪纸，在上面歪歪扭扭地写着使小偷泄气的告白：

小偷，注意！
　　您别费劲儿找钱了。钱不在这儿。它送进银行里去了，就在欧巴涅镇中心，伏尔泰小广场八号，警察署的隔壁。
　　哈哈，您毫无办法！

他自认为这是一个很灵验的小计谋。实际上，他的钱罐子就埋在一块大石头的下边，在壁炉的右角，离火堆一米远的地方。另外，为了使别人相信那写在纸板上的告白，他常常在德丽娅面前作戏，"因为女人，都舌头长！"每当特里莫拉先生来，他都这样说：

"明天早上，您就见不到我了，因为我得把钱存到欧巴涅镇的银行里去。藏钱的地方,这儿是没有的。我么,我总是把所有的钱全部存进银行,这样,我就可以高枕无忧了!"

尽管他有了许多钱,然而他的外表并没有什么变化,相反,他更沉湎于对金钱的迷恋之中了,他的整个人都泡在栽种鲜花上面了。要不是阿伯隔三岔五地强逼着他刮胡子,穿上干净衣服的话,他甚至再也不会进村去参加联谊会的周末聚会了。在打牌或者玩罗多^①的时候,他总是坐不安稳,起码要到外边去几次,看看天上是不是还有星星。他总是害怕来一场寒流,一场霜冻,或者一场密斯托拉风,把草帘子掀走,特别是怕那只硕大的老公兔子回来……那个家伙是可以跃过围栏的,正像它过去干过的那样,用它那驴一样的嘴巴子,它可以把两三畦康乃馨啃个精光的……

另外,人们的谈话也使他感到别扭。

一个星期天,菲劳克塞纳问他:

"是谁使你想起养这些花的?"

"是我在昂地柏服兵役的时候。"他回答说,"我看那儿有些农民栽这种花……我仔细看了一下,觉得我们这儿也能长得很好……"

"康乃馨么,"老昂格拉德说,"到处都可以栽种,只要没有霜冻……"

"特别是,"卡希米尔说,"得有很多水……要多少有多少……他么,他算走运,把那眼泉又找到了……"

---

① 罗多,一种摸子填格子的游戏。

"就是可怜的驼子费尽心血寻找的那眼泉……"庞菲尔说,"他当时那神秘的样子,活像个巫师……可惜他从泉眼边上岔过去了……"

"这花很赚钱吧?"加布里唐问。

"这得看情况。"阿伯说,"得看什么日子……"

"特别是节日,"乌高林说,"能赚钱。圣诞节,生意最好,……其次是狂欢节,然后是复活节……复活节,生意也非常好!"

"那万圣节①呢?"庞菲尔问,"也能赚钱吗,万圣节?"

"也不错。"乌高林说,"……万圣节,也不坏!人们要给死人送鲜花,也能卖不少。"

"这得看什么样的死人。"卡希米尔说,"有的给您留下一大笔遗产,有的么,有时可要来拉您的腿……"

卡希米尔说完哈哈大笑起来,阿伯突然心烦地说:

"怎么?玩儿还是不玩儿?"

不,善良的让先生是永远不会来拉乌高林的腿的……他甚至连想都不会想;尽管过去他的设想很多,可现在他什么也不再想了。

橄榄树砍伐掉之后,山谷显得开阔了许多。谷底的地里是一片鲜艳的花朵,微风吹过,掀起五彩斑斓的波浪。在山脚下,一个圆形的小水池在阳光下闪耀。地下引水管向池中注入一股扁平

---

①万圣节,诸圣节的俗称,是天主教等的宗教节日,缅怀逝去并已升入天堂的圣人,在每年的十一月一日。

的水流，水流经过粗糙的石面，形成一片网状纹，然后落下去，成为一个窄而短的小瀑布……让·弗洛莱特确确实实走了，到另一个王国去了，不再回来。他的一生，他那漫长的艰苦岁月，没有留下什么东西，或者说留下的东西非常少：在房前的一棵橄榄树上，两个经风雨侵蚀已经生了锈的铁环，过去那里吊着一个供玛侬玩耍的秋千；在刮密斯托拉风的黑夜，在房上的檐槽里，发出呜呜声，仿佛那里藏着他用口琴吹奏出来的一个小乐曲。

三

玛侬、她母亲和那个皮野蒙老太太一起生活在荒僻的山林深处，住在布朗梯也的山洞里。

在巴波迪斯第娜那奇特的宫殿里，艾梅什么也没有挪动，她把占据山洞另一半的羊圈布置了起来。

吉尤塞普为了给他的菜园施肥，已经把多年来积留下来的厚厚一层羊粪铲出去了。现在地面上只蒙着一层薄薄的地衣，上面还有星星点点的暗绿色的苔藓。从洛马兰搬来的家具都靠着墙壁摆成一排，像旧货铺子那样。

那个精美的小梳妆台在两个大箱子中间闪着光亮，它的对面是挂在蓝色石灰岩壁上的威尼斯式大镜子。毫无用处了的分枝吊灯架用铁丝拧成的绳索吊在一个粗糙的长钟乳石上，每当人们打开山洞那扇破旧的门板时，它就摇晃起来。床都摆在山洞的尽里边。床上边是一块伸出来的岩石，从岩石上挂下来的两块黄色带小花的幔帐，能像意大利剧场的幕布一样拉开。在两张床之间，放着那架高大的立钟。小玛侬已经重新把它装配起来了。她差不多每天都要把那油漆的外壳和铜制的钟摆、指针擦拭一遍，让它们永远熠熠生辉。但是，她永远也不会给它上弦，为的是让那两个金光闪闪的指针一直指着她父亲辞世时那个不幸的时辰。

用变卖房地产得来的那四千法郎，艾梅付了丈夫的墓地和墓碑钱之后，还剩下两张五百法郎的纸币，她把它们缝在她的短上衣的夹层里，另外还有十几块金路易和一把银埃居①，她把这些硬币装进一个小布口袋，藏在她床头上边的石缝里……

丈夫的死给她的打击很大。当然，她并没有变疯。她每天早晨六点钟起来，在她心爱的人的遗像前插上鲜花之后，就忙着做家务，而且做得很好。她仍像往常一样，为大家准备午饭。但是，到了下午，她有时坐在山洞的门前，背靠在墙上，一坐就是几个钟头，一句话也不说，两眼迷惘地望着远方。还有的时候，她把仅存下来的几件歌剧演出服装穿在身上，到荒凉的鹰翅山上去游逛。她一边采撷着野花，一边独自唱着歌剧《维尔特》或者《拉尔梅》。

丈夫死后的第二年，她开始低声地、几乎接连不断地自言自语。她总是微笑着，不时还做着鬼脸。她说的话题是人们意想不到的。她常常说起法国驻越南的军队司令。她说那是一个非常漂亮、英武的男人，他总是那么有礼貌，那么殷勤。可他那个长着小胡子的老婆却是一个令人难以忍受的粗鲁人。艾梅和司令来往的事被发现后，她把事情闹得满城风雨。于是，司令不得不离开西贡。司令为这事还伤心地落了泪。她也少不了说起塔纳那利弗②剧院的经理。她说他是一个真正没有教养的人，从来说话不算数，他可以把他手下的人像旧袜子似的丢掉不管。可是那个快乐的歌剧院总秘书，亲爱的阿尔蒙，行为举止倒像个有教养的绅士。她还说，"要是他还没有死的话，我就不会总待在这儿。因

---

① 埃居，法国古代钱币名，种类很多，价值不一。
② 塔纳那利弗，马达加斯加的一个城市。

为他曾经想让我到巴黎歌剧院去唱《玛侬》。由于维克多的帮忙，我也曾进过巴黎歌剧院，可那只是在合唱队里伴唱。"

巴波迪斯第娜听了她的话直摇头，不明白她说的是什么意思。玛侬想，这些先生可能是她父亲生前的朋友，但她从不向母亲提出什么问题。

近来，她母亲又热衷于给住在马赛或者巴黎的什么人写信了。她自己亲自把信投到翁布雷村的信箱里。可她却从未收到过回信。她有时抱怨说："这完全是阿尔蒙在捣鬼，一定是他！可维克多不回信，使我感到奇怪……这可一点儿也不像他呀！说不定他已经死了，他也死了……可我还是要坚持写下去……"

说着，她就去找她的文具纸张。

挨着山洞前的影壁墙和连着这堵墙的石崖，玛侬用铁丝把那块地围起来，每年春天，她都把那黑色的亚洲葫芦的种子埋进那儿的土里。到中秋时节，那快成熟了的葫芦在一片绿色的浓荫下边，盖住了地上的石块和岩石。六个木条笼子里养着十几只兔子。玛侬精心地饲养着它们。她的连续不断的成功证实着她父亲那些没有实现的愿望是完全合理的。每个月，她都把四五只兔子交给让先生结识的那位胖胖的女贩。兔子个个精神，皮毛好看，而且都很重。它们整年都吃亚洲葫芦。葫芦收得特别多，每到秋天，巴波迪斯第娜用毛驴尽量地多驮一些到欧巴涅镇集市上去卖。

由于这葫芦奇特，打开销路可不是一件容易的事。人们用怀疑的目光望着这些绿色的坚硬的大圆球。一个爱开玩笑的人，建议巴波迪斯第娜和他合伙,开设一家制作比尔包开球①的公司。可喜的是,那个胖胖的女贩又出来帮了忙。她用这葫芦的果肉做馅,在集市上卖起亚洲葫芦馅饼来。她女儿在烤栗子的大圆炉子上边放上一个大油锅,现炸现卖……

巴波迪斯第娜变得更加衰老了,在她雪白的头发下面,是一张变得瘦小了的脸。她几乎整天也不说一句话,但还是不停地干活,像一架不知疲倦的机器。

小菜园由她侍弄,由于有那永不枯竭的泉水,她可以充分地浇灌它。

每天上午和晚上,她给那十二只山羊挤奶。她用那淡蓝色的羊奶,按照巴农地区牧羊人的方法,做成嵌着野胡椒粒的小块奶酪。她用破开的芦苇和灯心草,为欧巴涅镇篾匠铺编织圆形的篮子。晚上,她还把玛侬白天从山上采来的各种香草、药草按种类分开,捆好。

这是一些捆成小把的茴香、百里香、野胡椒、薄荷,特别是还有芸香。芸香是一种罕见的植物,是禁止出售的。因为用它可以配制坠胎药,能把一切胎儿打掉。山羊都认识它,从不敢碰它一下,除非它们知道自己怀着的羊羔作胎时不正常,没必要怀下去,生养出来。

这些小生意赚得的钱很有限,只能作些贴补,更主要的是靠偷偷出售那些用夹子和套子逮住的野物。

---

①比尔包开球,一种接球玩具。一个小圆球用绳子栓在木棒的中间,木棒的一端是尖的,另一端是一个小盘。玩法是把球抛起,然后用木棒的任意一端将球接住。

山林资源使三个女人可以无忧无虑地生活,不必担心明天没有饭吃。

有时候,她们接待昂卓和吉阿戈莫的来访。每当他们在翁布雷森林,或者密苏里森林里干活的时候,星期天,他们就来山洞吃午饭。他们一来,就在厨房的桌子上放下两柳条筐的扁桃,或者蘑菇;从他们的布袋里拿出四五瓶酒,还有一大包用粗糙的上面闪着小草星的黄纸包着的十几块排骨。然后,把他们那漂亮的蓝上衣、深绿色的礼帽和猩红色领带挂到墙上,脱掉脚上节假日才穿的皮鞋。他们打着赤脚,去掉吉尤塞普的大斧子上面的封套,为她们劈起烧柴来。巴波迪斯第娜听到那月芽一样的大斧子又响起来了,感到十分欣慰,高兴。接着,他们又干起一些费力气的活儿,比如修整被秋天的雨水冲毁的这一段那一块的路面。那用粗木棍搭起来的羊栏也是他们干的。他们还在菜园里砌了一个小蓄水池。吃过午饭,坐在石崖下边的荫凉处,他们唱起皮野蒙山歌来,玛侬用父亲留给她的那把神圣的口琴为他们伴奏。巴波迪斯第娜满脸笑容,眼里噙着泪水。晚上,当他们离去的时候,他们总要回过身来两三次,扬着手,跟她们告别。他们虽然走了,但是留下了一种看不见的东西,仿佛他们还在似的,这就是安全感。当发生危险或不幸的时候,这两个高大魁梧的男子汉,听到第一声呼唤,肯定会及时赶来的……

玛侬刚满十五岁,可她长得比她的年龄要高大许多。在母亲的帮助下,她把旧戏装改成她穿的衣服。漫长的时间使这些衣服褪了色,但仍然很结实。她穿着褪色锦缎做成的袍子和打褶的绸背心，在山林中奔走；她戴着在舞台上歌唱的玛侬所戴的带有金色流苏的披肩式风帽，在风雨中穿行。

她那两条被太阳晒成红棕色的胳膊，从这华贵的衣服中伸出来，胳膊上面留着被山楂树和刺桧划过的伤痕；她那两条健壮的长腿，常常被抹上一条一条的黑印子，因为她常到被山火烧过的树林里去，那里的草多而且肥壮，有时还会采到一堆堆的羊肚菌。她留了齐肩短发。阳光使她的金色发丝更加光亮，山风把它吹得更加干爽蓬松。她那两只大海一样湛蓝的眼睛，在盖着额头的发卷后面，闪着光。她的整个面庞洋溢着鲜美的光彩。这光彩，在成熟了的油桃上面只能保留一天；这光彩，在年轻姑娘的光润的面颊上也只能存在三四年。

四十岁的昂卓自认为他很了解生活。他常对玛侬说：

"小姐，再过上一年，你就会变得更加漂亮了，漂亮得叫人害怕！"

吉阿戈莫有一天也对她说：

"要是天主照应，有一天你进城去，戴上墨镜，非得让城里人都疯狂起来不可！"

她听着这两个男人的恭维话，感到很得意，并且高兴地大笑起来。

每天早晨，太阳刚露脸，巴波迪斯第娜给山羊挤过奶之后，玛侬就出发了。她手中拿着一根刺桧棍子，像牧羊人一样尖声喊着："必利必利！必利必利！"羊群在前边跑着，后面跟着毛驴和黑狗。

在毛驴背上的驮架里，放着一个口袋，中间用布带子捆着。

口袋里装着一把枝剪，一把镰刀，一把挖带翅蚂蚁用的小镐，一条捆草用的绳子，半个面包，一块奶酪，一个锡制平底杯，还有随便从她父亲那宝贵的书箱中拿出来的两三本书。

在她的背上，是一个小背包，没有背带，而是系在她的腰间。她最珍爱的东西都在里边：一把银把玳瑁梳子，一块用纸包着的金路易，一块在山上找到的玛瑙，一个拔刺用的小镊子（也许是金的），两把幸福时光留下来的口琴，在一个破旧的小夹子里，夹着一张圣母像和她父亲那张面带笑容的照片。照片磨损得已经有些模糊了。

她一边放着羊群，一边去查看她昨天晚上下的夹子和捕网。当刮起密斯托拉风的时节，白腚鸟也飞来了。在石崖旁边，她用片石堆成一些小三角石堆，吸引随风而来的鸟群……如果松林里刮起大风，她就下到沟底，把她的猎具置放在石崖下面的笃耨香和香桃木树下。要是无风，她就把猎具下到旧羊圈或者那个废弃的农场附近，那里长着一些快枯死了的果树。

一路上，她割着野草，采集着所需要的植物，把驴背上的大口袋塞满。然后，要是天晴，她总是把草摊晒在一个固定的地方。

这个地方就在勒弗来斯吉也山谷的一个陡崖上面。它两边是沟，中间是一条又长又宽的山坡，上面长着百里香、刺柏和迷迭香。它的后面是一堵高耸的蓝色石崖，挡住了密斯托拉风；它的前边，在五十米高的石崖下边就是一片绿色的谷底。从两边的山沟里，有几条小路通到山坡上。

山坡上，矗立着一棵很老的花楸树，毫无疑问，它的根须深深地扎进一个看不见的石缝里了。遭过雷击的花楸树上边是一些像鹦鹉落脚的横木似的残枝,一个向旁边伸出的长长的枝桠上挂满了绿叶,它的下边是一块平展的石头,光滑得像一面镜子。

与这绿枝桠相对,在树干的另一面,长着一个大树瘤。玛侬喜欢这棵树,因为有一天,在给兔子割草的时候,她父亲从很远的地方就发现了它,并且风趣地说:

"喂,你们看!这是一棵跟我命运相同,上帝不肯照顾的树。可它并没有失去勇气。它的最后一个枝桠坚强地绿着!走,我们去拜访拜访它,把我们对它的赞颂献给它!"

他们一直爬上山坡,来到花楸树下。她父亲滑稽地向花楸树鞠了一躬,然后,把花楸树果装进了他们的口袋……离开时,他最后又看了花楸树一眼,笑着说:

"这可以说是我的木雕像!"

玛侬在树下光滑的石板上一坐就是几个小时。她一边看着山羊——黑狗比古从来不许它们跑远——一边吃着她的面包和奶酪,然后慢慢地梳理她的头发,读着一本随便什么书:《鲁滨逊漂流记》、《洛石弗高乐民间箴言录》、《巴黎少年流浪记》、布鲁诺写的《法语语法》、《伊利亚特》[①],或者她儿时读过的画报。

有时,在书页的空白处,或者在扉页上,有她父亲亲笔写下的批语、注释。于是,她亲吻着那亲切的笔迹,望着远处那把雨云分裂开来的凶恶的圣灵山的山峰,是它不肯把雨水送给父亲,把他给毁了。

自从她搬到布朗梯也之后,再也没有回到洛马兰去,然而她

[①]《伊利亚特》,古希腊两大史诗之一,相传为荷马所作。

的思绪却常常飞向那里去。每当这时,她就拿起口琴,拿起那把大的,演奏起父亲生前教给她的乐曲……她常站在狼爪崖对面,演奏《雅克①兄弟神游曲》。如若距离合适,无风,山崖将琴声折射回来,使人会以为那山崖下有一个人,在和她呼应。她闭上双眼,想象着父亲就在那里,躲在一株大长春藤下边,正在为她的进步而感到高兴。

从她那居高临下的观察所,从很远她就可以看见山林中稀少的过路人。一见有人来,她或者躲藏在染料木树丛里,或者沿着卡布来特石缝爬到高台上去。她悄悄地看着从翁布雷村来的偷猎者的行动,她并不知道他们的名字。有时她也能看到巴斯第德村的人,如庞菲尔,或者卡希米尔,在她父亲去世的时候,她认识了他们。尽管机会很少,有时她也会看见几个绑着皮裹腿、帽子上插着羽翎的猎人,几只长耳朵猎犬跑在他们的前边。这些人很英武,同时也很令人害怕。因为在主人朝斑鸫鸟开枪之后,他们的猎犬就跑到她下网捕兔的树丛里去了。另外,那枪声震耳欲聋,他们走过一趟之后,总有七八天看不见一个野物出现。

对她来说,所谓城市就是欧巴涅镇。她差不多每个星期都要去那里一次。她总是披着她的斗篷,用蓝色的头巾把头发扎起来。驮着大包袱的毛驴跟在她的后面。那大包袱看上去并不沉重,里面只是些要送到草药铺去的各种药草,或者是用芦苇编织的筐篮。

一进欧巴涅镇,就听见梧桐树下那大市场的喧闹声,这嘈杂

---

① 雅克,古时法国农民的绰号。

的声音使她有些害怕……小贩的叫卖声，流动商贩的摇铃声，卖家禽的用话筒传出来的吼叫声，混杂在一起，她仿佛觉得一场战争即将开始；她不由得加快了自己的脚步……她得穿过这喧嚣的市场，把筐篮交付给那个商贩，他的铺子只是一个搭在梧桐树下的木板小屋。

然后，把毛驴拴在草药铺的院子里，她像父亲一样，去听八点钟的早弥撒。她为他去祈祷。祈祷完了，她要挤进镇中心，去买东西，买面包、糖、咖啡、煤油、盐、胡椒、肥皂……

狭窄的街道仿佛要把她挤扁。站在街道上，人们只能看见一线天空。从这一线天空里，人们无法辨别出时间，也不能预先知道五分钟之后的天气变化。街里空气污浊，充满了难闻的气味……整天生活在薰衣草、松林和刺柏林中的牧羊姑娘，从很远的地方就闻见了腌渍品和奶酪的气味，刺鼻的煤烟味，飘荡在人行道上的下水沟的臭味，特别是还有那些城里人身上散发出来的令人作呕的狐臭味。他们像蚂蚁似的忙忙碌碌，在小铺子的狭窄门口和她擦肩而过……

更难忍受的是，人们常常盯着她，虽无恶意，可那种好奇的目光有时不免使她脸红。还有一些小伙子，在她身边走过时，对她说上几句恭维的话，或者几句调笑的话……有一天，就在面包店里，有一个面孔像发了霉似的小糟老头高声地喊着："你们看哪，这个小妞！可以美餐一顿了！"她把两个烫手的大面包抱在怀里，从那个想吃人肉的魔鬼面前逃走了……

不，她永远不会习惯这蚂蚁窝一样的城市生活，她要当一辈子牧羊女。如果有一天，她不得不结婚的时候，她要找一个富有的小伙子做丈夫。她将在山林中与他相遇，他或许是个森林主，住在贝尔达钮的巴屋山的山坡上，或者住在王杵山山巅上的一个小宫堡里。他会给伐木工人工作做，他会买下洛马兰。到那个时候，人们将把所有的家具放回原处，夏天时，他们到那里小住。不过，首先，第一天就要把那眼背信弃义的、偏向乌高林的泉眼永远堵死。人们将把那不幸的人所挖的井接着挖完，让她父亲期待已久而终未见到的泉水，穿过那被征服了的岩层，高高地喷向天空。

四

村子里，尽管来了两位新人物，人们的生活还是照着老样子在继续，单调而又平静，至少在表面上是这样。

老神甫退职了，到一家疗养院去了。他的位置由出生在卡尔农场里的一个四十岁的神甫接替。这个人过去是随军神甫，在外籍军团中任职。在他的道袍上别着一枚薄薄的荣誉勋位勋章。因为他曾冒着敌人的炮火去为那些战死者做临终圣事，而他自己却默默地忍受着战争给他造成的严重的精神创伤。所以红衣主教决定派他到这个小山村里来休养。

在他那红润润的宽脸盘上，总是挂着微笑，但是，正如卡希米尔说的那样，"他可不拿道义当儿戏。"在布道时，他毫无顾忌地用他那强有力的声音，揭露他的教区里教徒的叛教、自私和贪婪。虔诚的老太太们和喜欢别人对她们严厉的圣母会会员们，都很钦佩他。男人们也很喜欢他，因为他是农民的儿子，并且是用优美动听的普罗旺斯话跟他们讲话。

另外，小学校的女教员也老了，办了退休手续，去和她的女儿生活在一起。她女儿在城里，确切地说是在一个小镇子里开了一个杂货铺，人们说，"她到那儿是去饱眼福，看人去了。"于是，人们在九月末，看见来了一个年轻的小学教员。

多亏菲劳克塞纳的多次呼吁，小学校终于有了一位男老师，可以管住那些不听话的大孩子们，并且帮助他们取得毕业文凭。

他的名字叫贝尔纳·奥利维叶，二十五岁，棕色头发，有一双深咖啡色的眼睛，宽肩膀，走起路来，脚步坚实有力。他的手背上长着长毛。遗憾的是，他没有胡子，脸刮得光光的，像石膏雕像一样。不过，他的嗓音却是深厚、洪亮、动听的。他的牙齿洁白，闪着光亮。老昂格拉德见过这个小伙子之后，心想：必须看好姑娘们，即使像他自己的女儿，一个变得冷心肠的二十五岁的老闺女，也该小心。

人们在联谊会举行了一个酒会，为他接风。

菲劳克塞纳做了一个风趣横生的欢迎讲话，然后，小学教师说道，他在这个小山村里开始他的教书生涯，感到无限幸运，因为这里空气清新，村子里的人们已经使他感觉到他们非常热情。而那四周的山林更是使他感兴趣，因为他是一个矿石迷。全体村政委员们在这一天得知"巴斯第德高原"蕴藏着一些稀有的矿石。这位年轻的学者建议在山里寻找铝矾土和褐煤。他还补充说，他玩滚球和跳棋玩得不错；他还没有结婚，和他的母亲，一个从他出生就开始守寡的女人生活在一起。之后，他当场登记加入共和党联谊会，并且提议和一个人较量一下滚球。卡希米尔作为全村的冠军，马上被推举出来做代表。小学教师毫不客气，仅用二十分钟，就击败了对手。菲劳克塞纳说：

"了不起！是个人物！"

卡希米尔没有任何敌意，认真严肃地说：

"孩子们跟这样一个有才能的小伙子在一起，肯定会学好，拿到文凭的！"

他的母亲,一个五十岁的城里人,和她的年龄相比,确实还很年轻,看上去比那只有三十五岁的娜达莉还要年轻。

同时,她也很爱打扮。头发总是梳理得好好的,甚至在脸上还扑上一点粉。开始的时候,这可让人们不大喜欢。但是,有一天,几个老太太坐在小空场的石栏上打毛线,她很随便地走过去,坐在她们的旁边。她手中拿了十几小块新布,一块一块地缝着边。老太太们之间的谈话,只用普罗旺斯土语。

雷奥尼娅,就是卡斯特罗家的那个,耳朵有点聋,她问这个女人是谁。而这个女人竟然用同一种土语回答说:

"我吗?我是小学教师的母亲。我很高兴到这个村子里来住,因为它使我回想起我自己的村子。我是拉梭村人,在德洛姆地区。我父亲过去种植桃树和薰衣草,本来轮不到我干活的,可我常常拿起镰刀……"

晚上,在各家里,老太太们讲起了小学教师的母亲,说她是一个很好的人,精明,漂亮,还很正直,说起土话来像说法语一样流利。人们唯一可以指出的毛病是,她说"也许"的时候,发音不够准确。但是,这又有什么可苛求的呢!德洛姆在北边……

八天之后,因为村子里的姐妹们还是叫她"教师夫人",她不得不说:

"我呀,我不是小学教师,我叫玛佳丽。"

但是,唯有希多尼娅,年岁最大,也"最有胆量"的一个老太太,才敢马上直呼其名,其余的人虽然为自己有直接叫她名字的权利而感到非常满意,可是并不敢贸然行事,只是在渐渐熟悉了之后,才直接叫她玛佳丽。她们第一次见到一个"外乡人"变成了巴斯第德村人，在她面前，人们可以无拘无束地说话。

每逢星期四和星期日，学校里没有课的时候，小学教师一大早就上山了，肩上挎着一个精致的皮包。他曾在联谊会上说过，他要采集矿石标本，在学校里布置一个矿石展览室。

开始的时候，因为他那皮包从外面看很鼓，人们想，他说是去采集矿石，这只不过是掩人耳目的招牌而已，实际上他是去下网捕斑鸫鸟。后来，人们发现她母亲向村子里偷猎的人买斑鸫鸟，而他带回来的确确实实是一些石头和岩石碎片。这样，他说的话，大家才真的相信了。另外，从面包店里也得到了证实：上山时，这个勇敢的年轻人在他那皮包里装了一块半公斤重的面包，半根香肠，一块奶酪和一瓶酒，这是他在山上的午餐。

另外，他很快就习惯了在晚上去和人们聚会。他也变成了村政委员会的一名重要成员。委员们常在菲劳克塞纳的露天咖啡座里开会，那里就是村长办公的地点。

因为他们从来不去做弥撒，所以新来的神甫管他们叫"这帮异教徒"。这些人里有面包师傅，肉店老板，铁匠，阿伯，木匠，管水员昂日和贝鲁瓦梭先生。

贝鲁瓦梭先生自己说他过去做过公证人，而实际上，他是马赛一家重要研究所的首席学者，退休后来到这个小山村。他瘦高个儿，一副高雅的样子，不过看上去有点滑稽可笑。他那花白了的两端尖尖的胡子是他每日精心梳理的爱物。他总是穿一套灰色礼服，冬天是呢料的，头上戴一顶圆礼帽；夏天是驼绒的，头上戴一顶巴拿马凉帽。因为他说这巴拿马草帽是在热带地区编织的，完全不透水，于是人们就时常请他当场做试验。他也不推辞，马上拿着草帽到供水塔去灌满了水。试验证明，这顶出色的帽子确确实实不透水。可是，由于试验来试验去，留在草帽子里的水气在不知不觉中起了作用，根据天气或季节，它改变着自己的形状和大小，以至于在太阳光下玩上几个钟头滚球之后，人们不得不往它上面浇半天水，才能把它和它主人的脑袋分开。

贝鲁瓦梭先生退休前有到村子里来度假期的习惯。他和他那个厉害的贝鲁瓦梭夫人做了好多年"避暑者"。后来，年龄到了，贝鲁瓦梭夫人到黄泉之下发威风去了，而贝鲁瓦梭先生爽快地办了退休手续，决定回到巴斯第德村他那个小房子里安度晚年。他那座房子朝着广场，离咖啡店只有几步路，就在通到联谊会的那条小胡同的街角上。房子的第一层做了储藏室。外边有一个石砌的台阶通到二层他的卧室前边的阳台上。石头台阶，由于年代久远，已经凸凹不平了。

有女佣人塞拉斯蒂娜服侍着他。她是他从城里带来的。她长得相当丰满，一口漂亮的白牙，一双黑黑的眼睛。她刚刚三十岁。这是一个"什么都干的女佣"。而实际上，她也确实什么都干。她甚至使神甫先生大失所望，而使村子里的小伙子们心花怒放。

因为贝鲁瓦梭先生的耳朵有点聋——菲劳克塞纳说他耳朵里的鼓膜是香肠皮——所以，他那满是哲学名词或者放荡不羁的谈话，就更是令人开心。他常常所答非所问，闹出许多笑话。

在阿伯的坚决要求下，乌高林也时而来参加聚会。

阿伯曾对他这样说过：

"第一，你需要见见外人，要不，你就快要变成一个野人了，最后你会留下一大把胡子。第二，人们知道你现在赚了些钱，你不应该给人一种印象,好像你把朋友都抛弃了。你一个星期来那么一次或者两次,晚上六点钟下山来参加聚会,然后回来和我一起吃晚饭……"

这些不信宗教的人的聚会——不需要召集——总是按着老套子进行。

首先,菲劳克塞纳高声地念日报上的几段文章。然后,人们在一起议论地方政治,以及蔬菜、酒和农具的价钱。要是报上披露一个重大案件,读报人就将报纸放在桌子上,腾出双手,以便指手划脚地做着各种姿势:卡死放高利贷者,刺死不忠诚女人的情夫,或者把缢死者的长舌头拉将出来……

然后,人们就天南地北、海阔天空地神聊起来。甚至有时也说到"别人的事情"。但是,因为多半是婉转的影射,使得小学教师和贝鲁瓦梭先生无法明白其中的究竟……譬如吧,一天晚上,面包师傅说:"有的家里的人,那才叫和睦呢!"他说这句话,是因为贝道菲刚从人们面前走过去,人们怀疑他是他弟妹所生的孩子的父亲。

接着,在夏天里,晚上六点钟的时候,如果人们还有兴趣的话,就用长短不同的麦秸抽签,把人分成两部分,进行一场滚球比赛。

五

一天上午,玛侬趴在花楸树下,两手攥成拳头,叠放在颔下,在专心地读着《阿拉斯加淘金者》。四月的太阳还没有离开山峦很高,四周一片静谧,静得连羊儿吃草的声音都能清楚地听到。忽然间,忠实的比古竖起了耳朵,扬起了鼻子,吠叫起来。玛侬抬起头,发现在距她二十米开外的沟下边,有一个人沿着石崖在碎石上走着。他走得很慢,眼睛盯着地上,好像在寻找丢失的东西。他突然弯下腰去,拣起一块很大的石头。他把它举在手中看了一会儿,然后放到一块岩石上,从挎包中掏出一个锃光闪亮的小铁锤,啪的一下,把那块石头砸成了几块。

接着,他又从挎包中取出一个很大的放大镜,一块一块地检看着它们的纹理。

玛侬颇感兴趣地望着他,心想:"这也许是个寻金者!"

他用一支粗铅笔在一块石片上做了记号之后,把它装进了挎包。

他很快就走到了一个中断石崖的山沟。他并不朝沟底走去,而是向上爬,朝花楸树这边走来……

玛侬悄悄地站起身,麻利地把书藏在一棵刺桧树下,然后跑过去,悄声跟她的黑狗说了几句话,并用手指着地上,比古听从主人的命令,乖乖地蹲坐在那里。她朝一棵挂满松塔果的大松树跑去。这棵松树枝叶繁茂，几乎难以钻进人去。她搂住树干，两只脚在树干上蹬了几下，就消失在绿叶里了。一只大松鼠受了惊，一直逃窜到树巅上去。

她常常爬上这棵松树，到上面去摘松塔果。松塔果里藏着喷香的松子。她安坐在主干分枝的地方，树干从那里分出三个粗壮的大枝桠。她在那上边等待着。

他朝她这边走来。如果他知道树上藏着人，透过繁密的枝叶，他肯定会发现点什么东西的。

他走到树下，站住了，侧起了耳朵，他听到有铃铛的响声。他向四周望了一下，发现有一只肥大的山羊羔在十分好奇地望着他，嘴里还叼着一缕白色的野花。他朝它走过去。警觉的比古窜过去，站在小山羊的前边，露着獠牙，汪汪地吠叫着。

寻金者故意地朝它逼近一步，可它并不退后，叫得更凶了。

寻金者说：

"哎！哎！难道你怕我偷你的羊不成！"

其余的一些山羊也围拢过来，在它们的长毛守护者后边站成了半个圆圈，用眼睛盯着这个突然闯来的人。可是，毛驴却毫不惧怕，安然地朝他走过来，一直走到他的身边，还用它的嘴巴在他的胸前拱了一下。然后，把它那长而松弛的嘴唇向上提起，露出它的黄牙，眯缝起眼睛，朝他做出一个非常友好的微笑。

"哈哈！"他说，"你想让我给你挠痒啊！"

说着，他就在它两只耳朵中间的那块灰色粗毛上轻轻地挠了起来。可是，不一会儿，毛驴却把它的嘴巴伸到他的胳膊下面，啃起他那漂亮的皮包来。

他轻轻地把它的头推开，说：

"怎么？给你挠痒，你还不满足？难道你想和我一起共进午餐吗？等一等，我们想办法……可你的主人在哪儿呢？"

年轻人打了几声口哨，然后放声喊道：

"喂！……喂！……"

然而，只有远处的一堵山崖回应着他。

他来到那棵大松树下，把他的挎包放在一堆松软的干松针上面，然后靠着树干坐了下来，摘下他的贝雷帽①，打开食品包。他先拿出酒瓶，把它斜靠在一块大石头上，然后是银杯子，再后是香肠。毛驴站在一旁，很感兴趣地看着他做着这一切。它那两只突出的像李子一样大的眼珠在褚红色的长睫毛后面闪着光亮。它一见香肠，立即伸长了脖子去闻。

"不，"年轻人说，"这不是给你预备的。另外，我得告诉你，那些坏心肠的买卖人有时把驴肉放进香肠里。所以，你得小心啊！"

他割下了一片面包，搁在他那张开来的手掌上，递给毛驴。

玛侬看到了他的这一动作。她想：

"这是一个城里人。不过，他知道给驴吃的……"

她在树上，只能看见这个年轻人的在阳光下闪着光亮的油黑头发，他的白皙的脖颈和两只被太阳晒成棕色的前臂。

他一边用胳膊肘推挡毛驴那打着响鼻的脑袋，一边开始试着切割香肠。玛侬在树上无声地窃笑着：要是这头牲口赖在他身边

---

①贝雷帽，一种扁平无沿的软帽。

不肯走的话，这位寻金者肯定吃不成午饭。

幸好这时黑狗比古突然出现了。它把羊群赶到安全地带之后，又蹦跳着奔了回来，舌头垂在了外边。它想把那个为了一片面包而抛弃了羊群的叛徒弄走。

它在毛驴的四周跳着，为了避开毛驴尥蹶子，它嘶咬着它的前蹄。可毛驴突然一下子调过身来，把后蹄对准了黑狗的脑袋。不过灵活的进攻者早就领教过它那两下子了。

毛驴尥了七八个蹶子，没有踢到狗，唯一的结果是，寻金者的面包上被扬上了一些沙土。毛驴不得不认输，放开四蹄，朝远处响着铃铛声的羊群奔去。这时，比古望着松树，尖叫了几声，然后，又几乎变成了呜咽，呼唤着它的女主人。年轻人以为它的这些举动是朝他来的呢，他毫不在乎，狼吞虎咽地吃起他的午饭来。

黑狗没有得到主人的回答，又害怕失职，就调过头来，朝着它的岗位飞速地奔去。

玛侬在树上听着香脆的面包在神秘的寻金者强健的上下颌之间喀嚓喀嚓作响……他或许会在那儿待上半个小时的，可这并不使她害怕，在树上，她可以从远处监视着她的羊群。她看见黑狗在不时跑来跑去，把羊儿围拢在一处。她把目光移向树下，透过枝叶，窥探着那个孤单的陌生人。他衣着整洁，很年轻。他刚才用男性特有的浑厚而又和蔼的声音和牲畜们说话。当毛驴伸着脑袋拱他挎在腋下的皮包时，他笑得多么和善啊……

她在心里想：

"爸爸为了寻找水而丧了命；他是个寻金者，或许他也没有什么好运气，可不管怎样，他在寻找着……"

过了一刻钟，在树下吃饭的年轻人喝了一大杯红酒，然后收拾起餐具，站了起来，伸开两臂，舒舒服服地伸了一下腰，同时嘴里满意地"欻"了一声。

之后，他把挎包斜挎在肩上，望了望四周，朝远处的羊群走去。比古又跑过来阻挡他。年轻人打了一声口哨，又呼唤了几声，仿佛他很想跟牧羊人说上几句话似的。不见回应，他就消失在松林里了。

玛侬从树上下来了。当她跳到地面上的那一瞬间，她发现草丛里有个亮的东西在眼前一闪，这是那位寻金者的多用刀。刀子上边有四把小刀，一个锥子，一个瓶起子，一个磨指甲用的小扁锉和一把精巧的小剪刀。她把它拿在手中，仔细地看了半天。她想，那个年轻人会回来找的……她并不十分情愿地把它放在一块显眼的石头上。可是，当她走开时，她发现那把刀明晃晃地闪着光亮。

她自言自语地说：

"谁先从这儿经过，谁就会把它装到口袋里去。"

她又走了回来，犹豫了一会儿之后，又把她拾到的东西重新拿到手里。

她想：

"要是他回来，我看见他，我就把它交还给他。要是他不回来，对不起，那就让他认倒霉吧！"

小学教师在松林里继续他的勘察。他看见一个老农民，穿着破衣烂衫，在采野芦笋。他那蓬乱的头发和胡子都花白了，可脸上的皱纹却是一条条的黑道子。

"您好，先生！"小学教师说。

那老人抬起他那一双蓝色的眼睛，不好意思地笑了笑，回答道：

"您好。"

"长得不错了吧，这芦笋？"

"不错。尽管迟了些日子，不过长得满好的。"

"那边那羊群，是您的？"

"噢，不！"老头回答说，"山羊么，我只有两只，是我的老伴管着……我不是这儿的人，我是翁布雷村的……那羊群，是山泉姑娘的。"

小学教师疑惑地问：

"什么山泉？"

"这山上的所有的小泉子，"老人回答说，"她都修整它们，清理它们……还用粘土修个小水池，弄得干干净净的……因为我不知道她叫什么名字，我就叫她是山泉姑娘，要不，我真不知道怎么称呼她好。她是一个心地善良的姑娘。有一天，她还给了我一块奶酪呢！我并没有跟她要，是她给我的。我这人从来不向别人要什么的。"

"是翁布雷村的一个姑娘吗？"

"不。肯定不是的。"

"那么，她是巴斯第德村的了？"

"我不知道。我想，也不是的。她不是巴斯第德村的。我没有问过她。我这人,从来不问别人什么。"

说完,两眼盯着从小学教师挎包里探出头来的酒瓶子,嘴里叨念着:

"我这个人,从来不向别人要什么!"

小学教师立即明白了。嘴上说是从来不向别人要什么,可这表面清高的老头儿肯定是来者不拒的。于是,他把剩下的酒送给了他。那老人甚至等不及说一声谢谢,就把酒瓶子像吹号一样放到嘴上。善良的小伙子笑着登上了通到沟底的小路。

六

这一天的晚上，六点多钟，不信教的人们聚在咖啡馆的露天座里，围观一场纸牌比赛。庞菲尔和贝鲁瓦梭这一方大败卡希米尔和肉店老板克娄第尤，绝对领先。阿伯、乌高林、昂日和面包师傅跨坐在椅子上，在一旁默默地观战，欣赏着他们高超的技艺和捣鬼的本领。当见到第二大牌被吃掉时，他们不免惋惜地小声喊叫起来。

比赛接近尾声时，小学教师先生来了。他站在一旁只观战，绝不开口，一直到贝鲁瓦梭先生尖叫着打掉对方的王牌，吃进最后一墩牌。

菲劳克赛纳站起身来，说：

"他们输得太惨了，一定很难过，我真不忍心让他们请客，这次由我来请大家喝一杯吧！"

小学教师在贝鲁瓦梭先生身旁坐下。

"哎，我亲爱的贝尔纳，"公证人问道，"今天您做什么了？"

"下午，我给学生批改作业，又准备了一下明天的课。上午，我到山上转了一大圈，带回来一些稀有品种的石灰岩结晶标本。对了，先生，请问山泉姑娘是谁呀？"

菲劳克赛纳边给大家斟酒，边说：

"山泉姑娘？您是在书上看到这个的吧？"

"绝对不是!"小学教师说,"在山上,我碰见翁布雷村的一个可怜的老头儿,他跟我说,在山上边,有一个姑娘,经常清理山上的小山泉。"

"我也注意到了。"面包师傅说,"有人清理了利佳欧沟底的山泉,它比从前流得更旺了。"

"洛利叶的泉眼也一样,"肉店老板说,"也有人清理过。不过,我想可能是伐木工人干的。"

"也许是牧羊人,"阿伯说,"他们的羊需要水……"

"对了,"贝尔纳说,"据那个老人说,是一个牧羊姑娘。"

"这个牧羊姑娘,她长得什么样?"庞菲尔问。

"我没有见着她。"贝尔纳说,"我只看见了她的羊群。"

"是绵羊,还是山羊?"

"一些山羊,还有一头毛驴和一只黑狗。"

"要是这样,"庞菲尔说,"我就知道了。那是小玛侬的羊群。她一看到您,就躲起来了。"

"为什么?"

"这是她的脾性。有几回,人们从远处看见了她,可走近的时候,她却不见了!她比跳鼠还野性!"

"姑娘们常常都是这样。"面包师傅说,"不过,以后长大了,也就不野了。"

"她有多大了?"贝鲁瓦梭问。

"她应该有十二三岁了。"乌高林说。

"什么?"庞菲尔喊道,"……要我说呀,她起码有十五了!"

贝鲁瓦梭先生把他那只戴着戒指的手拢在他那不好用了的

耳朵上。

菲劳克赛纳给他重复说：

"十五岁！"

说着，他借用木匠的一只手，并排伸出十五个手指头。

"哟！她是从哪儿冒出来的？"贝鲁瓦梭大声嚷道。

"她是那个可怜的驼子的女儿。"庞菲尔回答说。

在普罗旺斯土语里，"可怜的"是指已经死去了的人。可在这些不信教的人眼里，一个死人之所以"可怜"，是因为他一无所有了。

"谁的姑娘？"贝鲁瓦梭又小声地问了一遍。

菲劳克赛纳只好放弃使用语言来比喻，他缩下脖子，用力端起肩膀，直到能触到他的耳朵。同时，嘴里重复说：

"驼子，驼子。"

"哪个驼子？"小学教师问。

"一个呆子。"阿伯说。

"并不那么呆。"木匠反驳道。

阿伯接着说：

"我说他是呆子，并不是说他是个大傻瓜。我的意思是说，他不切实际。他竟以为他可以饲养几千只兔子，可惜这只能是纸上谈兵。"

"那呀，"庞菲尔说，"是因为他没有水；他曾经想打一眼井的……"

"他还想搞爆破呢！"乌高林说，"我早就提醒过他。我跟他说：'您可不能拿火药当儿戏！'可是，又有什么办法呢！他有书，他以为靠这些书，他就什么都能干了。他不肯听我的话，结果放了第一炮，就把他砸死了。"

"自打那儿以后，"庞菲尔说，"小姑娘就和她那有点精神失常的母亲住进山里去了，还有吉尤塞普留下的寡妇巴波迪斯第娜。这老女人变得像个木头人似的了……"

乌高林像有所怀疑似的，问道：

"你们认为她有十五了？"

"肯定有了。"阿伯说，"驼子在那儿住了三年，咱们栽种康乃馨也有三年了……她至少有十五岁，说不定已经十六了。你怎么都不记得了？"

"都是因为弄那些康乃馨。"乌高林说，"忙得我什么都顾不上了，时间过得像流水……因为我再也没有时间上山，打那以后我就再也没有看见过她。"

"因为她不到村子里来，"菲劳克塞纳说，"谁也不知道她们在山上做些什么。"

"她是从来不进村子的。"卡希米尔说，"可有的时候到墓地去……"

贝鲁瓦梭满脸贪馋地说：

"那么，请您给我讲一讲这小妞长得如何。"

"她的脸长得什么样儿，"卡希米尔说，"我没有看见。"

"那么，您看见什么了？"贝鲁瓦梭轻薄地问。

"那是去年夏天的事了，在墓地。我得给可怜的艾勒寨阿尔，就是哈什突布勒家的那个艾勒寨阿尔挖墓坑。必须快点挖，因为那几天天气热得很，那可怜的艾勒寨阿尔受不了了……他家的人告诉我早晨四点下葬,可前一天晚上我连一半都还没有挖完。所以,第二天一大早,天还没有亮,我就去了……当我正要把钥匙插进门锁里的时候,我听见一阵音乐声,有点悲伤,不过很好听。那时天还没有怎么亮,可我还是看清楚了,是个姑娘,跪在一座坟前。我听了一小会儿,然后我突然一下子转动了钥匙。朋友们,这下糟了!只见她一跳,就上了贝里西野的石头十字架,嗨——,一下子就翻过墙去了!我走过去,看了一下那个坟,是那可怜驼子的。她在坟前放了一大抱绿树枝和野花,有蓝蝴蝶花、蜡菊花和茴香花。这类的花,我差不多每个月都能在那儿看到。可是她,自从埋葬了她的父亲以后,我就再也没有在近处看见过她了。"

"我呀,"庞菲尔说,"我之所以对你们说她至少有十五岁了,是因为我在近处看见过她!"

"在哪儿?"乌高林问。

"在山上。"庞菲尔说,"苏尔纳山洞那边。那天,我到那儿去采羊肚菌。"

菲劳克塞纳一边给自己斟着酒,一边叫道:"好家伙!你跑到那么远去采蘑菇?"

庞菲尔神秘地回答说:

"在那座山上,我知道有一个地方长蘑菇,过去我父亲带我去过……再说,有什么法子呢,这是我的怪毛病,我喜欢山林。尽管我锯过那么多木头,可当我看见树木活着的时候,我喜欢得都不敢多看它们几眼!那天,我一个人上山去了。忽然间,山谷里的松树呼啸起来,我知道要来暴风雨了。"

他把脸转向小学教师。

"您知道，其实一点儿风也没有，可是树木却发出风声……在红头山上边，我看见涌过来一堆可怕的乌云，就像一堆蓝紫色的墨汁。它的前锋像一张弓。它们在卡莱特树林上空滚过，直朝着我的头顶上涌来。"

面包师傅高声嚷道：

"在卡尔拉班山峰下，布雷卡多雷的山坡上，我也赶上了一次，吓得我头发都竖起来了。"

庞菲尔接着讲下去。

"突然，呼隆隆，响起了第一声雷！"

肉店老板克娄第尤不由打了个冷战，小声嚷道：

"哎呀！"

庞菲尔接着说：

"我奔跑起来，想到烧炭人扔下的那个破木板房里躲一躲，它就在封-弗雷盖特石崖下边。"

"我知道那儿。"阿伯说，"从前我腿脚还好的时候，我到那上边打过斑鸫的……"

庞菲尔又接下去：

"唉，现在它已经破烂不堪了……我把屋顶弄了弄，点上我的烟斗，等待着。空气中有一股火药味，天空变成了紫色。透过屋顶那个瞄准斑鸫用的洞，我看见山野上的荆棘丛都是一个模样，一动也不动，比我还僵硬地挺在那里。可是，忽然间，贴着地面，我看见有一只金黄色的鸟掠过……它飞着，飞着，飞到我朝外看的那个洞的前面；我看清楚了，原来那是个姑娘，在雷雨前飞奔；那金黄的颜色，是她的头发。她忽然又停住脚步，回转身去，望着那压下来的乌云。雷声在空中炸响着，她大笑起来，还朝着雷电送了一个飞吻！"

"那个姑娘，"昂日说，"真是什么也不怕！"

庞菲尔又接着说下去：

"她顺着山坡跑下去，我的朋友，真令人难以相信，她竟像跳鼠一样，飞越过那一丛一丛的荆棘，她要是不这样的话，我真会替她着急死的。雷雨竟没有追赶上她！"

贝鲁瓦梭先生望着小学教师，说：

"这是一个很有意思的小妞儿。说真格的，我没有孩子，我真想替她做点什么事。她漂亮吗？"

"贝鲁瓦梭先生，"庞菲尔说，"她那头发，像金子；她那眼睛，像海水；她那牙齿，像珍珠；在她那破烂上衣里面裹着的那东西，它应该像一件最美丽的东西！"

这时，只听见一声吼叫，像晴天霹雳，从木匠铺上边的窗户里掼了下来。这是胖子阿梅莉。她高声嚷道：

"那你呢，你像什么？你这个色鬼！这就是你要去采的蘑菇吗？"

露天咖啡座里的人们一听这话，不由得都哄笑起来。阿伯则高声叫着："哎呀呀！"

阿梅莉继续嚷着：

"啊，你怎么没有跟我讲过那金黄色的鸟！"

庞菲尔跨过去几步，站到窗户下边，张开两只胳膊，扬起脸朝着他的妻子，用一种男人特有的理智口吻跟她说：

"阿梅莉，请你别这样！我讲这些并没有什么邪念。那只是她给我的印象。"

"哼！我认识她，这就是她给你的印象？可惜的是，她跑得太快了，是不是？"

"你一点儿也不懂，阿梅莉！我呀，我是把这当作一件新奇的事儿讲的。"

一声刺耳的冷笑之后，阿梅莉吼道：

"新奇？你们都来看看新奇！谁能相信他是一个有四个孩子的父亲！"

不信教的人们又哄笑起来。邻居大嫂和孩子们都跑过来看热闹。从阿梅莉身后，人们听见一个婴儿啼哭的声音。

于是，阿梅莉高声说：

"你们都听听，他的女儿都替他害臊，哭了！可怜的小东西啊，等她长大了，知道她父亲是个色鬼的时候，我可怎么对她说呢？可怜的小东西啊！"

可是，因为"可怜的小东西"开始大声哭叫起来，她突然转过身去，用哭腔向孩子吼道：

"闭嘴，你这个色鬼的女儿！"

然后，她又转向大家：

"那么大个人，调戏一个放羊的小姑娘，迷上了她那两个葫芦！还觉着它像金子，它像海；她那胸脯，是世界上最漂亮的！你说说，圣母玛利亚，在我的上衣里裹着的，难道就什么也不像了吗？"

又引起人们的一阵哄笑。这时，木匠被惹火了，他激动地回敬道：

"噢,不!你那玩意儿像两个西葫芦!"

一听这话,阿梅莉长吼了一声,嚷道:

"好哇!你竟敢侮辱你孩子的母亲!这回你要是再敢多说一句,我就让你好瞧!"

她离开了窗口。庞菲尔为自己刚才过火的话感到有些害怕,于是喊道:

"阿梅莉!我是想说两个漂亮的西葫芦!漂亮的!阿梅莉。"

菲劳克塞纳见气氛不对头,忙说:

"啊,糟了!这闹到最后可要不好收场了。"

人们正等着阿梅莉抄着扫把,从门口冲出来的时候,却见她两手端着一个锅的两个耳朵,出现在窗口。她把锅送到窗外,同时,她那特有的"温柔"的声音又响了起来:

"谁喜欢羊肉炖豆角?这可是少有的菜啊!里边加了黑橄榄,小块咸肉,还有一点点百里香……它整整炖了一夜!"

看热闹的人们一看这架势,都闭上了嘴,不出声音了。露天座里的人也都站起身来。

庞菲尔朝着那只锅伸出两只胳膊,带着哀求喊道:

"阿梅莉,别这样!不,阿梅莉,不要这样!你要真这样干……"

她难以压下她的怒气,继续嚷道:

"可是,那些迷恋上金黄色飞鸟的人,喜欢新奇的色鬼们,看不上西葫芦的家伙们,他们都不配吃这炖羊肉……我呀,这就是我要干的!"

庞菲尔几乎来不及躲闪,那冒着热气的锅子就在他的两脚之间爆炸了。围观的人们跟着起哄,噼噼啪啪地鼓起了掌。

他赶忙去拣那冒着热气的肉块,可是,不知从哪儿钻出几只狗,开始两只,接着三只,然后四只,在他的胯间展开了一场恶战。他只好蹦跳着逃出战场,那个狼狈相让小学教师笑出了眼泪。其他几个不信教的人笑得更凶了。菲劳克塞纳背靠在墙上,两只手捧着他那颤颤抖抖的大肚子,像孩子似的咯咯地笑着。

七

　　阿伯和乌高林很早就回苏贝朗家的老屋了。他们等待着特里莫拉先生来结算本年度前四个月的账目。
　　特里莫拉先生是开着汽车来的。他的汽车很小，但却是崭新的，而且有一个马力很大的发动机，当他把车子退到停车地点，停住时，车身竟原地跳了几下。
　　他们到餐厅里坐下，把百页窗关上，门闩上之后，阿伯仔细认真地把邮寄来的清单和经纪人带来的清单一一进行了核对。然后，商量了半天，他们才算达成了协议。于是，特里莫拉先生在桌子上排出了八十四块金路易。乌高林把它们逐个地扔到壁炉的大理石台面上，以便知道它们的真假。
　　他说：
　　"这倒不是我多心。不过，人们有时不知不觉地，也许自己就搞错了。"
　　接着，他们三人一起用晚餐。餐桌上有十几只烤斑鸠，一盆栗子粥，一大盘野芦笋块摊鸡蛋，还有特里莫拉先生从城里带来的一大块一公斤重的奶油水果蛋糕，同时他还带来一个用草垫裹着的酒瓶，据说里边装的是香槟酒。
　　他们的谈话，对外人来说，是颇有教益的。
　　特里莫拉先生说他做贩卖康乃馨花这种生意赔了钱，原因是由于意大利人的竞争，意大利人抢占了国际市场。他没有办法，只好把他的汽车和他在乡下的别墅卖掉。

乌高林和阿伯也难过地跟他说，既然花价压得这么低，换回的钱几乎刚够支付买肥料和杀虫药的款项；他们现在酝酿着，想回过头去再种那高产的鹰嘴豆。特里莫拉先生称赞他们这一打算，说这是明智的，又说他唯一感到遗憾的是，他再也不能每隔几个月就上山来与他们这样的好朋友聚会了……

吃过奶油水果蛋糕之后，经纪人起开了香槟酒的瓶塞。那砰的一声巨响，使乌高林犯了疑惑：那瓶子怎么能够把那气体封闭得那么长久呢？他们举起杯子干杯。杯子里不断往上涌着气泡，它们从嘴里进去，又从鼻孔里钻了出来。他们相互祝福着健康长寿，事业兴旺。

然后，阿伯装出犹豫不决的样子。说：

"我心里琢磨着，我们剩下的那点儿肥料和杀虫药可做什么用呢？种鹰嘴豆用，那么一点儿也顶不了什么……"

特里莫拉先生听了这话之后，想了一会儿，说：

"要是你们今年还想栽一季康乃馨的话，我么，我很愿意——为了帮助你们——继续为你们效劳。我不能抛弃像你们这样的朋友。不过，我建议你们把地里的康乃馨马上拔掉，重新栽上新的插条。"

乌高林一听这话，竟喊叫起来，因为他地里的康乃馨还都正在开花期。经纪人回答他说，现在不是花好坏的问题，而是想办法卖个好价钱。从他那方面看，他认为目前花季已过，直到九月底，他不再需要进康乃馨花了。因为五月即将开始。对大家来说，这是一个令人难以高兴的月份。五月里,有五天被宗教节日占去了,另外五天让几位圣人占去了,可他们的名字都很怪僻,像什么阿达纳斯、皮野、塞尔魏、乌尔班、贝托尼尔,在人们中是很少有人叫这些名字的。而那些没有什么圣人可纪念的日子里,也没有什么让人快乐的节日。另一方面,五月份,根本没有人结婚。最后,对卖花人最为不利的是,人们并不像十二月份那么愿意死!

这样看来,牺牲这个月的微少收入是理智的,为的是下一次采撷能够在十月初开始。十月份要纪念圣·雷密、圣·弗朗索瓦、圣·宫斯当、圣特·布雷吉特、圣·德尼、圣·艾都阿尔、圣特·德莱兹、圣·雷奥保勒、圣·拉法艾勒、圣特·昂都瓦耐特、圣·西蒙和圣·阿尔塞纳。一连串非同寻常的连祷,也是鲜花生意最兴旺的日子。另外,再加上丧事:深秋初冬的流感可是不饶人的,而使生意达到登峰造极的是诸圣瞻礼节[1]和亡人节[2]。

他们到十一点钟才分手,各自都颇为满意。

乌高林登上了去洛马兰的山路,把吊在脖子上的装满金币的钱袋紧紧地搂在胸前。

由于香槟酒在作怪,他每走十几步就要停下来,被呃呃涌上来的嗳气冲得直摇晃脑袋。在他经过马沙冈房前那个小空场的时候,天上的一片乌云竟落下雨来,那密集、斜刺洒下来的雨注一直伴着他跑回洛马兰。

他把门闩牢后,又把他的金路易重数了一遍,然后塞在他的

---

[1]诸圣瞻礼节,法国天主教传统节日,为所有圣徒祈祷的日子,在每年的十一月一日。
[2]亡人节,是一些国家祭奠先人的节日,在每年的十一月一日。

枕头下边。

他在一片雨点急速敲打着屋瓦的响声中上了床。外边的隆隆雷声在山中引起串串回声,传递到百页窗上,使得窗玻璃也一阵阵地震动起来。

毫无疑问,是这场长时间的好雨,使他想起了那可怜的让先生,然后,又想到他那像一只小狐狸到处躲藏,比冰雹跑得还要快的女儿……接着,他仿佛又看见在几只狗中间蹦跳着的庞菲尔,他带着微笑,安安稳稳地睡着了。

当他醒来时,雷雨早已过去了,阳光从百页窗的缝隙透了进来。他立即把手插进枕头底下,看看那个小口袋是不是还一直在那里:他把钱口袋拿在手中,举起来,举到他能达到的最高处,然后把手一松,让它落在自己的胸脯上,为的是体验一下它那神奇的重量。它足有半公斤重,而那哗啦哗啦的声音该是多么动听的音乐啊!他已经有四百一十块金路易了。他计算了一下,加上这次的八十四块,一共是四百九十四块。并且,这个花期的所有费用都已支付过了。他还缺六块凑足五百。他决定向阿伯要六块,阿伯肯定不会拒绝的。于是,他懒懒地躺在床上不肯起来,陶醉地低声重复着说:

"五百块金路易!……啊,乌高林,你有五百块金路易了。"

过了好一会儿,他才坐起身,蹬上了裤子。但他不去开门,也不去开百页窗,因为他得把这新得到的八十四块金路易放到安全的地方,放到他的钱罐子里去。

他小心翼翼地把壁炉里的一块板石起开,揭开那铁锅的盖子，把这八十四块金币倒在那些金币的上边。然后，像贼一样，迅速地把盖子盖好。他把那块板石放回原处之后，用手在一个盘子里和了一把白灰，仔仔细细地把石缝都抹上。

然后，在白灰还没有干的时候，他抄起一把染料木树枝扎成的扫把，把混着黑炭的炉灰扫到石板上去，又在上面划拉了五六下。

他自言自语道：

"好了，就是德丽娅来打扫，她也什么都看不出来……至于小偷么，我才不怕呢！……"

有时，为了保险起见，他还表演一番他的拿手好戏，也就是装作一个不走运的盗贼。

他走出门去，回手把门带上。然后，他转过身，开始进入角色，慢慢地不出声响地把门重新打开，蹑手蹑脚地走进那宽大的厨房；他竖起耳朵，仿佛在谛听房子里是不是有人。

他悄声自语道：

"没有人。好极了！"

他走近床铺，掀起了枕头，然后，在床垫里又摸了半天。

"哼！"他说，"什么也没有。"

他打开大柜橱，把床单、枕套、袜子……都掀开看了个遍，脸上做出失望的表情。接着，他走向餐具柜，打开两扇门，察看着上下两层，掀开大汤盆的盖子，摇了摇那老式的咖啡壶，装作恼火的样子，嘟哝道：

"可财宝都藏到哪儿去了呢？他藏到哪儿去了，那些钱？"

他用力地一下子拉开了餐具柜的两个抽屉，嘴里骂骂咧咧。

忽然，他抬起头，惊奇地发现了那块写字的马粪纸。他高声地然而缓慢地念着，仿佛在艰难地辨认着那上面的字迹：

"小偷，注意！"

好像激起了他的好奇心。他皱了皱眉头。

"您别费劲儿找钱了，钱不在这儿。"

他冷笑道：

"骗人！"

他继续高声念着：

"它送进银行里去了……"

于是，他表演出焦急的神态，然后，又高声说：

"不过，这倒是真的，他每星期去三次欧巴涅镇！他很有可能这么做，这个王八蛋！再说，既然他能想出栽康乃馨的主意，说明他是一个现代农民！他倒不蠢，这个家伙！那他存到哪家银行去了呢？"

他接着念道：

"就在欧巴涅镇中心，警察署隔壁。"

于是，他装作被吓了一跳，仿佛警察就在眼前。"小偷"向后退了一步，大张着嘴，朝门口奔去，想夺门逃走。但是，他在门口停住了脚步，开怀大笑起来，兴奋地搓着两只手，喊着说：

"光当小偷还不行，还必须狡猾！要说狡猾，还得数我乌高林！"

他走出家门，去看他那些宝贝似的康乃馨。他应当立即把它们拔掉……由于夜里下了一场透雨，不少花骨朵已经绽开了。

"不至于那么倒霉吧!"他高声自语道,"哼,不。我不能马上拔,我要等等看。要是今年特里莫拉先生再也不要了,我可以把它们送到欧巴涅镇的花店去……就是在五月份,我也可以卖出去一些……"

他两手插在裤兜里,两眼盯着他的鞋尖,在花圃里转悠了半天。

"说真的,我不该不满足。很快就有五百块金路易了!谁敢说这个大话?人不该总是盯着那些得不到的东西。要是可怜的驼子赚上它五百金路易,他的女儿也就不会像蚤斯似的整天在山野里奔跑了。咳,每个人有每个人的命运,每个人有每个人的星相。别人的事,这与我无关。"

火红的太阳驱散了薄雾,燕子在蓝天中穿梭,仿佛飞翔就是它们的乐趣。一只迟归的雌猫头鹰叫了一阵之后,回巢睡觉去了。布谷鸟开始了它那有节奏的歌唱。

乌高林仰起头,望了望天空,然后深深地吸了几口气。他把两只手从裤兜里抽了出来,忽然对自己说:

"我是不是应该到山上转它一圈呢?第一批羊肚菌说不定已经长出来了……再说,现在正是山鸫到来的季节……这也可以使我换换脑筋……人要是富有了,就有权利消遣。走!今天就当是星期天了!"

他又回到屋里,拿上毛巾和一大块面包似的肥皂,走到小储水池那儿去洗脸。

然后,他站在一块用三个钉子固定在窗户旁边墙上的三角形镜子前边,刮起脸来。他那红棕色的胡子长得很密,而他那把剃刀的刀刃却特别细窄，因为磨石已经把它那最好的部分吞噬掉了。不过，他已经用顺手了。只不过他的皮肤出奇地敏感，所以他不得不拿出他最大的耐心和机敏。

他挑了一件干净的衬衫，一条条绒裤子和一双宽底打猎便鞋，穿上了。然后，他往他的猎袋里装上两大片面包，一小铁盒腌渍的碎橄榄，一小块山羊奶酪，一个大洋葱头，还有一瓶酒。完了，他紧紧腰带，拿起他的猎枪，背上他的猎袋，走出门去。他把百页窗关严，锁了门，把钥匙放在牲口棚的墙洞里，以便德丽娅来做家务。

然后，他朝山上走去。

八

乌高林沿着山梁或者石崖旁边往前走。还没有开始打猎,他心里就有点惶惑。他知道,在一定程度上,应该对警察有所畏惧才是。

这天的上午,天空非常晴朗,一丝风也没有,天热得像到了夏天一样。只见矮树林上落了千百只小鸟,不过乌高林觉得它们不值一发子弹,何况它们已经发现他了。这些小鸟都张开小嘴,站到最高的树枝上歌唱着,根本不把猎人的到来放在心上。

在清澈透明的空气中,那远处的圣特-维克多瓦山仿佛一夜之间拉近了许多。那百里香的香味,虽被夜里的雨水冲淡了些,仍飘荡在山坡上的绿树丛上面。

他沿着布朗梯也山谷上面的高地边缘缓慢地走着。在沟底的尽头,一群眼睛看不到的乌鸫鸟在慢悠悠地鸣啭着,忽然间,不知为什么,它们又嘎嘎地欢叫起来。

乌高林在心里想到:

"那些鸟儿,它们至少不必着急上火……它们最重要的工作,也只不过是筑个巢……不用花钱买衣服,不用花钱买鞋子……它们吃得很少,愿意睡多久就睡多久,无忧无虑,没说的,这才是美好的生活!"

真是稀罕得很,他的思想竟然升华到了如此高的哲学境界,他自己也为此而感到惊奇。他把他的思索推到更远的地方。

"是的，这是美好的生活。但可惜的是，好景不长，而且还得有个条件，那就是在背上千万不能挨枪子儿……各有各的乐趣，各有各的难处啊……我自己就嘀咕过，我这么拼命地干活，这是为了什么呢？……靠这五百块金路易，我满可以像乌鸫鸟一样快活地活下去，直到把阿伯的遗产继承过来……我这辈子就再也不用干什么……可事实是，人们越富有就越想富有，直到闭上眼睛，进了坟墓。那么，这钱又有什么用呢？"

他发现自己已经来到了布朗梯也山洞的上边了。于是，他停住脚步，在那儿站了一会儿，望着四周的景物，像一个星期天出来野游的城里人。

他看见，在山洞影壁墙前边，拉着一条绳子，上边晾着衣物。在小菜园里，不见有人影。看上去，菜园侍弄得很好，很整齐。地里有几架扁豆，五六垄包心菜，一些洋葱、大葱和几棵长得很旺盛的朝鲜蓟菜，一方畦马铃薯，已经绿成一片了；还有一方畦草莓和两株漂亮的醋栗树。在这些作物的上方，有一个吓唬鸟雀的假人，它伸开僵直的两臂，两臂的前端各吊着一只黑手套，它身上套着一件破旧的蓝袍子，头上是一顶女帽，帽子上插着一根很美的羽翎。他觉得假人的这身打扮很荒唐。

他在心里说：

"这个假人是女的。我还从来没有见过这样的打扮……也许是她们不敢把可怜的驼子的衣服给他穿上吧……这肯定是那个小姑娘不愿意……"

他发现山羊都不在那儿。

他继续走他的路。在卡尔拉班山下绕了一个大圈子之后,他顺着山坡,向苏尔纳山洞那边走去……一路上不见一只兔子,也不见一只山鹑。

"这就怪了。"他心里想,"今天,它们都藏到哪儿去了呢?要不就是我自己变得耳朵不灵,眼睛不管用了。看起来,我得借面包师傅家的那只短腿猎犬了……"

他在雅尔地尼也山谷搜索着。那里被人抛弃的漆树已经在梯地上长成了一片小树林,茂密得几乎进不去人。忽然间,一只非常漂亮的兔子从一丛灯芯草里窜了出来。可由于树枝碍事,他放了两枪,都没有击中。

"我真是废物!"他抱怨着自己,"废物!一只三公斤重的兔子,两发二十苏的子弹,我一下子都把它们白白地丢了!这只兔子,我会把它弄到手的……不过,我先要到乌美山顶上去吃午饭。在那高处,我可以看到整个山林。耐着性子,我就不相信看不着它!"

他沿着陡坡向上攀登。山坡上矗立着几座小石崖,他不得不绕过去。

他终于爬上了最高的一块高地。微风吹着他那已经流了汗的额头,顿觉凉爽了许多。

在这海拔七百米的高处,周围的一切尽收眼底,他为眼前开阔的景色而感到惊奇。

像大多数巴斯第德村人一样,他从来没有到山顶上来过。因为这上边既找不到野物,也采不到蘑菇,更没有干树枝和野芦笋。那些没有收获的攀登只能作为城里人的体育锻炼。

他的视线环视着天地相接的地方，说：

"真大呀！没说的，这才真叫大！"

他坐到山顶上的一块石头上，胃口大开地吃起午饭来。他边吃边细细地观察着从他四周延伸开去的峡谷沟壑。

第一眼望去，他认不出它们来了，尽管从孩提时候起，他就知道它们的名字。他望不到巴斯第德村，圆头山把它挡住了。在他眼前展现的景物和他平时看惯了的景象完全颠倒过来了。他从他的右边去寻找布朗梯也山洞，寻不到；而在左边，他竟找到了它，尽管从远处看去它是那么微小。这样，他就可以给周围的景物排好顺序了，并且认出了所有的山谷，对上了名字。

"好哇！"他对自己嚷道，"那个，那边的，是布朗梯也。那个，是哈什克拉。那个么，是拜克芳。那只兔子可能不会到那几个山沟里去，那里都是石崖。那么，或许它还留在高地上，要不它就是通过帕德拉塞尔下到勒弗来斯吉也那儿去了……这可是一顿肥美的野味呀！我到那儿去，也许这一天就报销了，不过，我一定能够找到它！"

他下山，朝勒弗来斯吉也上边的高地走去。

勒弗来斯吉也是一片深邃而宽阔的谷地，是亿万年前的一个冰川一夜之间在这普罗旺斯蓝色石灰岩地带通过时冲刷而成的。

谷地两边是陡峭的山坡，山坡上边覆盖着茂盛的松林，松林向上一直伸向几个直立的石崖下边，向下一直漫向谷底。谷底是平坦的石床，这里一条那里一条地有些沟缝，山风和雨水在这些石缝中填聚了沙石和泥土，山中富有生命力的植物来这里扎下根，生长起来。

百里香、芸香、宽叶薰衣草和岩蔷薇就这样构成了一条条矮墙。在那些宽一点儿的缝隙中，刺桧、刺柏和虬劲的松树构成了一片片深绿的树林，树林上空时有燕雀掠过。

在这条山谷的中间地带，汹涌的山洪在石灰岩层上冲刷出了自己的河床，河床完全赤裸着，光滑得像琢磨过的大理石。不过，在光滑的河床上，星罗棋布地留有一些圆坑。圆坑深浅不同，形状各异，而且大小不一。大部分圆坑不超过饭锅那么大，可有的又特别大，有的直径竟达两米。

每当下雨的时候，山谷就汇集了从相邻高地上流下的溪流，它们冲刷着陡峭的谷壁，湍急地涌进石底河床，形成山洪，奔腾喧嚣着冲下山去。

山洪奔腾过去之后，河床上的圆坑里仍注满着雨水，在阳光下闪烁。不过，鸟雀、羊儿、猎人和太阳，在几天之内就把它们吸干了。

由于昨夜下了一场雨，在阳光的照耀下，山谷中所有大大小小的圆坑都变成了一面面镜子。轻轻吹动着的微风一过，那些大一点的圆坑上就荡起了涟漪。

乌高林正沉浸在这个宁静的景色之中，忽然听见了清脆的铃铛声。

他立即停住脚步，侧耳倾听着。

"嗯，"他自语道，"这肯定是翁布雷村的牧羊人。"

他蹑手蹑脚地向前移动着脚步，仿佛怕惊动他要捕捉的猎物似的。他发现，在河床上，在几棵瘦弱的松树旁，有十几只母山羊和两只公山羊在啃食着石缝中的小草。一只黑狗趴在旁边，脑袋枕在它那伸展开的前腿上。

"咳!"他自语道,"真是意想不到,这一定是玛侬的羊群!"

他向周围看了半天,没有看见放羊的姑娘。

"哼!"他又说,"这个漂亮的小妞一定是下捕网去了。她肯定把我的那只兔子给吓跑了,它现在可能跑到很远的地方去了。"

他一脸不痛快,摇了摇脑袋,向后退了两步,望着崖壁,想在崖壁上找一个合适的深裂缝。他找到了一个,上面长着一些矮树,可以使他一直走到谷底的斜坡上去,而不被人看见。他藏身在松树下边的矮树中间,不出声响地向前移动着,猎枪夹在胳膊下边,手指按着扳机,竖起两个警惕的耳朵。

但是,他并不看着他的附近,而是把他的目光扫向谷底。在一阵扑啦啦的响声中,离他不到二十米远的地方,飞起一群小山鹑。鸟群在穿过一株大树的枝叶后,突然散开了。乌高林已经把猎枪顶在肩头上了,然而他并没有扣动扳机。

他低声咒骂着自己:

"乌高林,你是笨蛋,一个可怜的笨蛋。"

他躲在染料木后边,躬着腰,缓缓向前移动脚步,一点一点地朝着干河床走去。

他不时地停住脚,竖起耳朵谛听着,那铃铛声现在已经近在咫尺了……可是他发现他走的那条小路不再向下去,于是他沿着横在谷地斜坡上的一堵小石崖向前走,来到四五米高的一块大岩石旁。岩石四周长着茂密的长春藤和铁线莲,一直垂挂到干河床上。

躲在这绿色的幔帐后面,他试探着寻找下脚的地方,以便使他那绳底鞋踏下去不出动静。

他就这样一点一点地向前移动了百米多远,然后,突然停住了。他听到有轻轻的响动,一种水的波动声……他悄悄地拨开铁线莲那紫灰色的蔓茎和长春藤那肥嫩的叶子,他终于看见她了。他向自己承认,他从清晨一上山就寻找她,是她一直把他吸引到这个地方来的。

玛侬坐在一个大圆坑的边上,把两条腿垂向水面,用脚趾尖划动着圆坑里的水;她一丝不挂地赤裸着身子。

由于风吹日晒,她的脖颈上像戴了一圈棕色的项链,这项链从她的脖子上垂向她那充满青春的隆起的胸脯。她的两条小胳膊也晒成了棕色,一直到胳膊肘;两只小腿也是棕色的,一直到膝盖。但她的身子却是乳白色的,在她那阳光赐给她的棕色长手套和长筒袜的衬托下散发出一种柔和的光彩。

乌高林惊呆在那里,像石头一样,一动不动,连大气都不敢出……

离牧羊姑娘不远的地方,在滚烫的石头上,晾晒着她那破旧的袍子和衬衫。

在她的身旁,放着一块方形肥皂,还有她那小口琴。

她低垂着头,想着心事,那金黄色的发卷垂到她的胸脯上。她不停地晃动着她那两只滚圆的小腿,水花在她的脚尖上跳动着,在阳光下闪着光亮。

乌高林觉得血液往脸上涌,鼓动着他的太阳穴。他咽了两次唾沫。可他怎么也不能把他的视线从那又白又富有弹性的屁股上移开。那屁股在上身重量的压迫下,在淡蓝色的石头上向两边鼓胀着。一股邪恶的念头在他心里开始蠕动。他抬起头,向四周望了望。没有人。没有放羊的,没有砍柴的,也没有打猎的。他又竖起耳朵,倾听着。没有任何声响扰动四周的寂静,只有一只蟋蟀在轻声鸣叫。于是,他用眼睛寻找着能使他走到她身后的隐蔽的途径。

可是忽然间,她站了起来,动作是那么轻盈,是那么敏捷,活像一只小山羊。她走过去,拣起她的袍子,袍子在石头上留下了它潮湿的痕迹。她一定是发现那袍子还没有晒干,她才又把它搭到一棵尖顶刺桧树上。然后,她俯下身去,拿起她的口琴。她把垂在嘴边的头发拨开,开始轻轻地吹了几个音节,那声音竟神奇般的在四周回荡起来。然后,她吹奏一首古老的普罗旺斯歌曲。忽然,她张开一只手臂,竟然在阳光下跳起舞来了。

乌高林听见一阵狗吠,接着是一片轻快的奔跑声,仿佛是一阵急雨,然后,羊群从一块大岩石后面出现了,黑狗殿后,是它赶着羊儿们来聆听音乐的。

黑狗蹲坐在后腿上,望着,山羊们围成半个圆圈,在啃噬着石缝里长出的青草。这时有一只小公山羊竟举起两只前蹄,竖立起身子,把头低下,那颔下的一小绺胡子紧贴在脖颈上,那两只尖角朝着前方……它稍迟疑了一下,然后就朝着跳舞的姑娘猛冲过去。可她轻轻地向旁边迈了一步,闪过了它。它落地后,又旋转身来,重新开始它的把戏。

他们两个,你冲过来我闪过去,来来往往,轻盈迅捷,看上去不施一点气力,仿佛是一股轻风和他们青春的欢乐使他们飘然起舞。而笨拙得不知弄断了多少根镐把,不撞在门框上就进不了门的乌高林,躲在隐蔽处,呆呆地望着那从石头上弹跳起来,弯成弓形的两只脚,望着那像音符一样轻盈的棕色的小公山羊。他再也分不清是她在演奏这支动听的歌曲,还是那亲切回声自愿来为他们跳舞伴奏。他突然被一种神秘的恐惧攫住了。他把下巴放在薰衣草上,听到他自己的心脏在怦怦地跳。他隐约地觉得那个比清亮的雨水还要柔美纯洁的跳着舞蹈的姑娘是山岭的女神,松林的女神,春天的女神。

他不知不觉地渐渐地沉进这神奇的幻想之中了。忽然,在他的手掌下边,有一粒小石子滚落了下去。

黑狗抬起头,仰起它那闪着光亮的鼻子,汪汪地叫了几声。姑娘立即止住她那旋转的舞步,用两只手捂住她的双乳,跳到一棵刺桧树后,躲藏了起来。

于是,乌高林两手和双膝着地,退到染料树丛里。可是,当他钻进树丛时,一些碎石沿着斜坡滚落下去。黑狗应声奔到小石崖脚下,狂吠起来……他站起身,但仍像村子里的百岁老人一样,弓着腰,钻进一片开黄花的灌木丛中,他自己也不知为什么,竟逃走了。

玛侬躲藏在刺桧的柔软的嫩枝叶中,通过染料木树枝的摇动,用目光跟踪着那个逃走的亵渎者。然而,她却始终没有看到他。她认为是村子里的一个冒失的小伙子。于是,她不顾裸着身子,狂怒地拉开了她的弹弓,用呼啸的石头弹丸追踪那个在黄花下面鼠窜着的看不见的家伙。

乌高林不时停住脚步,回过头去,看看她是不是看见了自己。

第三颗呼啸着飞过来的弹丸不偏不倚,正击中他脑门的正中。

尽管弹丸还没有小胡桃大,也不那么圆,并且是从远处飞来,可他还是愣怔了半天,然后伸出食指,原想用指尖抹去沿着他的鼻子流淌下来的汗珠,可他在手指上看到的竟是鲜红的血……这时,他并没有恼怒,而且再一次感到莫明其妙的恐惧。在那漫长的带着呼啸的抛物线下边,他像野猪似的钻进树林,穿过那些发怒的树枝,没命似的逃着……

他已经跑得上气不接下气了。他估计已经逃出了被弹丸命中的范围,在一株大山楂树后面,慢慢地直起腰来。透过树枝,他从远处又看见了她。只见她举起两臂,把身子套进她的袍子。片刻之后,那金黄的头发又从袍子上边露了出来。然后,她系紧腰带,跑到谷地上的一个高台上,发出牧羊人特有的呼唤声:"必利必利……必利必利必利!"

黑狗绕着圈子奔跑着,赶拢跟在她身后的羊群。羊儿们轻捷地蹦跳着,爬上了对面的山坡,很快就消失在黑森森的松林里了。

乌高林坐到一块大石头上,琢磨起来。他想到刚才用弹弓击中他的那个疯姑娘,不由得嘟哝道:

"太过火了!"

然后,他用手指去擦脑门上的血,感觉到手指下边是一个橄榄大的软包。

他又嘟哝道:

"太过火了,她打破了我的脑袋!……"

山鹑在远处高一声低一声地歌唱着。

他忽然想起他把猎枪忘在那里了。于是他怀着一种难以名状的恐惧，又是弓着身子，绕了一个大弯子，到那儿去找。

山羊脖子上的小铃铛在对面山坡的树林里叮当叮当地响着。他找回猎枪后，还是弓着腰，一直爬到山顶。一翻过山脊，他就奔跑起来，他急着要去看他的农场，他的工具，他的桌子，他那些实实在在的、没有神秘感的东西……

他走进自己的屋子，一切都还按原样摆着，椅子并没有跳舞。肥胖的德丽娅来过了。铁锅在三角架上吱吱地往外冒着蒸气，盘子、杯子、酒瓶子、面包都老老实实地待在桌子上。

然而，他还是把门从里边加了锁。他把猎枪挂到墙上之后，把两只膊胳交叉在胸前躺在他的床上。

九

　　傍晚五点钟,是阿伯从山上砍柴回来时把乌高林叫醒的。
　　阿伯先把驮着柴捆的骡子拴在葡萄架下,然后去推门。哐当哐当的推门声才把贪睡的人吵醒。
　　"好哇,"阿伯说,"现在都五点了,你这个午觉睡得也太长了!"
　　乌高林揉着眼睛,打着哈欠,嘟哝道:
　　"我想,我是不是有点中暑……"
　　阿伯推开百页窗,盯着他的侄儿看。
　　"你并没有晒红。"他说,"我看你是缺觉。现在你也不必那么操心你的康乃馨了。好好休息休息,这对你身体有好处。"
　　乌高林拿起凉水壶,举到空中,仰着脑袋,往嘴里灌了半天。
　　可阿伯在一旁说:
　　"我倒想喝一杯干白酒。"
　　他走过去,打开柜橱,拿出酒杯和酒瓶,然后坐到桌边。乌高林去洗脸,梳头。
　　"加里耐特,"阿伯说,"我去布朗梯也的山沟里砍柴,回来的时候,绕道到你这里来,我有话要单独跟你说一说。那个聋女人,虽然什么也听不到,可她什么都能猜得出来。我要跟你说的话,只关系到咱们爷俩。"

阿伯一脸认真的样子。乌高林走过来，坐在他的对面。老头儿喝着酒，慢条斯理地捋着他的胡子，讲了起来。

"加里耐特，"他说，"你很快就三十岁了，而且你是咱们苏贝朗家的最后一根独苗……"

他要说出来的话，乌高林在心里早已经背得烂熟了，并且清楚他这絮絮叨叨的话要引出来的千篇一律的结论。于是，他替阿伯说下去：

"我看着你出生。你还要……"

老头儿气恼地喊叫起来。

"你听我说！我所以经常絮叨这件事，这都是因为你的过错。我还要一直絮叨下去，直到你的脑袋瓜子开了窍！"

他停顿了一会儿之后，又慢慢地讲下去。有时把两眼闭上。

"我们苏贝朗家是村子里最大的富户。我父亲那时有四匹骡子、两匹马……"

乌高林替阿伯背出下文：

"你们在巴道克有五百棵杏树，在索里戴尔高地上有一个五百棵果树的果园。"

"在布朗德阿德雷有一万两千株葡萄。"

"在布来卡道里的山坡上也有这个数目的葡萄。"

"在布朗梯也那儿有三百多棵李子树。当人们收获鹰嘴豆的时候……"

"可以打下来十车干豆。"

老人更正说：

"十二车。当人们收香瓜的时候……"

"得拉到马赛去卖，因为在欧巴涅镇的集市上卖不出好价钱。"

"在我爷爷过生日时……"

"你们一共有三十多口人坐席。"

"所有苏贝朗家的人都参加了。还有那埋藏在屋子各个角落里的一罐一罐的金子……人们离老远就和咱们家的人打招呼。教堂的屋顶也是咱们家出钱修理的……"

"还有那钟楼上的十字架，是你爷爷花的钱，并且亲自把它安上去的。你看，我的功课背得不错吧！阿伯……我呀，我还像过去那样来回答你：要是这一切延续不下去，可不是我的过错！这是命运决定的！"

"不对！"老头儿发了火，说，"什么命运？它根本不存在！只有那些毫无能耐的废物才总说命运！我只相信种瓜得瓜，种豆得豆……咱们家发生的不幸，成了今天这个样子，这都是老辈人的过错……他们有点瞧不起别人家，也怕钱财分散了，他们就近亲结亲，堂兄娶堂妹，堂姐嫁堂弟，甚至叔伯娶侄女……这样做对兔子来说都不好，何况人呢，这就更糟了，四五代之后，出了一个疯子，我的叔祖埃勒塞阿尔。人们传说他在普法战争时死在战场上了，可实际上他是在疯人院里待了二十年。后来有两个女的也疯了，还有三个人自杀。到现在，只剩下咱们爷俩，并且我也活不多久了。现在，苏贝朗家就是你一个人了！"

"你还要跟我说，让我结婚，是吧？这回，我呀，我倒要问一问你：你为什么不娶个女人呢？"

老头儿摇了摇头，沉思着，仿佛在寻找着答话……最后，他说：

"我的脾气不适合娶女人……我也曾经想过这件事，可你要知道，……后来事情很不顺利……没办法，我就去非洲当了兵，就这样，耽误了……我再回来的时候，当然也像同样年龄的人一样，追过姑娘们……要是有一个姑娘能给我生一个孩子，我就会马上跟她结婚……可是一个也没有。我就像昂格拉德家那棵漂亮的樱桃树一样。开了很多花，可就是永远不结果……现在咱们家只剩下你一个了。"

"这么说，你想让我代你结婚喽？"

"必须这样做，加里耐特……"

"可为什么？为什么呢？"

老头儿站起身，走过去打开门，向四处张望，看看没有人能听见他们的讲话，便回转身来，朝着乌高林，放低声音说：

"那些财宝怎么办呢？你想把苏贝朗家的财宝白白扔掉吗？那可不是一些什么耗子可以嗑碎吃掉的纸票子啊！那是金子。一坛子金币！是的，我有一坛子财宝。当人要死的时候，就把埋藏财宝的秘密告诉给一家人中年龄最大的人。就这样一代传一代，最后传到了我手里。下边，我该传给你了。可是，你想把它再传给谁呢？给邻居吗？给神甫吗？扔到地里去吗？还有我们的地产，那占翁布雷地产登记四分之一的土地呢？所有这一切，都是省吃俭用，起早贪黑地干活积攒下来的。你难道想把这一切都扔了不成？"

"当然不！"乌高林说，"金子，我最喜欢不过了。"

"既然你喜欢，你就不能让它将来失去主人。用这些金子，你可以雇用仆人，一直伺候到你的儿女们长大成人。"

"噢，阿伯，"乌高林说，"我认为你这是在做梦……一个家庭，不会这么容易就重新兴旺起来的……"

"你听我说，加里耐特，有一天，我们听到报警的钟声，去布什卡尔勒森林救火。当我们赶到的时候，人家对我们说：'结束了，火已经扑灭了。'然后大家都走了……可是，到了半夜，四个村子又敲起了报警钟……因为在那扑灭了火剩下的灰烬里，火星又慢慢地燃烧起来了。你要知道，一个红火星，就像你的红头发似的，会变得越来越多……走，加里耐特，让我们到咱们祖辈生活过的苏贝朗家的老屋子里去吃晚饭。到那儿，我再给你出出主意。"

在饭桌上，阿伯讲出了他的具体想法。

他想到了埃利亚山的妹妹，一个像母马一样健壮的姑娘，能够生出壮实的孩子……还想到了昂格拉德的女儿，她是一个长着棕色的头发，十分能干的姑娘。她可能得到瓦拉德阿鲁埃特那块山地，作为嫁妆，另外还有一部分使用泉水的特许权，有了水，也许还可以开辟一个新的康乃馨花圃。另外还有一条好处，那就是她口吃得很厉害，几乎和一个哑巴差不多。

最后，他又说起了肉店老板克娄第尤的女儿。他说她会有一笔数目相当可观的现款作为嫁资，因为她父亲非常喜爱她，并且一辈子吃肉不用花钱。他家的财产虽不那么多，但是，她将要继承的那六小块土地都在索里戴尔高地那边，那里是苏贝朗家的骄傲，那几块地被苏贝朗家的土地包围着，并且苏贝朗家的人有权在那几块地上通过。这一联姻将会消除农民之间世代相袭的仇怨……然而，也有不利条件：克娄第尤的女儿克拉利斯姑娘读书太多，她曾经进过城里的学校。人们都知道，读书人是不喜欢干那些实实在在的事情的……

不管怎么样，必须好好看一看，必须好好想一想，然后再做出最后的决定。

乌高林一声不吭，只是一杯一杯地喝着那有点儿覆盆子味道的黑色的酒。

最后，他说道：

"你听着，阿伯，我理解你的意思，可是，也还得给我一点儿时间……"

"我跟你说了差不多有十年了……"

"可从来没有像今天这样认真啊……听我说，阿伯，再给我一年时间。另外，得让我自己选择。你说的那三个姑娘，我哪个也不喜欢。"

"这么说，你心上已经有人了？"

"也许吧。"

"难道你不愿意告诉我她是谁吗？"

"阿伯，今天我中了暑，刚才又喝了不少酒，我不知道我今天是怎么了，我感觉脑袋发木，像个傻子。所以，你什么也别问我。我们以后再说这件事吧。"

"好吧，好吧。"阿伯微笑着说，"你使我很高兴，加里耐特。你想怎么办就怎么办吧。可我只要求你一件事：在选择妻子的时候，要想到将来的儿女。"

"你这是什么意思？"

"我的意思是，你不要被那漂亮的脸蛋儿迷住。我们所需要的是宽阔的腰身，修长的两腿，还要有两个漂亮的大乳头。挑选一个像母马一样健壮的姑娘吧！"

"要是除此而外，她还有一张漂亮的脸蛋儿呢？"

"要是真的是除此而外的话，"阿伯说，"那也无妨。当然是求之不得的。她将是咱们苏贝朗家的美人儿。我将来看到她，一定也会很高兴的。"

十

晚上十点半钟,乌高林才回洛马兰。夜空中挂着一轮圆月,那清幽幽的光辉在大地上留下一片片黑影。他爬上山路,但又走走停停。停下来的目的,并不是因为走累了,喘喘气,而是为了想心事。

使他感到震惊的,并不是阿伯对他的抱怨,因为他根本就没有想到他对延续家族所要承担的义务和责任,而是今天上午他的冒险行动,以及这件事在他心中所引起的异样的感情。

那个小姑娘这么快就长成大人了,这真使人感到意外。可是,她赤条条地在山谷里跳舞,这也确实太出格了。砍柴的人可能从那里经过,或者从翁布雷村来一个猎人,看见一个赤身裸体的姑娘,不可避免的要使人产生一些想法……

他在马沙冈没有停下。他从那里搬出去已经有两年了。那棵老桑树在清冷的月光下做着梦,它是那么恬静,又是那么孤独。在月光下,在山道上,他忽然看见了小玛侬往日的身影:她赶着小毛驴,驴背上驮着水罐……他看见了她,像真的一样……他止住脚步,揉了揉眼睛,高声对自己嚷道:

"喂,乌高林,你还没有清醒过来吗?"

快到洛马兰的时候,他听见一阵口琴演奏的乐曲声,那轻柔的音符在橄榄树的叶片上流动……

他又自语道：

"这一回，我可是中邪了！……要不我就是喝醉了，是的，我喝醉了！"

他走进屋门，没有点灯。用锁把门锁上后，脱掉他的鞋，就躺倒在床上，把两只手枕在脑后……

半夜的时候，猫头鹰们举行了一次大集会，它们时不时地在同一时间里叫上几声，毫无疑问是为了讨论一件共同感兴趣的事情。

透过一扇百页窗的细长缝隙，月光在青蓝色的方砖地上画出一条光带。乌高林觉得头有些发沉，耳边仿佛有一只小熊蜂在嗡嗡地叫着。

他低声叨咕起来。

"趁着酒劲，他想强迫我答应。可我就是不答应。埃利亚山的妹妹，她算什么，我连看都不愿意看她一眼。苏贝朗家的人？我才不去管。他们都死了，苏贝朗家的人！连阿伯也要死的，我也一样。这一切该多么愚蠢啊！总而言之，人永远不知道满足。"

他大声打了几个哈欠，侧过身子，终于睡着了。

在梦中，他很快就看到了姑娘和小山羊在跳舞。不过，姑娘的头上长着两个金黄色的小犄角，她伸开两只胳膊，在空中飞着，像一只鸟……一点一点地，她飞近了他。他猛地窜起来去捉她。可是，一个猛烈的震动把他弄醒了。原来他从床上摔到了地下。

黑暗中，他高声地骂着粗话。然后，他从地上爬了起来，用手摸索着找到了火柴，点着了灯。昏黄的煤油灯光把他的影子升起来，一直投到天棚上去。他伸了伸懒腰，咳嗽了几声，然后把钥匙插进锁头，打开了门。他光着两只脚，走到庭院里去。

猫头鹰们的讨论停止了。天空的月亮是那么大，那么亮，它周围的星星都悄悄地隐去了。

橄榄树的影子黑魆魆的。在田地的中央，在一大片月光里，康乃馨花变了颜色：红的变成了紫色，白的变成了蓝色。

乌高林把两只手揣在裤兜里，低着头，走到花圃的中间去。忽然他停住了脚步，仰起头，使劲儿地喊着回答他想象中的驼子：

"绝不是的，不，绝不是的！有错误的首先应该是自己欺骗自己的人。那么，是谁先开始的呢？是你。"

他又走了几步，继续说下去：

"你那当农民的想法是什么意思？要是我想使自己当一个收税官，你会怎么想？要是我来跟你说：'快点！快把税钱交给我，否则我就让人拍卖你的家具！'你会怎么回答？"

他冷笑了几声，耸了耸肩膀，迈着缓慢的步子，朝房子那边走去。

"最糟糕的是那眼泉。是的。可我把它堵上的时候，我还不认识你呢……另外，我仔细想过，就是你有了这眼泉，也是不可能成功的。你要种葫芦，是的，肯定的。可是，你要饲养兔子，那是行不通的。我曾经好心地跟你说过，可你不愿意听我的话。"

他走进大橄榄树的阴影里，靠在树干上。

"你问为什么？因为兔子聚在一起，多得超过一百只，它们就会得大肚病死掉。你还记得吧,这病传染得快着呢!"

"至于那圣灵山的山峰,那可不是我的过错!打从耶稣基督出生的那一天起,它就是这样的!"

"说得对,说得对。是的,我想到过好几次,我本应该对你说的。我本可以对你说:'那么,咱们一起栽种康乃馨吧。'可是,你不会愿意的。你总是相信那些书,相信那些统计数字。是啊,是啊,有什么办法呢!"

"我跟你说过的,叫你回城去。我跟你直截了当说过的。可是你,你回答我说:'我知道我要到哪儿去!'不,你不知道的,你不知道你要走到哪儿去……你走到坟墓里去了!……你本可以过着好上百倍的日子,屁股坐在一把舒服的椅子上,收着别人的钱……这样,你那小女儿,她就会成为一个真正的小姐了,也就不会一丝不挂地在山里跳舞……光着身子,这像什么样子啊!她将来会变成什么样呢?在山上发生的这一切,你现在都看见了……你应当明白,我是为了康乃馨……我并没有坏心,不是的……我没有什么要跟你作对,恰恰相反……你看到了,我从来没有赶她们走……要是她们愿意留在农场里的话,她们还可以住在那儿……她们给我捆绑花束,我给她们工钱……几个孤单的女人,这就像没有狗看护着的山羊,这怎么能不发生一些蠢事呢……"

他长叹了一口气,又说:

"算了，这一切都过去了。说这些也没有什么用处了……不过，我可以问心无愧地对你说，过去你托我办的事情，我都是费心去做了的……"

他朝屋子里走去。从敞开的门里，透出来一束煤油灯的昏黄的光。他低垂着脑袋，低声说：

"这也许还不算完……"

十一

五月的一天上午,乌高林下山去欧巴涅镇火车站,取回了阿地里约邮寄给他的康乃馨插条。插条分别装在几只木箱里。这是"石榴"、"曙光"、"尼斯的荣耀"几个比较娇嫩,但可以卖出最高价钱的优良品种。

乌高林在工具房里开启插条箱的时候,阿伯忽然出现在他的面前。

"加里耐特,"阿伯说,"村长埋怨你不再去参加村政会。今天上午,他们决定让你和昂日、庞菲尔明天上午,去清理贝尔德里的那个蓄水池。"

这个蓄水池是用来接收泉水的,它一夜可以接收储存一百立方米水。不过,每隔十个月,需要清理一次,因为池底沉淀了一层红沙,另外还有风吹进去的一些松针和枯叶。

"清理蓄水池?"乌高林说,"这不行。你看看我刚收到的这些插条。它们多么鲜活水灵,不应该让它们遭受折磨,必须立即把它们栽到地里去。这个活儿我得干三天。至于清理蓄水池么,很遗憾,我没有那个时间。"

"听着,"阿伯说,"我们现在就开始栽插条,如果有必要,我们可以一直干到半夜。明天早晨四点钟,我们起来继续干。八点钟,你去清理蓄水池,这时候,我和德丽娅在家接着栽。你到中午的时候就可以回来了……"

"你认为,"乌高林说,"那个蓄水池就那么重要吗?"

"是的。"阿伯回答说,"因为你赚钱赚得够多了,你没有权利拒绝。这是为大家伙的无偿劳动,一种义务劳动。至少有三年你没有参加这种劳动了。该去的时候,苏贝朗家的人总是去干的。你明天去吧!"

这一天,玛依把羊群放到山坡上,让黑狗比古看护着,她爬到圆头山上去采集芸香。圆头山正坐落在贝尔德里山口的上边。从那里望去,在很远的地方,大海像镀了一层锡,在阳光下闪耀着。

正当她坐在一棵歪脖子松树下边,把含油脂的芸香的茎杆捆成小把的时候,她听见有人说话的声音,这声音是从谷底通过谷壁两次折射传上来的,接着是铁锹插进沙石发出的响声。于是,她钻进刺桧林,弯着腰,来到一个石崖的下边。

在已经无水的蓄水池里,有三个男人,光着脊背,手里拿着铁锹,在刮着池底,把刮下来的红泥甩到池岸上去。她认出了庞菲尔,他是抬她父亲灵柩的四个人当中的一个。接着认出来的是管水员昂日,她不知道他的名字,可她曾经在巴都格那儿看见过他好几次,他在被抛弃的橄榄树林里张网捕斑鸫,不过他却一直没有觉察到她的存在。

第三个人的头上戴着一顶帽子,上面溅了些泥点儿,帽沿软塌塌地垂到他的两只耳朵上。

这三个干活的人和另外一个人说着话。

在离池边不远的地方，有一棵粗大的无花果树，那是一只飞鸟在很早很早以前种在那里的。玛侬透过树枝影影绰绰地看见了那个人，听声音，好像是那个寻金者。

她退后几步，绕了一个弯子，钻进一个狭窄的石缝中。从那里，她可以清楚地看到他的全身。是的，正是他。他手里托着一块淤泥，用他的放大镜在检视着。

庞菲尔伏在他的锹把上，说：

"这有点像粘土的颜色，可它不是粘土，它不粘。"

"这是铝矾土粉末。"寻金人内行地说，"铝矾土是一种相当松脆的岩石，是一种含铁和铝的矿石……我在想，这粉末可能是从什么地方来的呢？……"

"下过大雨之后，"昂日说，"是泉水把它们带到这里来的，雨停七八个小时之后……不过，这东西到不了村里的供水塔，它们都沉在这里了。"

戴帽子的说话了。

"我那儿也一样……下了一场雨之后，早上六点钟左右，我那泉眼就开始流出有点儿红的水来，过了一会儿，就变成渍在石头上的铁锈一样的颜色了……"

这人说话的声音扰乱了牧羊姑娘的心绪。这个人摘下他那肮脏的帽子，拿它擦着脸上的汗水。她认出了乌高林那红棕色的卷曲的头发。

四年以来，她再也没有看见过他，可是他在他们一家过去的生活里，却是一个占据重要位置的人物。从她还是孩子的时候起，他就使她产生一种莫明其妙的反感。而从他占有了她家的农场以后,这种反感就变成了仇恨。不过,有时,当她躺卧在一棵松树下,回忆往日生活的时候,她也常常问自己,这仇恨是否确实有道理。父亲和乌高林是有过友情的,乌高林经常来帮助父亲。我们并没有向他提出任何要求,他就主动把他那清洁纯净的井水贡献出来;我们搬来的第一天,他就把他的屋瓦给了我们;他还来帮助我们翻耕土地。后来,又是他,在我们十分急需的情况下,为我们找到了钱;在那个悲惨的日子里,是他跑着去找来了医生。

但是,最终,是他生活在那些屋瓦之下了;他翻耕过的土地也归他所有了;而他借贷给我父亲的钱,是以我们必须离开农场为代价的;特别是,那笔钱用来买了火药,使得那块锋利的石块飞到空中,杀死了我最亲爱的父亲……

另外,他还找到了泉水!

这真是不公平到极点了,这个面孔不断抽搐的家伙竟从上帝那里得到了不断涌出的泉水,而上帝却残忍地拒绝把这泉水恩赐给世界上最好的人……

然而,有时,她也冷静地说服着自己。

不管怎样,天不下雨,那可诅咒的石块砸下来,父亲没有找到泉水,这并不是这个可怜农民的过错,他自己找到了泉水,她又怎么能责怪他呢!

但是,所有这些最有说服力的理由仍然不能减弱她的怀疑和她的仇恨。她确信,做出无数的讨好行动,而最终坐享其全部好处,这充分证明了他的阴险。

"这确实是铁锈，"寻金人说，"因为这里面含有铁的氧化物。"

"这么说，"庞菲尔说，"这东西不会有什么害处的了。"

"正相反！"乌高林大声嚷道，"我爷爷总是在他的水罐里放上几颗铁钉，泡着水喝。大家都知道，铁锈是强身的，因为它可以使筋肉里有铁质！"

"那您的泉眼，"寻金人问，"以这个蓄水池为标准，在什么方位上？"

"这怎么说呢……"乌高林迟疑地说。

"它比这儿高，还是比这儿低？"寻金人问。

"这也不好说……"乌高林说。

"照我看，"昂日说，"洛马兰山谷比这儿高一点儿。"

"那么，"寻金人说，"村子里的水完全有可能是从这个山谷流过去的；而乌高林的那眼泉，是一种地下涌泉，它穿过同一个铝矾土矿石层……在这周围，人们是不是看见过这种红石头？"

"有时看见过。"庞菲尔说，"不过，最大的也超不过榛子仁那么大。"

玛侬熟悉这些小石头……她到处寻找它们，用来做她弹弓的弹丸。因为它们比别的石头都沉，所以可以把它射得更远……她常常在勒弗来斯吉也山谷的谷底找到它们。不过，她知道，它们是从很远的地方，被山洪冲到那里去的。

远处传来了钟声，是从巴斯第德村传来的。

乌高林数了一下钟响的次数。他说：

"十点了！"

"好家伙，不得了！"昂日喊叫起来，"我答应最迟中午十二点放水的。"

"那你着什么急？"庞菲尔说，"到中午，我们肯定能干完！"

"正像你说的那样，"昂日说，"所以我才着急。因为需要一个钟头的时间，才可把蓄水池里的水灌到一定的高度，漫过输水管的管头。然后，水流到村子里，还得半个来钟头！干吧！咱们一鼓作气把它干完！喂，乌高林，接着扫把！"

寻金人站起身来，说：

"先生们，跟你们在一起谈话，我感到非常高兴。可惜的是，我的职责该叫我回去了。"

"星期四您不是一直不上课吗？"庞菲尔问。

"当然不上课。"那个人回答，"可您别忘了，小学教师总是兼任村秘书的！村长先生十点半钟等着我，要我给他念《政府公报》，并且还要给他解释。"

玛侬一听他这句话，失望了。他不是一个寻金人。他是一个小学教师，也许是欧巴涅镇的，也许就是村子里的……可不管怎样，他毕竟是个了不起的人。另外，当他说起矿石的时候，那说话的声音是很动听的……

她忽然想起了那把刀子。她想以找不到它的主人为由，把它留下。可现在他就在她的眼前，就是这位小学教师……她向后退了退，免得被人看见。然后站起身，从她那装着她的宝贝物品的挎包里，取出她所拣到的那把闪着光亮的多用刀。她满怀柔情地吻了吻，然后把它甩到那个年轻人身后的一簇染料木里。她随即趴到身旁的树丛下边。

投掷物擦着树枝，落到碎石上，发出了响动。乌高林抬起头来。

"喂，"他嚷道，"有人向我们扔石头！"

"不是石头。"庞菲尔说，"好像打了一个小闪。"

"哎呀呀！"昂日叫道，"要是你早上九点钟看见打闪，那一定是你一大早就开始喝干白酒了！"

木匠郑重其事地说：

"我敢到我父母的坟前向你发誓，在我来这儿干活儿之前，我只喝了一杯咖啡！"

这时，小学教师走到染料木树丛里去寻找。

他停住了脚步，弯下身去，拣起一件东西。他惊奇地喊道：

"是我的刀子！"

"啊！"庞菲尔说，"是您丢的？"

"我把它丢在山上了，那是四五天以前的事。"

"您到过这里？"

"肯定没有。今天我是第一次到这个山谷里来。"

"这么说，这可就太奇怪了。"乌高林说。

"我想过，"小学教师说，"该是在靠近老羊圈的地方吃饭时把它丢掉的，那天我看见一群羊，可没有见到放羊的人……"

"这么说，"庞菲尔说，"这肯定是那个牧羊的姑娘扔过来的。她那天看见您吃午饭了，后来她拣到了刀子。今天她来把它还给您。"

"什么？什么？"乌高林嚷道，"你说的是玛侬？"

"是的。"庞菲尔说，"驼子的女儿玛侬。你想，除了她还有谁呢?"

小学教师抬起头,往上边看去。

"你们认为她躲在那上边?"

"您想得倒好!"庞菲尔说,"她早就走了!"

"真是遗憾。"小学教师说,"我非常想当面谢谢她!"

庞菲尔狡黠地向他挤了挤眼睛,说:

"是啊,这是非常自然的事。您是想亲切地跟她说声谢谢,然后也许再来一个小小的吻吧?"

"吻么,我早已经吻过了!"小学教师说,"那天晚上,你们给我讲起她以后,我梦见过她,说真格的,我承认,我亲过她好几下!"

"那她就让您亲?"乌高林突然问道。

庞菲尔听了他的发问,放声笑了起来。可小学教师却认真地给他解释:

"在我的梦里,任何一个女人都不会拒绝我的!"

玛侬感到她的脸一下子热了起来。她向后退了几步,然后直起身,逃走了。

躲藏在那棵老无花果树低垂的树枝下边,抱着卷曲着的双腿,她想着那位小学教师:他根本不是什么寻金的人!他竟那么随随便便地谈论着她!

从她出生以来,只有一个男人吻过她的额头和头发,这就是她的父亲。可这个从城里来的陌生的年轻人,竟然是那样厚脸皮!

他不仅放肆无礼地谈论她,并且公然向别人说出他在梦中做出的大胆举动，这就更加使她反感。另外，他说的这个梦也使她心里产生一些不安。巴波迪斯第娜曾经对她讲过，闯入别人的梦里，这是非常危险的事。在你睡觉的时候，他们会呼唤你，拉扯你，他们使你的灵魂脱离你的躯体。当你进入他们的梦境里，你就再也不能自己保护自己了。她还以她们村的一个姑娘作例子。她说一个倾心于这个姑娘的小伙子，每天夜里都把她召唤到他的梦里去，最后，那个姑娘怀上了孩子，可姑娘自己却不知道是怎样、为什么怀上的。玛侬并不真的相信巴波迪斯第娜讲的。但不管怎样，这个小伙子曾经把她的灵魂叫到他的房间里去，把她紧紧地拥抱在怀里，亲吻着她；说不定在今天夜里，又要继续这样……不过，她思考了半天之后，突然一下子又放心了：他还从来没看见过她呢！所以，他说的那个姑娘并不是她自己，而是根据人们对他讲的话，他自己想象出来的一个姑娘罢了。

可是，在村子里，竟然有人经常说起她，谈论她，甚至让一个年轻的小学教师夜里做梦。这说明，她已经成了人们的话题。可最先是谁说出去的呢？也许是那个看上去并不像别人那样粗鲁的庞菲尔？不是他，也不是自从不幸事情发生后再也没有看见过她的任何一个人，因为当时她还仅仅是个孩子！

最后，她想一定是村子里哪一个上山打猎的人，为了打山鹑，躲在树丛里，在她没有觉察的时候，或许看见过她。忽然间，她想到了那天在勒弗来斯吉也洗澡的事，想到了她始终没能看见的那个躲进染料木树丛里逃走的偷看者。于是，她的脸一下子羞红了。她小声咯咯笑了几声，把脸藏在了两只手掌里。

这时，乌高林扛着铁锹，跟在昂日和庞菲尔的后面，下山向村子里走去。他一直在想，那位小学教师有点太放肆了，竟然说出那样有失他身份的话来。

"做梦，这还不容易……我也一样，有几次我也在梦里见过她。不过，我对她很有礼貌，我甚至连话都不敢跟她说……可他倒好，他竟想得出，要拥抱她，并且她还什么也不说！哼！他肯定是在打她的主意了……他想玩弄她……欺负她失去了父亲……我得注意这个……多少是由于我的过错，她才住到山里去的……想起那死去的可怜的让先生，我也应该关心照料她……"

十二

八天之后,在苏贝朗家的老屋里,在灯下吃晚饭的时候,阿伯说:

"加里耐特,这些天来,我看你的脸色不对劲儿,这样下去,恐怕不久你就连裤子都系不住了……"

"确实,现在我一点儿胃口也没有。"乌高林说,"我想这是因为那毒药的关系。我得每天晚上把它喷洒到康乃馨上,杀死那些毁坏康乃馨的红蜘蛛。"

"为什么要在晚上喷洒呢?"

"因为这是一种怕阳光的杀虫药。阳光使它的药力减弱,使它失效,使它失去全部毒性,所以,我常常是半夜才能上床睡觉。"

阿伯把他放在嘴里咀嚼了很久的鹰嘴豆咽了下去,然后喝了一口干白酒,说:

"你听我说,加里耐特,既然每天你得干到那么晚,那就不必再折腾你到这儿来吃晚饭了,这要用去你一个多钟头的时间。以后,我们这么办吧,我每天中午到你那儿去,把咱们爷俩吃的东西带去。下午,我跟你一起干。晚饭我也给你准备出来。这样每天你就可以早些上床睡觉了……"

每天晚上,乌高林都手里提着风灯,侍弄他的康乃馨,直到深夜，这倒是实实在在的事实。可他说是因为杀虫药怕阳光，这可是他编造出来的谎言。事实上，他之所以夜里干活儿，是为了把上午耽误了的时间补回来。他每天清晨六点钟就离开了洛马兰，直到中午，他才能返回来。他跟德丽娅解释说，他每天上午要到一块葡萄地去干活儿，那块地是阿伯的，已经撂荒一两年了，他想使那些葡萄秧重新挂果。可他一再嘱咐，千万不要对老头儿说，为的是在收获的时候，好使他大吃一惊。

每天早晨都是这样：一起床，他就仔仔细细地洗脸、梳头，喝过咖啡之后，往他的挎包里装一个大洋葱头和一块蘸过油的面包，在清冷的晨风中，出门上路了。

他首先去查看他下在洛马兰上边几个山坡上的二十多副夹子和马尾套。每天他都能拣到几只乌鸫、斑鸫、红尾，或者几只德国燕雀。他害怕路上碰到警察，总是把拣到的鸟雀揣到衬衣里，装到裤兜里。然后，他继续向上去，一直爬到鹰翅山，藏身在布朗梯也山洞上边那个石崖底下的刺柏树丛里。

每天早晨七点钟左右，玛侬从山洞里走出来，去打开羊栏，然后根据不同的天气，或者把羊群赶向高地，或者把它们赶进山谷。

乌高林远远地跟在她的后面，像猎人似的轻手轻脚。等着她走出一段路去之后，他钻进树林，去查看她刚刚下好的夹子。他一边使劲地把夹子掰开，把他带来的死鸟夹上去，一边高兴地嘿嘿笑着。他仔细而熟练地使那些死鸟恢复各种挣扎的样子。

在认真地去掉他留下的痕迹之后，为了不被发现，他绕一个大弯子，来到勒弗来斯吉也山谷上面的雅德巴波地斯特高地。他知道，他可以在勒弗来斯吉也那儿看见她。

在进入他的观察位置之前，他钻进一片长得高高的荆棘丛中。在那里，在一块披满长春藤蔓茎的岩石四周，长着山野里的各种植物……他首先用长春藤编成的荆冠把脑袋盖上，然后，再在脖子上绕一个铁线莲花环；用牙咬住一块百里香的粗根子。

这样装备好了之后，他匍匐着一直爬到那个石崖的下边。他把下巴架在两块石头中间的乱草上，眼巴巴地看着她的活动。

在那块平滑的岩石上，在驼背花楸树的树荫下，她一坐就是几个小时。她读书，她幻想，她缝着五颜六色的布块，或者慢条斯理地梳理着她的头发……她时不时地站起身来，用她的弹弓把弹丸射向一个地方。有时她绕着花楸树，边舞蹈边行屈膝礼。有几次，她还把黑狗比古叫来，耐心地把挂在它皮毛上的细小的蓟刺、苍耳摘下来，把那些钻进它的耳朵，有时甚至钻进它鼻孔里去的小虫子捉出来……给比古梳理好了之后，她就用双手捧着它那毛绒绒的脸颊，看着它的眼睛，对它说起话来。乌高林离得太远，听不清她对它讲些什么。不过，可想而知，肯定是一些秘密，说不定还有魔法，因为所有的黑狗，特别是那些眼睛上盖着长毛的黑狗，向来就没有好名声。

另外，他差不多每天都亲眼目睹一个更加出奇，更令人吃惊的仪式。每天十一点钟，她把那只大白母羊唤来，往一个白铁盘子里挤一点奶，然后把盘子放在她身边的石板上……她把她的小口琴放到嘴边，吹奏出一支古老的乐曲，并且每天都是这同一支曲子。那尖细悠长的曲调划破了山野的静谧。于是，勒弗来斯吉也的大"无双"，一只浑身长着金蓝两色相间的网状斑纹的绿色大蜥蜴，从远处的荆莽中窜了出来。它像一束光闪过，循着乐声奔来，然后把它那角质的扁嘴插进淡蓝色的乳汁里。

几年来，村里人都认识这只"无双"，因为它长得大，差不多有一米长。人们说它长着一双蛇样的眼睛，它可以瞪大它的眼睛，死盯住小鸟，那小鸟就活活儿落进它那张开的大嘴里。

它用它那分成两岔的舌头舐吸着羊奶。但是，当口琴声止住的时候，它把它那扁平的脑袋抬起来，静静地望着玛侬。玛侬咯咯地笑着，低声跟它说话。担着心而又看入了迷的乌高林，瞪大两眼望着那个倾听着心花怒放的姑娘讲话的绿色野兽，心想："村子里的老太太们没有说错，她是有点妖气！"

可是，有一天回到家里，他竟高兴地大笑起来。他自言自语道：

"一个有妖气的姑娘，要是长得很俊俏的话，人们就叫她仙子！"

他家仅有的唯一一本书，是《仙子故事集》，这是一本有插图的儿童读物，是苏贝朗家的一位老奶奶留给他的礼物。这本书是五十多年前老太太上小学时获得的奖品。到现在，它已经成了一沓用线连缀在一起的废纸，书页上布满了暗红色的月牙形斑点和黑色的圆形斑点，纸边被岁月侵蚀和老鼠啃噬，已经成了锯齿状。

他把它摊在桌子上，首先看图画：公主、王子，头上闪着灵光的仙子……

在昏黄的灯光下，他再一次慢慢地读起利盖在拉乌波的故事来，然后读美人和野兽的故事。

故事里的野兽后来变成了王子,他觉得这很荒唐,然而,他的心里却不安起来:那只听到口琴声就跑来,一动不动地长时间地盯着她看的大"无双",或许就是一个受惩罚的王子,她总有一天会用吻使他恢复自由和原形,然后,在一片喜庆的钟声里,与他结成夫妻……他冷笑着,强迫自己从这怪诞的想象中解脱出来。

他高声对自己说:

"这都是讲给小孩子们听的……就是在很早很早以前,在埃洛德国王那个时代,这也是绝对不会有的事!……这就像圣诞老人一样,根本不存在!"

他很晚才睡着,并且做了一场梦:玛侬满脸笑容,跟"无双"说着话,用手抚摸着它的脑袋……忽然间,发生了一个闪着金光的爆炸,可是并没有声音,紧接着,在"无双"的位置上出现了一个棕色头发的年轻人,身着蓝色礼服,披着金色的绶带。他文质彬彬地向牧羊姑娘鞠着躬。这个王子就是小学教师。玛侬扑进了他的怀抱……乌高林大叫一声,从床上跳了起来。在黑暗中,他摸找火柴,把油灯碰翻,装油的玻璃瓶落在他的两脚之间,啪的一声摔了个粉碎。他最后终于点着了一只蜡烛。他用凉水冲了冲自己的脸和太阳穴,然后又坐回到床上,叹着长气,嘟哝道:

"要是这样下去的话,可怎么得了啊!阿伯跟我说,家里出了三个疯子。我可不愿意做第四个!"

不久,他就得了独自一人高声讲话的毛病……白天里,是跟她,跟玛侬讲话。请求她原谅他长得不漂亮,但又吹嘘他具有劳动者的优点，吹嘘他的韧性，他的诡谲，他对她的爱情的专一和忠诚。他邀请她参观他的花圃；他放低声音，悄悄告诉她金路易藏在壁炉的石板下面，在尽里面一行左数第二块石板的下边……在夜里，他一边伴着猫头鹰的叫声，喷洒杀虫药，一边跟驼子讲话，讲述小姑娘一上午都做了些什么。

"首先，我要告诉你，那个混账的小学教师没有来，不过，我在山上倒是看见了他，他到红头山那边去了，去拣石头。总而言之，我想那天他是说着玩的，现在他早扔到脑后去了。但不管怎样，我还得照样睁大我的眼睛，盯着他。特别是星期四的上午。星期天倒没事，因为他周日留在村子里，不出来。请你相信我好了。小姑娘的身体很好。她有一双滚圆的小腿，丰满的胸脯。她常常独自一个人笑。我说这些，不是为了使你高兴才说的，事实确实是这样的。今天上午，像平常一样，她又到那老花楸树下边去了。她在那里看书，用口琴吹奏小曲。可是，她又跟那个'无双'说话了，那野兽可不能经常接触。要是村子里的人知道了这件事，会招来闲话的。可又有什么办法呢，她就是这样。然后，她在大圆石头上跳舞。穿着衣裳。她翻转着一块金黄色的布片，动作很优美。塞夫尔高地上的一只老鹰飞过来，在天空中盘旋，窥视这里是什么东西在舞动……以后，她又去摘野胡椒，以后……"

他讲着各种细节，想把上午他看到的一切描述得更加生动。

在他独白的时候，还伴有各种动作，高兴时摇头，耸肩，挤眼；难过时做着各种哭相，不时地眨巴着眼睛。然而，他并不慢待他的康乃馨。恰恰相反，他像着了魔似的拼命地干活儿。不过，现在他不再是为了金币了；如果说他想挣个金山的话，那是为了他对玛侬的爱。

每逢星期六，玛侬总是在九点钟左右离开山洞。她身穿深色袍子，头上戴顶草帽，草帽上扎一条绸带，脚上穿着一双皮鞋，这使她好像长高了不少……在毛驴的驮鞍上，放着两三个看上去很轻的大圆包袱。包袱里塞满了各种捆好的草药和香草，里边藏着二三十只死鸟。乌高林知道，她这是去欧巴涅镇，他为她的这一出发感到失望……他眼巴巴地看着她走远，看着她下山去，朝着城里的人们走去。然后，他在山林里游荡，在他心爱的人走过的小路上，寻找着她留下的痕迹：折断的小树枝，沙土路上留下的绳底鞋印，即使他看到千百种鞋印，他也能辨认出她的来，因为她那鞋后跟几乎已经磨平了……然后，他来到他视若神坛的那块青石板那儿，他闻着，摸着，虔诚地吻着……在这一块圣地的四周，他拾起了几样圣物：一块面包皮，一段散成丝缕的绸带，特别是他还拾到了一小团她从木梳上摘下来的金发。可是，正当他把这团金发按到嘴上吻的时候，突然发现大蜥蜴"无双"窜到了他的身旁。它支起它那短小的两只前腿，耸起了身子。这头没有耳朵的野兽死死地盯着他。他脑海里忽然闪过"妖魔"这两个字，不禁毛骨悚然。他起身逃走了。逃出很远之后，恨恨地回头喊道：

"你等着，不出四天，我就一枪把你打成肉酱！"

十三

开初的两个星期,阿伯还相信他说的必须在夜间喷洒杀虫药的谎话。所以,老头儿每天都来农场和乌高林一起吃午饭。可是,在洛马兰总是看不到他。他中午能到哪儿去呢?乌高林跟阿伯解释说,中午时,他觉得有必要到外边去转转,呼吸点新鲜空气,清洗一下被杀虫药刺激得有些不舒服的肺脏。

杀虫药对人都不可避免的有所危害,老头儿对这一点表示遗憾之后,赞扬他谨慎小心是明智的。但是不久,他惊讶地发现他侄儿的脾气突然改变了,他几乎不怎么讲话,即使问他十分具体的问题,他也只是含混地乱答应几句了事。另外,他那两只眼睛总是不停地眨巴着,像天上的星星……

老头儿想道:

"要是因为杀虫药的关系,那我来给他喷洒。可这里面肯定还有别的原因。我想他是心里有事。可能是什么事呢?"

一天早晨,十点多钟,阿伯来到他那自从让先生死后就弃置不用了的观察所。直到中午,他只看见德丽娅从村子那边走来,抱着一摞面包和一个四个角系在一起的包袱。

老头儿想:

"加里耐特还没有睡醒。也好,他需要多睡一会儿。不过,现在得叫醒他了。"

正当他站起身,准备下山去农场的时候,他看见乌高林从松树林里走过来,满腹心事的样子。他身上只有一个挎包,没带猎枪,可他穿得却十分整洁。

"这么说,"阿伯想,"他十点之前就出去了,可他到哪儿去了呢?"

阿伯等了一会儿,然后走过去,装作刚到,像平常来吃午饭时一样。

他不提任何使乌高林为难的问题,只是帮助侄儿给康乃馨浇水,一直浇到下午三点钟。然后,他抱怨他的风湿痛,说要回去休息。

离开侄儿之后,他绕了个弯子,又回到他的观察所,仔细地观察着他侄儿的一举一动。他发现他在和别人讲话,可又始终见不到那个人,啊,原来是他一个人在自言自语。尽管他无法捕捉他讲话的只言片语,可却被他那激动的情绪和伴随这自言自语而不断变换的手势吓住了。他的心上像压了一块石头,默默地走回家去。他为可怜的加里耐特的精神状况感到万分担忧。难道不幸中的大不幸又要来毁掉苏贝朗家的最后一棵根苗了吗?

一连四天,他都在天刚放亮的时候,来到他的观察所。一连四次,他都看见乌高林早晨六点钟离开家。他穿得十分整齐。他先去巡视他下的夹子,然后急匆匆地走上一条山路,这条山路在稍远的地方,和通往欧巴涅镇的大路会合……一连四个下午,都和从前一样,乌高林在不停地独自一个人说着……

傍晚七点钟,德丽娅回村子去了的时候,老头儿终于有了一个令他惊喜的发现。他看见"傻小子"放下他手中的镐,双膝跪地,朝着欧巴涅镇的方向送着飞吻。老头儿笑了,摇了摇脑袋。这时,乌高林走到地边,靠着一棵橄榄树,坐在一块大石头上,他两手攥拳,顶在太阳穴上。老头儿照直朝房子那儿走去,他认为没有必要再躲躲藏藏了。乌高林垂着脑袋,在想着心事,就连阿伯走过来的脚步声他都没有听见。他只是看到落日投来的影子,才发现阿伯站在他的面前。

乌高林抬起头,仿佛突然被惊醒了似的。

阿伯一脸严肃地望着他,直截了当地问:

"是谁?"

乌高林愣住了,站起身,懵懵懂懂地回答:

"是我。"

"是啊,是你,"阿伯说,"一个月来净跟我说谎;是你,正在变成一个傻子。可是,这个女人是谁?"

乌高林结结巴巴地说:

"这个女人?什么女人?"

"就是你每天上午都要去欧巴涅看她的那个女人!"阿伯说。

"我没有去欧巴涅呀!"乌高林说。

"那么,"阿伯问,"这些天你都去哪儿了?"

乌高林不回答。他两眼望着地面,嘎巴嘎巴地掰着手指节。

"我连着观察你四天了。"阿伯说,"是的,这是我的权利,因为我负有责任。你早上六点钟出门。你去拣你夹到的猎物,然后去把它们送给了一个人,这我都知道,因为在咱们家里,我从来没有看见过你夹的鸟。因为我腿疼,无法跟踪你,可我看见你朝欧巴涅，或者朝洛克维尔那边去了……一到下午，你独自一个人的时候，就大声讲话，还指手划脚，你做祈祷，还送飞吻。告诉我，她是谁？"

乌高林一直闭口不说。

老头儿接着说下去。

"你恋上了女人，我并不责怪你，尽管我觉得你有些过分，不光明正大。但不管怎样，这种情况是应该到来的。当它错过时机，迟到的时候，有时它就会变得非常强烈。这都是很自然的。我要责备你的是，你不该瞒着我……"

乌高林耸耸肩膀，晃晃脑袋，还是缄口不语。

"要是你不愿意跟我说这件事，"阿伯说，"这里面肯定有见不得人的东西。要不，她是一个有夫之妇？"

听见这最后一句话，乌高林竟狂笑起来，连连跺脚，喊道：

"是的！是的！她跟'无双'结婚了！哈哈哈！"

说着，他逃回了屋子里。阿伯听见他把房门锁上了两道。看见乌高林这等模样，阿伯惊呆了。他十分不安地对自己说：

"这，可不是好兆头。不，不是好兆头。"

他急匆匆地朝着关闭起来的房门走过去，用他手中的棍子敲着房门。

"开开门，蠢小子！"

"不，我不开。要是你愿意，我们就隔着门说话。"

"为什么？"

"因为我看不见你，也许能跟你说出一些事情来。"

阿伯想了一下，说：

"你和你那死去的父亲一样蠢。等着,我去找一把椅子来坐着,我的腿疼,站不了。"

"椅子可没有。"乌高林说,"不过你可以到牲口棚里去拿一个木箱来。"

阿伯找来了一个木箱,对着房门,坐在木箱上,两手交叉着放在他的手杖上。

"你要跟我说什么呢?"

"我呀,我什么也不愿意跟你说。是你强迫我说的。那么,你向我提问吧!"

"好。首先,你给我解释一下,你为什么提起那个'无双'?最使我放心不下的,就是这个。"

"我说那个,是想跟你开个小玩笑……是这么回事:有一个大蜥蜴,当她呼唤它的时候,它就跑到她的脚边来喝奶。"

"你在集市上看到的?"

"不是的。在山上。"

"那么,就是因为她会叫来一只大蜥蜴,就使得你变傻了吗?"

"不,不是的。可这使我感到惊讶。"

"我也一样,这也使我惊讶。这就证明,你和蜥蜴同样愚蠢。那后来呢?"

"什么后来呀?"

"好了,告诉我,她是谁?"

沉默了一阵之后,乌高林坚决地回绝道:

"不,我不能告诉你。"

"至少你可以告诉我,她是不是一个城里姑娘?"

"噢,不。正相反。"

"那好。我认识她吗?"

"可以说,你不认识她。"

"为什么'可以说'?"

"听着,阿伯。请你不要提这样的问题。因为你太狡猾,四个问题问下来,不用我说,你也就会明白了。"

"那么,这样说来,我是认识她的了?"

"你看!你看!你知道我不愿意告诉你她是谁,可你总像警察似的追问我。不,我不想告诉你!"

"那为什么?"

"因为这是我的秘密。我爱情中的首要秘密。当然,我要保守这个秘密了。"

"好吧,好吧。"阿伯说,"你先保守你的秘密吧!每天早晨,你都是去和她幽会吧?"

"是的。可是,她并不知道。"

"要是你这样继续跟我打哑谜,那就没必要再说下去了。再见。"

阿伯站了起来。

"不,阿伯,你别走。我很想跟你说说她。"

"这我不感兴趣,我连她是谁都不知道!"

"是的,你不知道,可我知道。所以,我有这个兴趣。"

阿伯无可奈何地耸了耸肩膀,又坐回到木箱上,问道:

"既然你说她不知道,那她怎么来跟你会面呢?"

"你听我说,阿伯。每天上午,我知道她在哪儿,我就到那儿去。我从远处望着她。就是这么回事,事情就是这样。"

阿伯沉思了一会儿,又问:

"这对你有什么用呢?"

"这使我感到非常快活。每天早晨,只要我看见她,这一天就是我一生当中最美好的一天……"

阿伯感慨地说:

"哎呀呀!我还不知道这是怎么回事,你自己就满足了?"

"噢,不。这永远不会使我满足。永远不!恰恰相反,这只会使我的感情越来越强烈。"

阿伯一边沉思着,一边装他的烟斗。

乌高林愚蠢地问了一句:

"你走了吗?"

"没有。我在装我的烟斗。这么说,这个女人,你是想娶她当妻子了?"

"啊,是的,我非常想这样。可我想她不会愿意的。"

"为什么?"

"因为她长得非常漂亮,可我,我太丑了。"

"这个么,这不能说明什么,人不可貌相嘛!有的人长得和你一样丑,可他们却跟像圣母一样漂亮的姑娘结了婚。咱们严肃一点谈问题好不好?她有财产吗?"

"噢,不!"乌高林说,"她只有一点点,可这并不是什么重要的事情。"

"这么说,她找到一个丈夫可不那么容易。她的身体健壮吗？"

"这个么，"乌高林说，"是的，她长得很结实。可你要知道，这不是一匹母马！不是的。但是作为一个女人，她是很健壮的，而且长得非常水灵！"

"她能帮助你干农活吗？"

"啊！这个，肯定没有问题。我看见过她锄地。当然了，我并不是跟你说，她可以刨到半米深，不过，给康乃馨中耕倒是没有问题的。这是个细活儿，她会干得比我好。另外，特别是，她有文化。"

"你怎么知道的？"

"我看见她总是在看书。有时，一看就是一个钟头。"

"这可不太妙，加里耐特。一个念书的穷姑娘，这我可不怎么喜欢……唉，你知道，我多么盼望你早点儿结婚啊……你说的这种人，可不是我所希望的。算了，我不愿意强迫你。至于钱么，尽管它永远不会是没有用处的，我们家的钱还是足够你们两个人花的。可是，要是她太漂亮了，可要给我们添麻烦的。再说，一个很标致的女人，这让人看着也不好，这总让人觉得不那么踏实……但愿她不是一个水性杨花的轻薄女人。你觉得她正派吗？"

"噢，阿伯，这方面，我敢跟你打赌。她是一个山沟里的圣母玛利亚。我很难给你讲清楚，不过，确实如此。要是她答应我，那她会是一个非常好的妻子，我会感到幸福，幸福得你都难以想象。可是，她不会喜欢我的。"

阿伯听了他最后这句话，有些恼火，顶了他一句：

"一个穷姑娘是永远不会拒绝一个苏贝朗家的人的。嫁到咱们家,她还不得乐疯了!"

"阿伯,要是她答应,你会同意吧?"

"如果你跟我说的都是实话,我会同意的。可是,不知道她是谁,我可没办法答应你。喂,大傻瓜,开开门,告诉我她是谁!"

"不,不!"乌高林急忙喊了起来,"我不开门。还得让我想一想。"

"你快着点儿!"阿伯说。

他点燃了他的烟斗。

太阳沉进红色的晚霞里。一只蟋蟀弹起了它的琴弦。阿伯抬起头来,看见葡萄架下坠着两个亚洲葫芦,已经有橙子那么大了,悦目的绿色中点缀着一些白点。

他不由想起了那个驮着大水瓮的驼子,想起了他花费的那些无用的力气。这时,乌高林在屋里又说话了:

"阿伯,我想,我还是跟你说了好。不过,你得首先向苏贝朗家的祖先发誓,你知道她的名字以后,不要跟我说一句话,你就马上离开。"

"这为什么?"

"因为我不愿意你今天晚上再跟我谈论她。首先,你也得有一个习惯过程……明天吧,要是你愿意,我们明天再来谈她。我们专门来谈她。可今天晚上,我害羞,张不开口。"

"哼,可怜虫!"阿伯说,"真是个笨蛋。那就按着你说的办吧。"

"发誓!"乌高林说,"你向苏贝朗家的祖先发誓!"

阿伯从嘴里拿下烟斗，站起身，脱下帽子，真的向祖先发了誓。

　　"好，你发誓了。"乌高林说，"现在，请你等一下，我得鼓鼓勇气。"

　　阿伯抬头望了望天空，耸了耸肩，又重新坐回到木箱上。

　　他等了起码有两分多钟，接着他听见房门上有动钥匙的声音。

　　"我不开门。"乌高林在里边说，"我把钥匙拔下来了。请你把你的耳朵贴在锁头眼上。"

　　阿伯弯下腰，把耳朵凑过去。乌高林终于悄悄地说道：

　　"是玛侬，驼子的女儿。"

　　两个人沉默了一阵之后，老头儿站起来，转过身，背对着那无声的房门，朝太阳落山的方向走去。

　　第二天，吃中午饭时，阿伯首先谈起的是威胁着山谷里的葡萄和果树的旱情。全村人都在担心，因为已经有五个星期没有下雨了。然而乌高林竟没有注意到这一点。

　　"天上下的雨水，"他说，"我害怕它。因为人们无法控制它，不是下得过多，就是下得不足。可是，泉水就不一样了，我可以掌握它。它就像积雪融化的，夏天流得比冬天旺得多……要是凑巧，遇上大热天，那这一年我就会赚一大笔钱，因为康乃馨浇足了水，再加上毒太阳一晒，它就长得更漂亮了！"

　　"大热天，这回你算是指望上了。"阿伯说，"知了至少提前半个月就叫起来了。这就是说，太阳要把这一年该酿出的酒吸去一半！"

乌高林无可奈何地耸了耸肩，说：

"酒么，老天爷总会给留下一些的，足够咱们喝的了，而且是最美的酒！"

他们高兴地碰过杯之后，又吃水果，一小篮新鲜无花果……接着，阿伯提议道：

"咱们说一说吧。"

"噢，是的，说一说。"乌高林说。

"说吧。"阿伯说。

阿伯慢腾腾地往烟斗里装着烟丝，一言不发。可乌高林正等着他开口，并且急得身子有些发抖了，他使劲儿地眨巴着眼睛，盯着阿伯。阿伯经过一阵思考之后，笑了，说：

"昨天晚上，你小子可好，就是不让我说话。也许是因为你怕我说得太多，让你小子不好意思吧。"

乌高林焦急得脸色都变白了。他说：

"你不喜欢她？"

"你让我说下去。我跟你说的是'昨天晚上'……昨天晚上，你跟我一说完，我马上就想'你疯了！那小姑娘才十五岁，或许十六岁。'就算是十六岁吧，和你相比，不是太年轻了吗？"

"这么说，你不同意？"

"他妈的！你等我说嘛！她太年轻了。也许二十年后，她会觉得你太老了，她会去找野男人的。"

"你不了解她！"乌高林喊了起来，"一个像她这样的姑娘，要是她万一喜欢上我……"

"一个像她这样的姑娘,也和别的姑娘们一个样。可是,我想过了,这又有什么关系呢!二十年后,苏贝朗家的孩子们已经长大了,而且会长得很好看,因为她是漂亮的。既然她是在山野里长大的,那好,我同意了。"

泪水从乌高林的眼睛里涌了出来,那上下眨动的眼睫毛把泪珠成扇形地抛洒在桌面上。

"再说,"阿伯接着说,"她长得好像比她的年龄大。看上去差不多像十八了。"

"这么说,"乌高林惊疑地问,"你看见过她?"

"当然看见过。"

"什么时候?"

阿伯不无得意地笑着说:

"今天早上。"

"这是不可能的,因为今天早上……"

"今天早上五点钟,"老头儿说,"我已经躲藏到圣灵山上了,我知道,你会朝那边去的。我比你早到了一会儿,因为跟在你后边,我怕跟不上。结果,我什么都看见了。在你躲到石崖上面去的时候,我呀,到了那棵大无花果树的下边,就在那个破羊圈附近。"

"糟糕!"乌高林嚷道,"她会看见你的!"

"看见了,又能怎么样?像我这样一个老头子,有权利去拣野胡椒,去采蘑菇吧!总而言之,我比你靠得近,我把她看得清清楚楚。你不知道她像谁吧?"

"谁也不像!"乌高林强调地说。

"闭嘴，你这傻瓜！她像一个你不认识的人。"

阿伯停顿了一会，若有所思地接下去说：

"她和她的祖母长得一模一样。她的祖母叫弗洛莱特·洛马兰，也出生在这个农场里……"

说完，他像在回忆过去，沉默了很久，不再言语。然后，他突然问道：

"你什么时候跟她说这件事？"

"我不知道……目前，我能天天看见她，我就满足了。"

"当然。"阿伯说，"你还有时间。不过，你可得当心，可别让另外一个人插进来，说不定他比你漂亮，胆子也比你大，不害怕跟姑娘说话。这都是会有的事……"

他又沉思了一阵，然后说：

"走吧，加里耐特，侍弄康乃馨去！"

十四

一天早晨,天刚破晓,乌高林就去查看他前一天下的套子。他发现套住了一只罕见的猎物,一只长得很大很好看的兔子,已经勒得半死了。他朝它耳后猛砍一掌,结果了它的性命。

"这一次,"他自言自语道,"她会非常高兴的……这兔子差不多有两公斤重,至少值五法郎!"

他像平日一样,跟在她的后面。她照直向花楸树旁的小石崖走过去。乌高林发现,这一天玛侬的套子都张在谷底和山坡上,距他藏身之处很近。这样一来,他要是在她走过之后,去看她下的套子,故技重演,把那珍贵的野物拴到她的套子上去,就很容易被她发现。

玛侬转了一圈,查看她昨天下的套子。可是因为刮了一夜东风,现在才刚刚停息下来,她只拣回几只鸟。她又回到那块平滑的石板那里,把挎包塞满干草,放在石板上做枕头。不一会儿,她就睡着了。

乌高林从远处看着她,看了很久。他被她那酣睡的样子搅得心绪慌乱,因为他想起在一首古老的催眠曲里有"无忧无虑地睡去吧"这样的话,他还多少因为这个,掉下了几滴眼泪。接着,他忽然想到了他的兔子。为了躲开那只可恶的黑狗,他不得不绕了一个很大的圈子，找到她下的套子，那里距玛侬睡觉的地方至少有一百米远。他钻进树丛，把长着两只长耳朵的兔子脑袋塞到他遇到的第一个套子上，把活结拉紧。然后，把死兔子周围的野草拔掉一些，又用他的手指在地上挠出些痕迹来。做完这一切之后，他顺着一条险峻的石缝艰难地爬上去，一直爬到他的观察台上。玛侬还一直在睡。

乌高林在心里想道：

"今天，就让阿伯认倒霉吧！就让康乃馨认倒霉吧！我要在这儿等下去，一直等到她去查看她下的套子。我要看看她拿到了那只兔子之后会怎么样，我敢肯定，她会跳起舞来！"

他又贪婪地看起酣睡的玛侬来，看得他心里发慌，两眼发直。

一刻钟之后，那只卧在女主人身边，把头放在两只前腿之间的黑狗，忽然站立了起来，把头转向山谷下边，小声地哼叫着。玛侬被它惊醒。她先用胳膊肘半支起身子，然后用手掌支撑着石板坐起来，望着黑狗盯着的那个方向。

这时，小学教师出现了。他登上了狼脚山山口，低着头，认真地看着地面上的小石头。

望着渐渐走过来的年轻人，乌高林忽然慌乱起来。他两眼轮流地盯住那姑娘和那个年轻人。

"她要是看见他，"他想，"她肯定会走开的……"

然后，他压低了声音，喊着：

"快走，快走啊。那个家伙来了！"

然而，玛侬好像还没有意识到有什么危险，她拢了拢头发，用一条丝带把它系住，然后，她紧了紧袍子上的腰带，打开一本书，卧在石板上，读了起来，嘴里叼着一朵茴香花。

小学教师拾起一块石头，用他的放大镜看了看，又把它扔了。他朝四周扫视了一遍，他看到了羊群，然后看到了玛侬。于是他向旁边跨了一步，好像要躲藏到路边的荆棘丛里似的，不出一点声响，蹑手蹑脚地向前移动着。

他这副样子可使乌高林大大地不安起来了。

乌高林又压低声音说：

"可怜的姑娘，快跑！那是个下流胚！他说过他要吻你的！"

是的，那个讨厌鬼悄悄地靠近了，显然他是想吓她一跳……

乌高林又是伤心，又是恼火，放低声音说：

"噢，不，她不会听任他捉弄的。要是他使用暴力，强迫吻她，我就下去！"

玛侬从这个年轻人的双脚一踏进山口，就知道他来了，那小铁锤敲击石头的清脆的声音告诉她：走在狼脚山山口石子上面的那个人就是把她唤到他梦中的那个无礼的青年。她不由得两颊发烧，但她还是装作读书的样子，一动不动，好像读书入了迷一样。

当小学教师从刺柏丛里突然出现时，玛侬却不慌不忙地抬起头，望着他，没有露出一点惊奇的样子……小学教师微笑着走上前来，手里举着一把刀子；那刀子是钢制的，闪着光亮，还有一个光洁的角质刀套。

"小姐，"他说，"我在这里遇到您，感到十分高兴。我非常感谢您把这把刀送还给我。"

乌高林在远处听不清他说的话，不过，一看那把刀子，他也就明白了：

"是的,他向她表示感谢。"

玛侬站起身来,但不作任何回答。

小学教师边走近她,边说:

"说实在的,我以为它是从天上掉下来的。不过,跟我在一起的那几个农民猜想您到了那边,是他们告诉我的。"

"先生,"玛侬说,"我是在山里拾到它的,就在那边,靠近羊圈的大松树下边。"

"可您怎么知道它是我的呢?"

"一天中午,我看见您在树下吃午饭来着。"

"可我,我只看见了您的羊群,您的狗,特别是还有您的那头可爱的小叫驴,那天它非要吃香肠不可……"

"那是一头小母驴,它有时很任性……"

"可是您,您那时在什么地方呢?"

"在那棵松树里,在高处。"

"为什么?"

她只是耸了耸肩膀,没有作回答。

乌高林竭尽全力注视着他们两个人的谈话,尽管他听不大清楚他们在说什么。他觉得自己的心脏怦怦地跳得厉害,因为他看见小学教师总是笑嘻嘻地在说话,而玛侬则低着头,听着他讲,一边用手指捋着一根茴香的茎杆。

小学教师继续说:

"人们跟我谈起过您,他们跟我说的事太有意思了。"

"我知道。"玛侬说,"在把刀子扔给您之后,我听见你们在蓄水池旁边的对话了。"

小学教师一时间窘住了,因为他立即想起"亲吻"的话来。他赶忙把话岔开去:

"我特别对那红色的粉末感兴趣,它们在雨后沉淀在蓄水池的底部……我有一种嗜好,我的意思是说,我对矿物学差不多可以说是着了迷。因为我是村子里的小学教员,我想把这山里的矿石搜集起来,搞一个小型展览,以便给我的学生们讲解生养他们的这块土地的构造。"

"就是为了这个,您才有一把小铁锤和一个放大镜吗?我还以为您是一个寻金的人呢!"

"我也寻找金子,"他说,"如果我们所在的这个地方是石英或者页岩矿脉的话。可惜不是。"

"这里,"玛侬说,"是属于第四纪第二阶段的汝拉白垩系。"

小学教师瞪大了眼睛,就连他的眉毛也向上耸了起来。他说:

"作为一个牧羊姑娘,您知道得太多了!"

她笑了笑,说:

"啊,不……我这只是重复我父亲的话而已……不过,我也经常阅读他给我留下的书籍。书里面有好多地方我读不懂。可为了纪念他,我还是读。他什么都知道,绝对地,什么都知道!"

她本来一直微笑着的,可这时,眼里突然闪出了泪光。

小学教师也为她这深切的悲楚所感动,不知道说什么好。他在他的挎包里翻找着什么。过了一会儿,他从里面拿出另外一把刀子,和第一把一模一样。他把两把刀子举在手上,刀子在阳光下闪着光芒。

"这是一对儿。"他说。

"您又买了一把？"玛侬问。

"不！"小学教师回答说，"……在我买了第一把刀子的那一天，我回家吃午饭的时候，发现在我的餐巾下面放着同样的一把刀。这是我母亲给我买的生日礼物，可我却把自己的生日给忘记了。当然了，为了使妈妈高兴，我仍然发出一声惊喜的欢叫。关于我自己买刀的事只字未向她透露。可我总是担心她有一天会发现我自己买的那把刀。如果您能把它接受下来，您就替我解除了这个小小的忧虑。"

乌高林看着这两个年轻人的态度，有些放心了。他们俩站在那里，一直保持着三步的距离。只不过他觉得这谈话持续的时间太长了。当他看见小学教师手里举着两把刀子的时候，心里想：

"啊，原来如此！他给她又买了一把。一把刀子起码得七个法郎。这就证明，他确实对她有意思了，不仅仅只是在梦里！亲吻！我讨厌，我讨厌！"

然而，玛侬只是看着小伙子微笑着递过来的漂亮礼物在阳光下闪着光亮，并不去接。

她结结巴巴地说：

"噢，不。谢谢……我有一把……我自己不是有一把刀子吗……再说，它对我来说也过于讲究了！"

"一点也不！一把牧羊人的刀子，对于一个牧羊姑娘来说，绝不是过于讲究……您可知道，它有四把小刀，一个瓶起子，一把小锥子，一个磨指甲的小锉……"

玛侬低下目光，说：

"还有一把小剪子。您那把刀子在我这儿保留了好几天，我用过的。"

"您瞧，您少了它是不行的了。您拿着吧！"

"噢，不！"她说，"谢谢……不必了……谢谢。"

小学教师向她靠近一些，她并不向后退缩。他把那闪光的刀子朝她递过来，可她就是不抬头，总是捋着她手中的茴香杆。

在上边，在石崖之上，乌高林顶着他那长春藤编织成的荆冠，咬紧他嘴里的百里香草根，向前探着身子，透过树枝，望着下边陷于可怕的沉默之中的两个年轻人。

正在这时，黑狗突然发了怒，迅急地钻进通往下套子的地方的小道，边向前狂奔，边嘶哑地吼叫着。玛侬立即弯下身去，抓起她的木棍，跟在狗的后面，也连蹦带跳地奔了过去。

小学教师感到惊奇，也好奇地跟在她的后边。他看见一只褚红色的大鹫扇动着宽大的翅膀，悬在空中，距下面的一丛矮树还不到十米。黑狗已经消失在染料木树丛中了。玛侬手中举着木棍，边跑边用皮野蒙土语大声地咒骂着。

奔跑声，狗吠声，牧羊姑娘的咒骂声，使得在那里搅起一股小旋风的那只猛禽着了慌……

"这是个强盗！"玛侬嚷道，"它盯着我的套子，比我还盯得紧。就在我的眼皮底下，它已经叼走了一只山鹑了，连套子一起！"

她边嚷边钻进了树丛。过了一会儿，她的手从深绿色的树叶中露了出来，手中捏着一只棕色大兔子的两只耳朵。

"这就是它想要的，贪婪的家伙！一只兔子！"

她朝小学教师这边走过来，激动加上高兴，使她的面孔变得绯红。她举起胳膊，显示她用手捉住耳朵的这只兔子的大个头……

"这是我用套子套住的第一只兔子。"玛侬说,"这是因为它太年轻……它长得再大些的时候,就会把套子都给你带走……"

乌高林见她这样高兴,感到无限幸福。他不出声音地笑了,然后悄声自语道:

"这只兔子是我送给你的!……是的,是我,乌高林!"

他看着玛侬和小学教师朝花楸树那边走去。

小学教师一直在讲着什么,手里举着那两把刀子……

"别这样!"乌高林低语道,"真是多余,她不愿意要你的刀子!她已经跟你说过两遍了,不要!"

事实确实是这样。玛侬再次拒绝收下他递过来的那把刀子。

这时,小学教师看了一下他的手表,说:

"差一刻钟一点了!一点半钟,我开始上课,看样子没有时间吃午饭了……这样吧,小姐,我向您再一次表示感谢;可是,既然您不肯帮助我解决这把多余刀子的问题,我只好把它放在这块石头上,我想肯定会有人喜欢它的!"

乌高林看着他把刀子放下。又低语道:

"不,她不会拿的!不,不,不……"

小学教师快步地沿着小路向山下走去。牧羊姑娘手里拎着兔子,眼望着他走了。乌高林也一块石头落地,长长地出了一口气:她拒绝了勾引者送给她的礼物;可是,她却为那只兔子感到高兴,感到得意。总而言之,对乌高林来说,这是一次不小的胜利。

然而,事情并没有结束。

当小学教师走到小路转弯的地方,还未走进那片高高的欧石南树林之前，他转过身来，举起手，打着告别手势的时候，玛侬忽然喊道：

"要是您接受这只兔子，我就把刀子留下！"

乌高林听清楚了这句可怕的话，他接连眨了三下眼睛。

勾引者痛快地回答道：

"好吧！"

她把那只棕色的兔子旋转了一下，提着它的两只后腿，十分灵巧地扔了过去。要不是小学教师在空中把它接住，它会把他砸个趔趄的。

"扔得好！谢谢！"他喊道。

然后，他走进欧石南树林，不见了。

乌高林发着哭音道：

"我的兔子啊！"

这时，牧羊姑娘已经把那把刀子上的几把小刀儿一个一个地掰了出来。

乌高林悻悻地朝洛马兰方向走去。他心慌意乱，忐忑不安，身子在发颤。他每走几步就停下来，为的是高声讲话，和他自己争论尽快采取行动的重要和意义。

"首先，她把他的刀子还给他了。其实，这是大可不必的。捡到的刀子，人们就可以把它留下……不过，人们可能会说，这是因为她正派……这都是她父亲的过错，他给她的道德说教太多了……可是，她怎么知道那天这个小学教师在蓄水池那里呢？这事一直使我觉得奇怪。这也许是偶然的事……那天我也在蓄水池那儿，可我也说不清这是怎么回事……今天，这就更出奇了……是的，他是来找她的。证据就是，他事先买了这把刀子，要把它送给她……是的，的的确确是这样，他来找她，找到了她……不过，亲吻么，他可没有亲！噢，不，他心里明白，他是亲不成的。"

"只是，只是，他们在一起谈话，谈的时间太长了。是的，特别是他，总在说……这是城里人的习惯，总是没完没了地说，装着文雅的样子……那把刀，她起码说过两次'不要'。这证明她是自重的……糟糕的是那只兔子。这，这简直是一场灾难。她爱他的刀子胜过爱我的兔子！"

他迈着沉重的步子，又向前走了几步，然后他又突然停了下来，把食指举起，连珠似的说：

"对不起，乌高林先生，对不起！她不知道，不知道那是你的兔子。她以为是她自己的套子套住的！"

"再说，她这样做，是因为她不愿意无缘无故地接受别人的礼物。另外，这也是上算的：这把刀子至少值十个法郎，可那只兔子只值五个法郎。所以说，她干得很好！"

尽管他的这些想法减轻了他的不安情绪，可是，并不能使它完全消除。因为更令他担忧的，是他们在一起谈了那么久，而且，说不定以后还会再谈下去。这位小学教师不会到此为止的。他肯定还会来，借口寻找什么石头（可那石头能有什么用！）。也许借助那件礼物的力量，他最终会赢得她的爱情。于是，乌高林下了决心，决定不再拖延下去，要尽早地"宣布"他的爱情。

在夜里，躺在床上，他跟让先生进行了长时间的对话。他觉得，不幸得很，让先生竟偏向小学教师，并且因为他做下了堵死泉眼的亏心事，他斥责他，使他更加难堪……这个鬼魂的不友好态度更加坚定了他立即开始"求婚"的决心。不过，事先还要听听阿伯的意见。他是一个情场老手，关于女人，他知道得很多……为了避免使阿伯觉得他蠢笨可笑，他决定只字不提小学教师搞的那些名堂。

十五

第二天，德丽娅走了之后，他们爷俩在厨房里吃午饭。

"阿伯，"乌高林问，"怎样才能跟姑娘们搭上话呢？"

老头儿正把脑袋垂在他前面盛着嫩绿色小蚕豆的盆子上，像吃糖块儿似的嘎嘣嘎嘣地嚼着蚕豆。听着侄儿发问，抬起脑袋，笑了笑，又挤了一下眼睛，说：

"这么说，你最后总算打定主意了？"

"是，是的。我必须尽早下手，因为她隔几天就去一趟欧巴涅镇，像她那样漂亮的姑娘，说不定什么时候会有人把她从我这儿夺走……所以，最好还是马上去跟她说。可你是知道的，我不习惯跟女人说话。我怎么开口呢？你给我讲一讲吧！"

"好吧。你听我给你说。首先，我问你，你打算在哪儿跟她谈呢？"

"自然在山里。我假装捡蘑菇，或者捡蜗牛的样子，很自然地靠近她，就像我没有注意到她似的，而是突然碰上了，跟她搭起话来。可我跟她说些什么呢？"

"不要这么急着去！"阿伯说，"首先，装作捡蘑菇或者捡蜗牛，这不大好。这显出一种穷酸样。人要是富有了，就应当显出阔气来。我看，最好装作打猎的样子，穿上一身漂亮的猎装。是的，你不能穿着十法郎的廉价衣服去见她。人是衣，马是鞍，穿上一身新衣裳,你看那是什么成色!……要买上一套真正的猎装,一副黄色皮革的护腿,还要一顶和衣服同样料子的帽子,特别是要买上一副背带!"

"那背带系在衣服里面,也看不见!"

"你这个可怜虫!"阿伯喊了起来,"你注意一下那些有钱的人!他们的裤子总是穿得笔挺的。可农民呢,系着腰带,大裤裆在膝盖上边嘟噜着……远的不说,你看人家菲劳克塞纳,不管是去参加婚礼,还是进城,他总是系上背带……还有那个小学教师,他每天都用!"

这可是有绝对说服力的证明。

"还要什么?"乌高林接着问。

"还要一条猎人用的领带。这东西就像女人用的三角头巾,为的是盖住你那嗓葫芦……这样一打扮,你就成了一个有钱人的模样了!这些东西,我们到欧巴涅镇都能买到。到农民乐园去,那儿的东西便宜一点……"

乌高林站起身,把煨在火上焖着肉的铁锅端过来,把他们爷俩的盘子盛满。然后,他们各自吃着盘子里的食物,有好一阵谁也不说什么。乌高林脸上带着微笑,想了半天,最后他说:

"我想到一件事情。我琢磨着——我先跟你说说,还没有最后决定——我琢磨着要不要把我的胡子刮掉。"

"也许该刮掉……"阿伯说,"这得看人长的是什么样的脸型。不过,有的时候,胡子是会讨女人喜欢的……咱们这儿就有两个女人,你认识的,每天早晨七点钟来做弥撒的时候,她们总是闭上眼睛抚摸我的胡子!"

乌高林心里想，这真是太美了！……可她永远不会摸我的胡子的。这不是她这种人干的事。再说，她的父亲也是不留胡子的，那个小学教师也是每天刮得溜干净。

"不管怎样吧，"他说，"我先试试看……"

他们默默地慢条斯理地吃着，时不时地交换一个微笑。

最后，乌高林有点不好意思地说：

"我在头发上喷洒一点儿香水，你认为怎么样？"

有狐臭的阿伯回答说：

"我想这会使女人喜欢的。只要你自己能忍受得了。可我是一直受不了，那东西使我头晕……"

第二天一大早，他们就去欧巴涅镇了。

他们先进了一家理发馆。给他们理发的，是一个真正的理发师。从那里出来，两个人都变了模样，几乎让人认不出来了。唯一使阿伯感到遗憾的是，他让理发师给他洗了头，这一洗，使他发现他的头发更白了，他原来一直以为他的头发并没有怎么白。但是，他非常满意他的胡子，理发师用烧热的铁箍子使他的胡子的两边时髦地向上翘了起来。乌高林的胡子被刮掉了，这样一来，从侧面看上去，他的鼻子仿佛加长了一倍。不过，他自己只能从正面看，所以他注意不到他侧影的拉长。阿伯虽然对他这副样子有点儿担心，可他却什么也没有说。

一个钟头之后，他们爷俩从农民乐园走了出来。这回他们可是真的舍得花钱了。因为老头儿一看见那套深蓝色条绒衣服，就无法抗拒它的诱惑，而那套衣服的款式又迫使他不得不丢弃原来的那顶旧帽子，买了一顶宽沿毡礼帽。乌高林真的买了一套猎装，并且穿戴上了。但他罩在他那套全新的行头里，显得有点呆板。经过玻璃橱窗的时候，他看了几眼自己的模样，得意地微笑着，脸也有些发红了。

"加里耐特，"阿伯说，"穿上这么一套衣裳，你都可以和教皇的女儿结婚了。"

"我觉得这套衣裳很合身。"乌高林说，"……要是过去遇见像我现在这身打扮的人，我都不敢跟他说话。"

十六

玛侬像往常一样，登上了通往花楸树那里去的那条山间小路。

忽然间，走在羊群前边的白羊羔停住了脚步，好奇地望着前边的一大片百里香；百里香丛中矗立着一棵长有几个树干的绿色橡树……黑狗狂吠着，冲了过去。

玛侬把套子和夹子就下在百里香丛中和橡树下。所以，她立即想到，可能有石鼠或者鼬鼠一类的动物正在偷吃她的猎物。可正当她举起手中的棍子，要扔过去的时候，随着一阵树枝折断的声音，一个猎人突然出现在她的面前。他像是一个城里来的陌生人，在他帽子的缎带上插着一根山鹑翎。

她退后几步，准备夺路逃走。可是，黑狗却围着陌生人，狂叫着，不肯放过他。陌生人似乎着了慌，忐忑不安地说：

"对不起，请原谅，要是我打扰了您的话……我在追赶一只兔子，我在上边的高地上打中了它，它肯定受伤了……"

玛侬听了他说话的声音，心里一惊，正当她为眼前这张面孔搜寻名字的时候，那面孔上的一阵抽搐立刻使她厌恶起来，她认出来了，是乌高林。乌高林朝着黑狗迈近几步，黑狗边吼边向后退。他眨动着眼睛，脸上挂着微笑，用他自以为是城里人的口气，说：

"这似乎是碰巧了,您不是可怜的让先生的女儿小玛侬吗?"

他的这句话以及他脸上的微笑,都是经过长时间准备的,他期待着能得到令人满意的效果。然而,玛侬并不回答他,只是惊疑地打量着他身上的那套猎装和他腿上的那副淡黄色的皮护腿。

他站在玛侬面前,尽最大的努力,使自己更挺直些。

"看得出,"他说,"你认不出我来了,这也是自然的,因为我的变化太大了。我是乌高林啊,你那可怜的父亲的朋友。"

从近处,他看着玛侬,觉得她更好看了。可是,当玛侬抬起眼看着他的时候,他又不敢正视她的目光。他感到心跳得厉害。但他觉得无论如何也要张口说话才是。

"你也一样,"他说,"你也变了……你变成一个真正的小姐了,得仔细看,才能认出你来……"

尽管他说话时是那么一副讨好的样子,可是玛侬却感到很不自在,像过去一样讨厌他。

"很久以来,我们没有在山上遇见,这大概会使你感到奇怪吧?这是因为现在我没有时间打猎了……都是为了那些康乃馨……你不知道我栽种了不少康乃馨花?"

"不,我不知道。"

"在欧巴涅镇没有人跟你说起过?"

"没有。"

"可大家都在谈论这件事呢!因为在这一带地方,只有我才有栽种康乃馨花的主意。另外,只有主意还不行,还得会侍弄……还得有肥沃的土地,需要许多细心的工作。"

玛侬毫不客气地讥刺道：

"还需要一眼泉！"

"是啊！"他说，"这甚至可以说是最重要的。"

"我知道。"

"这样，你可以想象得出，我获得了非常出色的成功……我赚了钱，是的，赚了很多钱……"

玛侬望着眼前这个得意的小人，她不怀疑他的成功，然而，他的成功更加重了她父亲的失败。这身崭新的衣裳使她回想起了她父亲那件已穿成了碎片的礼服，这淡黄色的皮靴和护腿折磨着她对打着赤脚干活的父亲的痛苦记忆……

乌高林又靠近几步，为的是压低声音说话。

"所有这些钱，都是金币，藏在秘密的地方……这个我从来没有对任何人说过，不过对你，我还是把它说给你听，因为这证明你的父亲并没错……再过两年，加上我的节省，我至少可以有五万法郎了！你认为如何？"

"这与我毫无关系。"玛侬冷冷地说，"要是您富了，对您来说，不是再好不过了嘛！"

说完，她灵巧地跳出了小路，去追赶她那已经钻进树林里去了的羊群。

乌高林一边紧跟着她，一边说着话。

"你听着，你别走啊！我要跟你说一件重要的事情。是的，请你带话给你母亲。"

玛侬感到奇怪，想知道究竟，停住了脚步。

"你们确实跟巴波迪斯第娜住在布朗梯也吗？"

"是的。那是我们仅剩下的一点儿地方了。不过，在那儿，我们是住在自己的家里。"

"可是，我一想到你们三个女人孤零零地住在那儿，心里总有些不安。甚至，这使我感到惭愧。但这并不是我的过错。我曾经对你们说过的，让你们继续住在洛马兰。可你们连个招呼也不打就搬走了。尽管这样，有时我心里也还觉得过意不去。"

"为什么？这与您毫无关系！"

"是没什么关系。可我还是常常想到这件事。难道回到洛马兰去住，你不高兴？"

她不客气地反问道：

"和您住在一起？"

他几乎是谦卑地立即回答：

"不，不是的！我一直保留着我在马沙冈那座小房子，我很喜欢在那儿。在洛马兰，我总觉得不像住在自己的家里，因为在我看来，那里一直是让先生的家。可由于康乃馨的关系，我又不得不搬到那儿去……康乃馨很娇嫩，它们什么都怕，需要有人随时照看着……另外，要是房子空着，兔子也会来闹事的……再说，这也很危险，说不定有人乘夜里没人来偷我的花儿……要是你和你的母亲、巴波迪斯第娜住在那里，我就回马沙冈去……你们可以使用那眼泉，你们生活在一片鲜花之中，你母亲又是那么喜欢花……"

又是一件好事，又是一个慈善的施舍！可最终的目的何在呢？尽管玛侬存有戒心，尽管她讨厌他，但她还是迟疑了半天，不愿立即回绝他。她抚摸着黑狗的脑袋，黑狗贴着她的袍子，扬着头，朝着眼前这个家伙叫了几声之后，就去舐女主人的手。

最后，她回答说：

"我感谢您。但是，我已经对您说过了，我们在布朗梯也很好；可在洛马兰，会使我们睹物伤情的。不，我们不去。谢谢了。"

说完，她继续走她的路。

乌高林还是紧跟在她的后边，说：

"玛侬，你听我说。我知道你为什么说'不'。这是因为你太要强了。你从来不接受别人给你的礼物……你还很小的时候，就是这样。那时我给你一把扁桃仁，你都不要，跳着离开我……你听我说，为了不伤你的自尊心，这也好办，你让我给你解释。"

出于纯粹的好奇心，她停住了脚步。

"我跟你说过的，我的活计就是侍弄康乃馨。可这活计并不全是耕地、栽种，还得浇水，还得采摘，还得捆把……这些活儿，女人们都能干的。这样，你、你母亲和巴波迪斯第娜可以给我帮很大忙的，我也不会少给你们工钱……"

玛侬这回算听明白了。她冷笑着，说：

"哼！好哇，我懂了！原来你是需要用人啊！"

乌高林一下子脸红了，急忙解释说：

"不，不是的！请你不要误会！我么，还记着你父亲的情谊，我把你的房子还给你，再给你一些零活儿，这样就不至于让你想到我是对你施舍……不过，最重要的，我是想使你摆脱这种在山野里讨生活的日子，我愿意作为朋友为你帮忙！"

玛侬声色俱厉地驳斥道：

"您是太善于给别人帮忙了，可最后总是您自己得到好处！

由于您给我父亲帮了忙,您就住进了我们的房子,最终是您找到了泉水,最终是您变富了!也许您并没有做什么坏事,可我认为,您的帮忙给我们带来了不幸。请您不要再来管我们吧!我们不需要任何人的帮助,特别是不需要您的帮助!"

说完,她转过身去,朝着羊群走过去。她沿着石崖下边的碎石坡走远了。

乌高林在后面呼喊着:

"玛侬!你听我说,玛侬……"

玛侬甚至连头也不回一下,继续走她的路。

可怜的乌高林愣在那里。他原以为时间会使她对他的厌恶得到缓和,并且他觉得,玛侬既然对泉眼的事一无所知,那她对他的厌恶也就毫无根据……当然了,他并没有奢望她一下子就投进他的怀抱,但是,他给她提出的建议,对一个穷牧羊姑娘来说,不能不说是非常优厚的了……然而,她竟高傲地拒绝接受,并且还说他是她家的灾星……这真是一场灾难……他觉得心口发闷,两胁作痛,两眼也盈满了泪水。

当走到相当远的地方时,玛侬回过头来,看看他是不是还跟在后面,她见他没有跟上来,不见了,就停下来采薄荷,在石崖下边长着一长溜野生的薄荷。

与乌高林的相遇,使她回想起了过去的一切。这并不是说她已经把它们忘却了。但是,从迅速发育的机体里爆发出来的青春活力和对生活的强烈兴趣,使得留有痛苦回忆的周围环境变得柔和了,使得周围的残酷色彩变得黯淡了,最后使它们成了非现实的东西,仿佛成了从书中读到的一个故事。

这个男人的出现，还有他那抽搐不停的面孔，他那说话的腔调，使得四年时间给她的抚慰全部失效，同时，使她父亲的形象又活生生地再现在她的眼前。她自己的双脚踏在滚动的石子上而发出的声音，变成了她父亲身背大水瓮在山路上跋涉的脚步声；她忍受不了这痛苦的折磨，她竟不由自主地奔跑起来。

忽然间，有人用凄厉的声音喊了两声她的名字。

她煞住了脚步，回头看了看身后，不见人影；她又仰起了头，朝石崖上边望去，只见乌高林站在石崖边上，弯着腰，朝着下边喊：

"玛侬，别跑！你听我跟你说一句。玛侬，不是那样的，不是为了让你干活！是因为我爱你！玛侬，我爱你！我爱着你呀！"

这从他的胸腔中挤压出来的喊叫声，在山谷里跳荡，在石壁与石壁之间连续回响了四次："我爱着你。"

姑娘惊愕地望着那个动作滑稽可笑的家伙。她感到意外，她感到恶心，她半张着嘴，一时间惊呆在那里。

乌高林在石崖上边一直喊叫着：

"玛侬！我不敢当面跟你说我爱你。但是我确实爱你，爱得发了疯！爱得要死！我已经热恋你很长时间了。那还是在勒弗来斯吉也山谷，下过一场大雨之后！我躲藏在树丛里等着山鹑……你在水潭里洗澡的时候，我看见了你……我盯着把你看了很久，你真美！当时我真害怕自己干出蠢事。我躲在染料木树下走开了，可你却用弹弓朝我射石头！"

玛侬一下子把脸涨红了，怒不可遏！她把手圈在嘴上，作成话筒，用皮野蒙土语咒骂他；她除此而外，不知道怎样对付这个无耻的家伙。她骂了几句之后，用刺耳的高声叫他"老公猪"。然后，跟在羊群后面，登上了山路。乌高林在石崖上边奔跑着，吼叫着。

"这不是真的，我不老！我才三十岁，明年我就有五万法郎了！另外，我不是为了玩弄你！我要跟你结婚！我们会成为一对好夫妻！在我们家，没有人要我养活：我爷爷死了！我奶奶死了！我父亲在我很小的时候就上吊了！我妈妈也得了伤寒死了！现在只剩下阿伯，就是我的教父阿伯。他很有钱，他就要把一切都留给我了，因为我是苏贝朗家的最后一个人！阿伯他已经很老了，也很快就要死的。村子里那座大房子就将是属于我们的了！我栽种康乃馨，都是为了你！是的，我向上帝发誓，都是为了你！因为我爱你！我爱你呀！"

整个山谷都回响着他的声嘶力竭的喊叫声，而回答他的只有黑狗的狂吠。玛侬感到厌恶之极，她又奔跑起来，想尽快把他摆脱掉。可是，那个可恶的家伙却紧追着她不放，也在石崖上边跟着奔跑。只是他不时停住脚步，为的是继续他的表白。

"玛侬！你将来会像王后一样生活！我花钱给你雇两个女佣人。每天你愿意什么时候起床就什么时候起床！我把咖啡送到你的床边去，是的，我向上帝发誓，因为我爱你！"

但是，正当他把两只胳膊朝她伸出来，嘴里喊叫着"我爱你，我爱你"的时候，他的喊叫声随着砰的一声响突然停止了，他用手捂住自己的胸口，弯下腰去。牧羊姑娘用弹弓射出的一粒石头击中了他。姑娘跟在叮当叮当响着脖铃的羊群和蹦跳着的黑狗后面,轻快地逃走了……

可怜的乌高林一时间喘不过气来,他弓着腰,向两边摇晃着身子,最后竟蹲在了百里香草丛中了。

在疼痛稍有缓解的几秒钟里,他哭丧着说:

"她竟射得这么准!"

胸口又重新疼痛起来,他只好四肢着地趴在树丛下边。他的目光遇到了一个淡黄色的像山鹑蛋大小的石块,这就是击中他的那块石头。他把它拾起来,吻着,然后装进口袋里。他试探着站起身,朝石崖下边望去:玛侬早已经消失在石崖拐角的后面了,甚至连羊群的铃铛声也听不到了……他去找回他的猎枪。然后拖着沉重的步子,缓慢地朝山下的洛马兰走去。

十七

乌高林在插条地里找到了阿伯，阿伯正忙着给插条插支棍。

"怎么样？你跟她谈过了？"阿伯问。

"今天我没有看见她。她也许到欧巴涅镇去了，要不就是去了密苏里，去卖她的野物。"

"今天不行，就等明天吧。"

"或者更晚一些。最好等我习惯了这身衣裳之后……"

"你穿上它实在是太漂亮了！简直就像从马赛来的猎人！快去把它换下来吧。"

乌高林换好衣服后，就和阿伯一起侍弄康乃馨，一直干到傍晚。

乌高林一边看着浇地的水渠，一边想着心事。尽管玛侬的回答是很不客气的，他还是逐渐地使自己重新鼓起了勇气。他找出了一些令人感到安慰的解释和存在希望的种种理由。

"首先，她是一个在山里野惯了的姑娘，她不习惯跟人说话……其次，她还从来没有经过这种事，这就像母山羊第一次见到公山羊一样，她害怕。这是很自然的。再说，我那身衣裳也许太讲究了，有点儿扎眼，穿着它有点儿不正经……更主要的是，我不该说我看见她洗澡了。肯定是这件事使她发了火，肯定是这件事使她不痛快……这都是我的罪过，都怨我。"

晚上，他孤单一人急急忙忙吃了几口饭之后，就默默地长时间地坐在桌子旁，双肘拄在桌子上，两只手撑在两个太阳穴上。玛侬那海洋一样湛蓝的两只大眼睛，那浓密的金色的头发和她那红润鲜美的嘴唇又浮现在他的眼前。

他低声嘟哝道：

"这很可怕，很可怕……她确实太美了，这让人害怕……要是她不这么漂亮，我也会照样爱她的，并且会更容易些……另外，还有那个小学教师，他也让我放心不下……可怎么办呢？怎么办呢？"

在后来的一些日子里，他发现她变得十分警惕了。一路上，她驱赶她的黑狗在路两边的矮树林里搜巡；在花楸树下坐下之前，她总是仔细地扫视一番周围。可因为乌高林躲藏在石崖上边，头顶荆冠，匍匐在一丛百里香的后面，所以，她无法看到他。然而，她肯定感觉到了他的存在，所以她只要听见周围有点动静，就举起她手中的弹弓，射出那无情的弹丸，击中那个可怜的追求者的胸口。

乌高林躲在石崖上边想：

"要是她允许我跟她说话也好哇！我肯定能够使她改变主意……是得这么做：改变她的主意。可是，怎么样才能使她改变主意呢？"

十八

一天夜里,乌高林被猫头鹰那奇妙的合唱搅得难以入睡。他隔窗望见天上挂着一轮红色的月亮,像一只爆裂开来的眼睛,认为这是实施魔法的最好时机。

于是,他从床上爬起来。他在一块纸上写上玛侬的名字,把这纸片放在桌子的中央,再用他捡到的她的圣物:一小块绿色的缎带,一团头发,一枚贝壳钮扣和三粒橄榄核,把纸片围起来。然后,他端出他那藏钱的宝贵铁锅,把装在里面的金币全部倒出来,在圣物的周围摆了厚厚的一个圆环,仿佛是要把玛侬禁锢在他的财富之中。接着,为了增强他这魔法的力量,他双手合十,在桌子周围绕了七圈。同时,嘴里不停地呼唤着圣母玛利亚。然而,如果圣母真的能感知的话,肯定会被他这无礼的呼唤惊吓住的。

当猫头鹰安静下来之后,他把他的金币又放回到铁锅里去,然后把那珍贵的金色发团塞进滑动的金币中间。他用铁丝把锅盖紧紧地缠了两道,重新把它放到壁炉的石板下边。他祈求那人人都知道的具有神奇力量的金币对那埋在其中的头发发生强大的作用,使它给他心上人的头发带去魔力,促使她的头脑里产生出新的主意(特别是当她睡着了的时候)。这样,乌高林期待着,期待着有那么一天,当他推开房门的时候,会发现玛侬就坐在他家门前的台阶上……

接着，他又抓起那小块缎带，放在手中，看着，摸着，吻着。然后，他突然站起身，去拉开小衣橱的抽屉。在里面找到了一条线和一根针，并且好不容易地把线认到针上。于是，他脱掉衬衫，光着上身，坐到紧挨着油灯的一把椅子上，开始把那块缎带缝到他的左胸上。针很粗，扎进皮肉之后，鲜血一滴一滴地滴落下来。他咬紧牙关，一狠劲儿，把那粗糙的双线从肉中拉过去，仿佛是用锯割着他的肉。他就这样，一连扎了四针，拉了四次线。第五次，他只把针扎在缎带上，把线拉过去后，打了一个结。最后，尽管他已经脸色煞白，浑身汗湿，两眼流泪，还是到墙边取下一面破镜子，照着它，从镜子里，凝视着那块挂在他那长满红棕色长毛的胸膛上，染着鲜血的绿色缎带。

他满意地对自己说：

"这样，她就将永远在我的心坎上了。"

然后，他喝了一大杯酒，躺到床上，用一只蜷曲着的手捂着他那火辣辣发烫的心。

这就意味着，苏贝朗家的可怜的乌高林正在变疯。

后来，人们眼看着他一天天消瘦下去。

十九

一天下午，在勒弗来斯吉也山谷的谷底，玛侬坐在干草上，细心地观察着一个小动物的黄色甲壳，它的几只爪子紧紧地抱住一棵野胡萝卜的茎杆。这只硕大的昆虫停在那里，一动不动，但在甲壳里面似乎发生着什么，突然间，它的背部沿着纵的方向几乎全部裂了开来，一只淡绿色的小生命经过长时间的挣扎，从这破裂了的监牢里挣脱出来。它的身上裹着皱折着的湿漉漉的翅膀。它缓缓地爬着，笨笨磕磕地一直爬到野胡萝卜茎杆的顶端。它停在那里，在七月灼热的阳光照耀下，静止不动了。这是一只蝉。它的身体，在阳光下，眼看着一点一点地变成了棕色，它的翅膀也展开了，变得透明而坚硬，就像两片带有金色纹络的云母片。

玛侬正等待着这只小动物开始第一次飞翔的时候，她从远处望见有两个猎人下到山谷里来了。他们把猎枪背在肩上，沿着斜坡上难以辨认的小路向前走着。可忽然间，他们离开了那条小路，消失在石崖脚下的树丛里了……她等待着枪声，但等了一会儿，没有任何声音打破周围的沉寂，甚至连他们的绳底鞋踏在石子上发出的轻微响动也听不到。她有点儿不安了。她在那个树丛里张下了四副珍贵的兔套。这两个猎人也许是从翁布雷来的，不知道他们会干出什么勾当来。她丢下了那只新生的蝉，让黑狗留在那里，决定独自一人去看一看。

为了不被发现，她爬上坡去，在高地上绕了一个大弯子，来到了他们的上边。

她钻进刺桧林，一直到了石崖的边上，透过一棵横着长的，伸向半空中的笃耨香，她看见他们两个人坐在一棵绿橡树下，正在津津有味地吃着东西。

她认出来当中的一个是庞菲尔，那个曾经给她父亲做过棺木的木匠。

另外一个，身材瘦小，长着一个大脑袋，她不认识他。他是加布里唐。

木匠一边剥着一片香肠的皮儿，一边说：

"我呀，对别人下的套子，从来都不去动它一个手指头。对我来说，别人的套子是神圣不可侵犯的。特别是那几个。"

玛侬为他的这种特殊的尊重感到惊奇。

"为什么'那几个'更特别？"另一个人问。

"因为那是驼子女儿的……"木匠回答说，"昨天晚上，我躲藏在石崖上边，等着斑鸫鸟落宿的时候，我亲眼看见她张下的……"

加布里唐慢条斯理地咀嚼着嘴里的食物。木匠倒了一杯酒，喝下肚去，然后用手背擦了一下嘴唇，又说：

"她只有靠这个来生活了。要是偷她的这些套子，那可真是罪过，尤其是我们以前对他那样……"

另一个人，尽管嘴里塞满食物，还是急切地说：

"什么，什么，什么？我呀，我可从来没对他怎么样……滚球那件事，你知道得很清楚，那并不能怨我！"

"是的。"庞菲尔说，"不怨你，可我要跟你说的并不是那件事。"

"那是什么事呢？"

"泉眼。难道你不知道洛马兰那个泉眼吗？难道你不知道它五十年来一直存在的吗？"

"我么，你别忘了，我比你们都小。"

"你从来没有看见过它流水？"

加布里唐迟疑了半天才回答说：

"也许看见过一次，那时我还是个孩子。在跟我父亲上山来打猎的时候……我们曾经在一个小水沟里喝过水，我想那就是那个泉眼的水。"

"你想？在这块地方，从来就没有第二个泉眼。而且，你知道得很清楚，在驼子到来之前，是乌高林把它给堵死了。"

"我知道，"加布里唐说，"我也不知道。我呀，不管怎么说，关于这件事，我是什么也不知道。何况阿伯曾经当着我们大家的面，说它已经在很早以前就消失了……"

"哼！消失？"木匠冷笑着说，"对苏贝朗家来说，它可没有消失！当他们把那座农场弄到手的时候，他们不是很快就让它重新流水了吗？……"

玛侬冷静地听着这些话。这些话装进她的头脑里，一时还没有触动她的心。她还弄不清楚这些话的确切含义。然而，她感到脊背上有一股股寒气在流动，她的呼吸变得急促了。

在咀嚼面包和香肠的过程中，庞菲尔和加布里唐的对话在继续着。

木匠接着说：

"眼看着那个不幸的人就那么活活地累死了，你难道就无动于衷吗？"

"不管怎么说，"加布里唐说，"我可不像别人那样，这事我从来不觉得有什么好笑……他们一谈这事，我就躲开，因为我不愿意想到它……你知道，我是个老实正直的人，可勇气却一点儿也没有了。另外，我应该告诉你的是，五年前，在我的几个女儿患麻疹的时候，我曾经向阿伯借了二百法郎……后来我十法郎十法郎地还他。当我一时拿不出钱还他的时候，他对我说：'你不必着急上火，你什么时候有什么时候还我好了。'这样一来，你也明白，我就不便掺和到苏贝朗家的事情里去了，何况是为了一件我并不十分清楚的事，又与我没有什么关系……"

"苏贝朗家的人，"庞菲尔说，"都够混账的了。那老东西把那笔钱借给你，他是想堵住你的嘴，不让你说出泉眼的事。这是他设下的圈套！"

加布里唐喝下一杯酒之后，并不理直气壮地反问道：

"那你，你呢，你为什么啥也不说呢？"

木匠割下了几片香肠，然后说：

"我呀，是因为阿梅莉。有一天，我从远处看见驼子用木棍找水……我以为他会找到那个泉眼的，那样就使我太高兴了。可是，糟糕得很！谁知道他对找水一窍不通，几次都偏过去了，就差二十米远。第二天，我看见他在一个不是水源的地方开挖了……这使我心里十分不安，整夜睡不着觉。这个可怜的人，他被逼无奈，只好用他的驼背驮着大水瓮，光着两只脚走路；其实在他的脚下就存在一个本地最好的泉眼，可他又没有找到。第二天早上，我就跟阿梅莉说：'我们大家都有罪过，不能再这样继续沉默下去了。我去告诉他。'噢，这一下子可了不得！她跟我大闹了一场，说我要把孩子的饭碗砸了，说我管别人的闲事是耻辱的，说所有的驼子都是倒霉蛋，说那个驼子是从克来斯班那个烂鞋草包堆里出来的，等等。她最后竟一直追到作坊里，继续对我嚷嚷她那些话。真是无可奈何，我只好答应她什么话也不说。可这还不算完，她说：'光答应，这还不行，得在工作台上发誓。'我呀，毫不在乎，发誓就发誓。因为发誓这类事情，我才不信呢！我把我的一只手伸在工作台的上方，发了誓。可她又冷冷地望了我一眼，对我说：'你看看是在什么上发的誓！'她把我的角尺从工作台上拿起来，让我看到一张照片，那是她事先压到角尺下面的，是我女儿的照片，是初领圣体时照的，手上还拿着她的弥撒书！"

"哎呀！"加布里唐喊道，"这下她可算把你给治住了！"

"是啊，她确实厉害！这一下子，我就什么也不能说了。但是，这件事仍然使我心里不安。于是，一天早上，去打猎的时候，我带上一小罐黑油漆，在驼子的房子附近，在路边的两块大白石头上，画了两个箭头，两个箭头相距有二十五米远。"

"为什么？"

"两个箭头都指向那个泉眼！这样，我并没有说什么，要是那个可怜的人想到沿着箭头所指的方向去寻找，他肯定会找到地方的，只要几镐下去，那泉水就会喷到他的脸上！"

"不过,这可不容易懂。"加布里唐说,"……要是我,我会以为……"

木匠突然把他的食指竖在嘴前,不让加布里唐出声。他们睁大眼睛,竖起了耳朵,听到有一只母山鹑在咕哒咕哒地叫,聚拢着它的儿女们……他们二人小心翼翼地站起身来,抄起了猎枪。他们各自端着枪,跷着脚,分两个方向走去,消失在染料木树林中。

玛侬被他们的话惊呆了,她两眼直直地盯着石崖脚下摆在一张黄纸上的那四片红白相间的香肠和那个斜依在一块石头上的酒瓶。两声枪响使她惊醒过来。她慌乱地从松林里走开了。

她迈着沉重的脚步,缓缓地走着。羊群由黑狗比古聚拢在一起,并由它领着,拉开一定的距离,跟在她的后面……逐渐地,痛苦发挥出威力,压迫着她的心胸,使她的呼吸急促起来。

她想,这样一来,她父亲长期的含辛茹苦的生活,他那三年不屈不挠的努力,几乎变成了人们的笑柄……那个瘦小的猎人不是说"有人说这很可笑"吗?

他并不是在与盲目的大自然的力量抗争,也不是在与他的多灾多难的命运抗争,而是在与愚昧农民的狡诈和虚伪进行较量,而这狡诈和虚伪是以一群卑污可怜的灵魂的一致沉默为后盾的。这样,他就再也不是一个什么失败的英雄了,而成了一个一场恶作剧的毫无意义的牺牲者,一个耗尽全部心血,最终成了供全村人茶余饭后消遣取笑的弱者……

她在薰衣草草地上走着。她呼吸急促,紧咬着牙关,两颊像着了火一样,然而她的头脑里却像山野一样荒芜……在不知不觉中，双腿引导着她，来到了花楸树前。于是，她像一只受伤的小兽，吼叫着，向花楸树奔过去，用两只胳膊紧紧地把它搂住，用她那带有泪痕的脸颊擦着那坚硬的树干。这时，她才放声大哭起来。

太阳落到红头山后边去了，徐徐的晚风从山谷里吹到了山顶；一只母山鹑在石崖上呼叫着……她的羊群围在她的周围，在安静地啃噬着地上的青草，她的狗立在她的身边，用舌头舔着她的手。

过去那艰苦而又幸福的日子又浮现在她的眼前，她又看见了她父亲那绺盖在苍白的额头上的黑色头发，他那一双总是微笑着的大眼睛，他那两只大手，他那满是胡茬的扎人的面颊……不，他并没有被战胜！他没有理会这些虫豸们的残酷，这正是他值得荣耀之处。乌高林那颗变黑了的心，他是用他自己的光辉把它照出来的。他不能识别虚伪，是因为他自己从来不会虚伪。而玛侬自己，则是她的本能意识提醒着她，使她一直觉得乌高林这个人是他们的敌人……乌高林那友好的态度，那无数的小礼物，那不断提供的无用处的帮忙……又令人厌恶地出现在她的眼前。当他大谈特谈，为干旱表示遗憾，表示无可奈何的时候，那眼泉就在那里，在他的头脑里，那闪亮的泉水就在他那卷曲的红头发下边流淌。坐在斟满干白酒的酒杯前的那个阴险的家伙，他只要说几个字，就可以出现奇迹的。然而，他没有这样做。现在，由于他的罪恶而变富了的他，竟然恬不知耻地向她叫喊着他的爱，建议她去侍候他！她的痛苦变成了无声的愤怒和仇恨，她捏紧了她的拳头。不，不能让那个卑鄙的家伙坐享他肮脏的成功。

她朝着洛马兰方向跑去。

她不知道她将干出什么事来。但不管怎样，她要亲眼看一看乌高林犯下罪行的地方，准备报仇雪恨。

她从加来特那儿下去，穿过布朗梯也山谷，翻过圣灵山的石崖，来到一个山坡上，这山坡一直延伸到她度过童年生活的房子那里。她钻进一片在晚风中簌簌作响的茂密的松林；她惊奇地发现松林已经不是一直伸延到田地边上了。

不过，在松树被伐木工人砍伐掉的地方，刺桧、染料木和山楂树又茂盛地长了起来。它们是这块肥沃土地的唯一主人，而且现在已经变成了几乎使人难以进入的繁密的矮树丛；树丛下边是高高的，被夏季干旱枯死的变黄了的野草。乌高林的砍柴刀从未伸到过这里，因为它们的根须还不能伸到康乃馨花畦那里去。

她躬着身子钻进了荆棘丛中。她认不出她家原有的田地了；由于砍掉了橄榄树，田地在她的眼前显得是那么宽阔。但是，当她一看见那座心爱的房子，房子后面那三棵常有猫头鹰栖息的把枝桠伸向屋顶的高大的松树，眼泪不由自主地一下子涌了上来。

乌高林从工具房里走了出来，背上背着喷雾器。他开始沿着绿色的康乃馨秧苗畦缓慢地走着，从喷雾器的铜制管状的喷嘴里喷出一股股蓝色的烟雾。

他闷闷不乐，显得十分疲惫。他无缘无故地时不时地停下来，低垂着脑袋。玛侬想到，在她的旧饼干筒里还留有十几颗子弹，她父亲的猎枪就挂在山洞墙壁的两个木楔子上。她可以在天还没有放亮之前，躲藏在紧挨着房子的树丛里，只要他一走出房门，她就把子弹射向那个可耻的畜牲。可是，她还从来没有摸过枪，不过，她相信她很快就可以学会的……

当乌高林来到田边的时候，她又重新弯下身子，钻进了树丛。她不出一点儿声响地爬到山坡上去了。

天渐渐黑了下来。她迈着沉重的步子，跟在羊群后边，在通向老羊圈的小路上走着。她在塞尔泉那里停了一下，用清凉的泉水洗了洗她那被泪水浸红的眼睛。她已决定不让母亲和巴波迪斯第娜知道这可怕的事实，她也不愿意损伤她父亲在人们记忆中的威望。另一方面，她也愿意独自一人进行活动。于是，她强迫自己忍受住痛苦，压制住怒气。回到家中，她推说有点儿头痛，什么也没有说，就上床睡觉了。

在床上，她闭着眼睛，思考了很久。忽然她在心里对自己说：

"用枪，这可是危险的，说不定我会打不中，让他跑了。再说，也会把警察招来的，因为人们发现他被打死了，要去报告的。最好的办法是用火。"

她眼前浮现出山坡上那高高的荆棘丛，像灌木一样的枯干了的野草，围在农场四周的松林，房前那四棵橄榄树和房顶上那些带有松脂的粗壮的松树枝桠；每当刮起密斯托拉风的日子，松树就用它们那绿色的枝叶抚摸着屋瓦……

她要在晚上藏在那里，等着乌高林从村子里回来之后，上床躺下，吹灭油灯，然后，她在房子周围的四个角落里，准备四小堆干草，到深夜一点钟，当他睡得最沉的时候，她将草堆点上火……于是，那跳跃的红色火苗将在荆棘丛下奔突，接着染料木和刺桧也将燃烧起来。最后，那些高大的松树也将在烟火中扭曲，像点燃的火把一样，一下子呼呼地变成一片火海：那只毒蝎被包围在熊熊的烈火之中，他将眼巴巴地看着自己活活被大火烧死。当村子里的人赶来时，已经为时太晚。翁布雷的消防队也只能在第二天到达，他们将在化为灰烬的农场废墟里，或在靠近泉眼的地方找到一具扭曲发黑的尸体，像一段烧焦了的橄榄树桩……

这复仇的想象使她的心绪得到一点平静。到了清晨，在太阳升起来的时候，她睡着了。

一天上午，她把她的羊群赶到圣灵山的石崖上边之后，就独自一人下山，去洛马兰了。

乌高林赶上骡子去了马沙冈……这使她能够顺利地巡视一遍洛马兰四周的松树林，她要确保火烧起来之后，不给那个罪恶的家伙留下任何逃路。她发现，在朝村子的方向，山谷里的树木稀少，原因是有条道路从那里经过。但是，干枯的野草很高，并且她看到，在矮树林中，有数量不少的笃耨香，那茂密油亮的叶子在阳光下闪着光亮，只要有一星火把它们点燃，它们就会燃烧起来，并且会燃烧很久……她想，这就足以拦住那个在烈火中发了疯，被烟雾熏得晕头转向的家伙，使他无法逃脱。

在当天晚上，母亲入睡之后，她悄悄地离开了布朗梯也，在天上一弯月牙的照耀下，第一次独自一个人走上了山腰间那条小路，那条他们全家人运水时走过的小路。她沿着她父亲吃力地拉住驴尾巴，跟跟跄跄留下的足迹往前走着。她来到途中休息的地方，S形的铁钩依然悬挂在那乐于助人的树桠上……她父亲的身影又立即出现在她的眼前：他闭上眼睛，在用手背擦拭着额头上的汗水……她跪倒下去,在那里静默了一分钟。然后,站起身来。她脸色有些苍白,但神情十分坚定,手中紧握着那盒火柴,直向洛马兰方向奔去。

在屋后那几棵高大的松树上,猫头鹰像往常一样,在一呼一应地叫着。窗户里一片漆黑,不见一丝光亮……难道乌高林没有回来吗?是的,他还没有归来。然而,她还没有等上几分钟,就听见一阵钉了铁钉的皮鞋踏在石子路上发出的响声。脚步拖沓,还时不时地停住。脚步声靠近了,一个人影缓缓地穿过花圃。他低垂着脑袋,两手插在裤兜里。接着,她听见钥匙开锁的声音,然后是使她感到亲切的门折页的吱哑声……一团昏黄的光微弱地照亮了那肮脏的窗玻璃;过了一会儿,玻璃窗户被打开了,接着那木制的百页窗响了一下,然后,像她过去过着幸福生活的时候一样,这西班牙式的窗户发出尖细的叫声,被关上了。

透过百页窗的缝隙,射出几束灯光,在暗夜里,显得十分光亮。她等了一阵。一只傲慢的青蛙用它那清脆的叫声残酷地宣布着那泉水的存在……她站起身,去准备干草堆;那第一把火即将从这个草堆燃起。但是,当她把第二堆草放到应该放的位置上时,月亮被云彩遮住,接着就不见了。她仰起头,望着天空。天空中有一片漆黑的云从海上升起,一个一个地把天上的星星扑灭了。五分钟之后,远处传来隆隆的雷声。一大滴水珠落在她的额头上。不由得一股愤恨的泪水涌出了她的眼睛……

长期背叛她父亲的雨水,今天却来拯救这个杀人不见血的刽子手了。她一气之下,把草堆扬开;在黑夜里,在大雨滂沱中,奔跑起来……

回到山洞，躺在床上，她又重新鼓起了勇气。她想，这场突然袭来的夜雨，对她来说，也许是一件大好事。她太操之过急了。她没有想到，最好应该等到刮起密斯托拉风的日子……在密苏里燃起森林大火，两名消防队员被围在火海中烧死了的时候，她父亲曾说过："没有风时，松树几乎是在原地燃烧，火势也只是顺着山坡向上发展。可要是刮起密斯托拉风，火势会像一匹狂奔的烈马一样，迅速向各个方向蔓延！"让乌高林那个家伙老老实实地等着乘风狂奔的红鬃烈马吧！那横向窜动的火舌要把那些含油脂的松果抛射出去，像一个个拖着尾巴的彗星。

雨足足下了两天两夜。过去，如果下这样一场好雨，她父亲是会得救的。雨水深深地渗进了泥土里……玛侬坐立不安，她吃不进饭，睡不着觉，她头脑里一直燃烧着那复仇的烈火，她估计得需要三个晴天或者刮两天大风，才能把松树晒干或者吹干。不过，这时才是八月初，距刮密斯托拉风的日子还远，一切都还来得及。她只需要耐心地等待着。

雨天过后，正是捡蜗牛的最好时候。太阳又重新露出了笑脸，山野上飘着水气，到处又变得郁郁葱葱了。玛侬带着她的羊群，走进了勒弗来斯吉也山谷。山谷里，石床上的凹陷处都注满了雨水，在阳光下像一面面闪闪发光的镜子。在石崖脚下，在笃耨香丛里，她张下了她的套子。黑狗在一旁警惕地看着。忽然间，它竖起了耳朵，接着一阵风似的跑了。玛侬抬起头，发现有一只很小的山羊羔，一只胆子很大的小公山羊，离开了羊群，在石崖下边的碎石坡上蹦蹦跳跳地跑远了。她一点儿也不担心，她相信比古用巧妙的包抄办法，加上装出来的十分凶恶的狂叫相威胁，会把它弄回来的。可是，那个顽皮的小家伙却突然钻进石崖下边的一片矮树林，转眼之间不见了。比古跟着它，也钻进了那片矮树林。接着，玛侬听见几声闷声闷气的狗叫，然后是一阵表示它确实没有了主意的呻吟。玛侬立即奔了过去。穿过矮树林之后，出现在她面前的是一个岩石裂缝的狭窄洞口，从洞口里传出黑狗的慌乱的呼喊。

她四肢着地，也钻了进去。

在低矮狭窄的通道里，比古像发了疯似的，用它的前爪在扩大那个使它无法钻过去的窟窿。它把地上的地衣和泥土扒开之后，它的爪子又在石头上嘎吱嘎吱地挠着。玛侬用两只手捉住它的尾巴，用力地把它拉了回来。然后，她自己把头伸进了那个开口。开口很窄，卡住了她的肩膀。她听见那个小公山羊的绝望的呼救声。那声音似乎在一个拱顶下边回荡，显得很响很长。她想道："这是一个岩洞！"

于是，她呼唤那个迷失在黑暗之中的小家伙："毕利毕利……"回答她的是悠长的回声。之后，羊羔那发颤的叫声似乎离她越来越远了……她退回身子，让光线照射进去。她察看了开口的四周。开口四周并不是未风化的坚硬岩石，而是一种光滑的白石头，差不多是乳白色的，用刀尖可以划出道道儿来。

她让黑狗看护着羊群，自己跑回了布朗梯也。她母亲和巴波迪斯第娜去翁布雷了,还没有回来。她自己在火灰下找到了几个烧熟的马铃薯,还有煨在火上的洋葱烧兔肉,一小篮无花果……她急急忙忙地吃了午饭。她为她的新发现而十分激动。这是一个她不知道的岩洞,说不定还从来没有人进去过呢!

她想,在那里,肯定有地下通道,一直通到巴斯第德村去。还会有一些生有水晶石的石室,像人们在地理书上看到的那样……洞里绝不会有什么大的野兽,因为洞口是非常狭窄的……不过,也许会有蛇吧?即使有,也只能是一些游蛇罢了,它们一见到人就会逃走的。再说,比古一嘴下去,当它还来不及知道是怎么回事,就会立即被咬死的。

她一边吃着无花果,一边就上路了。不过,这次在她的手上拿着的不是她的木棍,而是一根小铁钎子。在她的挎包里,装着一个瓦工的锤子、三支蜡烛、一盒火柴和一团细绳。她打算把绳子的一端固定在入口的地方,以便在几个陌生的地下通道里找到出来的道路。

她很快就发现那只到处乱窜的小公山羊已经和羊群会在一起了,可是那个向来忠于职守的黑狗却不在它的岗位上……她走近山洞的开口处,叫着,回答她的仿佛是一群狗。在她不在的时候,比古成功地越过了那个入口,但它却无法出来了……

玛侬立即动手干了起来,但这可不是一件容易的工作,因为在里面,她没有必要的空间,无法抡起锤子。幸运的是,石灰质沉积物粘在岩石上并不十分牢固,她把铁钎子的尖端楔进那隐约可见的缝隙中,只消几锤子,就可以凿下一些来。

一个小时之后,她终于成功地凿下了厚厚的一层,开口变大了，足可以使她爬进去。在她进行这次神秘的探险之前，她从洞里退了出来，察看一下周围的动静，没有人。羊群在远处，围在毛驴四周，在安静地吃草。她竖起耳朵，仔细地谛听了很久，又朝远处望了又望。然后，她钻进洞里边去了。她跪在地上，先点燃一支蜡烛，毅然地朝着狗叫的地方爬去。

狭长的通道渐渐变宽。最后竟突然出现了开阔的空间。举在手中的烛光照亮了凹下去的地面，地面上长满了青苔。她把蜡烛粘在岩石突起的地方。黑狗一直在呼唤着她。她听见它在奔跑……她把双手支撑在青苔上，小心地向前蠕动，以便把她的身体从狭窄的通道里挣扎出来。她终于站立起来了。她又把燃着小火苗的蜡烛举在手中。

不，这里不是辉煌的地下宫殿，而像是一个矿山的巷道，巷道里点缀着一些淡红色的石头蜡烛，有的从拱顶上垂挂下来，有的从地面耸起向上。她在石笋中摸索着向前进。黑狗走在她的前边，有时跑回她的身边，跟她说着什么，可她却不懂得它说的是什么意思。

当她走出十几米的时候，听见一个声音，一种连续不断的低沉的声音，是从巷道里边传出来的。同时，她感觉到脚下的地面沿着一个慢坡向下伸延。

终于，巷道通到了一个相当低矮的石室，室顶挂着长长短短的钟乳石。

低沉的声音变得响亮了。这是一支清脆明快的歌……她停住脚步，把手中的烛光高举到头顶上去，她看见地面上有一颗闪亮的星在跳动。她弯下身去，又看见有一张脸朝她探过来，原来那是她自己的脸。

她这时才发现，原来站在一个水洼的边上。水洼呈橄榄形，有十多步长。它并不很深，黑狗从里边趟过去，还没有淹没它的腿。

在右边，在石壁的脚下，有一个水帘从长满青苔的石缝中垂挂下来，注入到泛着涟漪的水洼中。在椭圆形水洼的另一端，有一个小小的旋涡，那里有一个看不见的洞将水吸走了。

一股热泪涌满了她的双眼。这是山岭的水，本来可以拯救她父亲的水啊！可是，它却在这地下的黑暗里，在这冷硬的岩石中间，挥霍着它的财富……

在左边，巷道紧贴着地面，通向夜一样的黑暗之中。当水洼里的水涨起来的时候，它可以起到"溢洪道"的作用。所以，这里的水永远不会流出山洞去，这个美好的泉眼也就一直未被人们发现……

她一步一步地走进这冰冷的水洼里，石室顶上的钟乳石倒映在里边，随波晃动。她发现，从她的脚下升起一小朵一小朵黑色的云雾。她把手伸进水洼的底部，从那里抓起一把沙子，看上去几乎也是黑的……她从通道爬出来，一直爬到有阳光的地方。在她张开的手掌上，仁慈的太阳使她看清了沙的颜色，是和贝尔德里蓄水池里一模一样的红色沙子。

二十

第二天上午,她又来了,腰间挂着一把刀锯,手里拿着一个没有安把的小铁耙子……在山谷里,她想找一个比较直的细长的树枝桠,作耙子把,可是在这些山岭上很难找到合适的,这里树木生长艰难,枝桠多结节,弯曲不直。最后她选中了一棵小松树。这棵小松树为了直接承受阳光的照拂,从荆棘丛中拔地而起。她用刀把它砍下来,去掉枝叶,顺利地把它安到小铁耙子上,并且用一个铁钉把它固定住。

经过长时间地观察了四周的动静之后,她钻进了那个秘密的山洞。在山洞里,她点燃四支蜡烛,把它们粘在石壁突出的地方。

水一直在流淌,那么清澈,还不间断地唱着动听的歌。她把耙子放进水中,用它挠着水洼的底部。一片红色的云雾立即升起,飘到水面,然后迅速地扩散开来。她以极大的耐性,不停歇地挠了两个多小时。当耙子的铁齿触到洼底的石底时,她又用耙子刮水洼四周高出水面的边沿,把边沿上的红色泥土刮进水里。

中午时分,她才从岩洞里爬出来。她把耙子埋藏在一个石堆下面,然后坐在一棵松树下,吃起午饭来;羊群围在她的身边。

她边吃边想着她的试验可能得到的结果。那天清理蓄水池的时候,有个人曾经说过,大雨过后,蓄水池里的水变成了淡红色。可是,雨后需要多长时间呢?她想准确地回忆起来那个人说过的话……他好像是说几个小时。是七个小时还是八个小时呢？她实在记不起确切的数字了。但是，肯定不会超过八个小时……

吃过午饭，她带着羊群，朝蓄水池那里走去。

蓄水池里的水清澈见底。在距池底三米多高，从池壁上伸出来的入水管的前边，她能清楚地看见泉水注入池中掀起的透明的波动……在灰色的水泥池底上，还存留着一条一块的红色。她知道那不是刚流进来的，而是上次清理时，逃过清理者的铁锹和扫帚，残留下来的。

她用眼睛扫视了一遍四周之后，坐到那棵无花果树下，打开了一本书；上次小学教师也是坐在那里。

每隔几分钟，她就躬身去察看那镜子一样的水面。可是，整个下午，那泉水仍然冷酷无情地保持着它的纯净。直到晚上六点钟，仍无什么变化，她开始灰心了。

"不，"她想。"这水不是从那上边流来的……要不，也许是因为我搅那洼底搅得还不够……"

她不知道怎么办才好。她朝那冰冷的泉水弯下身去，像一只山羊似的，大口地喝了几口，又洗了几把脸。可正当她要对着水面梳理她的头发时，她发现有一个红色的喷射柱射向池底，成螺旋状散开，然后缓慢地浮上水面，接着又盘旋着慢慢地沉入池底……两分钟之后，这红色的云雾已经漫延到蓄水池的四壁。这样，她清楚地知道，上帝终于赐给她报仇雪恨的机会了。她要让乌高林破产，她要惩罚那些保持沉默的村民……那神奇的康乃馨将和她父亲的玉米、葫芦一样很快死去，巴斯第德村那些丰饶的菜园里的蔬菜也将在几天之后连根枯死。她奔跑着，去向那棵花楸树报告消息。她站在花楸树前,激动得浑身发抖,她放声大笑,继而又放声痛哭……

她立即开始准备。首先,她爬上临近的几座石崖,察看周围的情况。她担心有猎人突然会从这里经过,或者乌高林在远处监视她。然后,她赶着毛驴,钻进勒弗来斯吉也山谷的一个小山沟里。雨水汇聚成的小溪在那里留下了一长条蓝色的胶泥,纯净得几乎没有任何杂质。她用小学教师送给她的那把心爱的刀子,把胶泥切割成面包大小的泥块,把驴背上的两个草包装得满满的。她往山洞那里一连运送了两次。完了,她回到布朗梯也。在家里,她像补鞋匠似的,用一个铁钉和两根细绳,把一块方形的黄麻粗布片缝成了一个小麻袋。她在麻袋里装上了已经结了块儿的水泥。毫无疑问,水泥变质了,不过在水里还能够凝固。

巴波迪斯第娜见她这样做,不解地问:

"你想干什么呀?"

玛侬回答:

"等到明天晚上,我也许会告诉你。"

晚饭后,乘着月光,她带着狗,肩上扛着那小袋水泥,出发了。

她走在石崖下边的阴影里,不时地停下来,倾听着四周的动静。黑狗比古则仰起它那尖嘴巴,在晚风中嗅着……

到了那个地方,她让比古在洞口前边蹲着,给她放哨。她低声地嘱咐了它几句什么,然后就钻进洞里去了。

玛侬点燃了四支蜡烛,粘在石笋上。她把衣裳撩起,掖在腰带里，然后走进冰冷的水中；水一直没到她的膝盖。她把水泥袋扔进水的出口，并用耙子把儿把它捣实。接着，她把胶泥块在水中捏软，使劲儿地把它们挤压在水泥袋和周围岩石的接缝上。

水洼里的水慢慢地涨了起来。当她结束她的堵塞工程的时候，她的双手被冰得麻木了，双腿也失去了知觉。她吃力地登上已经被水淹没了的岸边，扶着石壁突起的部分，才勉强走到通道前边的石阶那里坐下……她一边揉搓着她那冰冷的大腿，一边望着那晶亮的泉水，它已经达到对面巷道的阶坎了，又突然一下子越了过去，顺着斜坡，向下流去……她听见有一个小瀑布在低声吟唱。它把乌高林的金币和他那些同谋者的收成投进了黑暗的深渊。

她低声说道：

"哼！有的人也会说这很可笑！"

她倾听着这动人心弦的音乐，听了很久。

然后，她拿起她的工具，吹灭了那即将燃尽的蜡烛，钻出了山洞……黑狗在洞口等待着她。它明白它的使命，稍有一点儿动静，就竖起它的耳朵。

她花费很长时间，用石头把洞口堵死。她害怕万一有只被追赶的野兔钻到山洞里去藏身，因为跟在它后面的是猎狗，接着是猎人。最后，乘着月光，她拔下一棵笃耨香和一大棵带刺的染料木，把它们插到堵死的洞口前边。做完了这一切之后，她带上沉重的工具，跟在她的保护者黑狗比古的后面，朝布朗梯也走去。

她回到家里的时候,她母亲已经睡着了,不过手里还拿着一本书,煤油灯还亮着。放在五斗橱上面的闹钟指针正指着子夜十二点。她吹灭了那昏黄的灯火,躺在床上,又开始算计起来。

流向蓄水池的水也许早晨七点钟就会断流。洛马兰那眼泉距山洞稍近一些,肯定会更早地枯竭。村子里的供水塔是由蓄水池里的存水供给的,水会一直流淌到中午,或更晚些时间……

不管怎样,这将是一个伟大而美好的日子!

开初,她很想去躲在洛马兰的松林里,亲眼看一看乌高林那吃惊、绝望的样子。然后,再假装去墓地,走过村子,亲自去看一眼那供水塔是不是确实断了水。然而,她又想,这样过早地靠近那发生灾难的地点,是不慎重的,因为了解坑害死她父亲这一罪恶的人们也许会聚在一起,猜想出是她干的……最稳妥的办法是让老巴波迪斯第娜去村子里走一趟,那就可以知道个究竟了。

她疲劳极了,很快就睡着了,沉稳地一直睡到日上三竿才醒来。

巴波迪斯第娜在羊栏前边挤奶。

"我亲爱的朋友,"玛侬说,"我需要你帮我一下忙。过一会儿,我们到山上去采一些花,请你把它送到墓地去。"

"好吧。"老女人回答说,"我也正想去那里呢!我去铁匠那里要开门的钥匙,我去跟我的吉尤塞普,跟我们的主人说会儿话。"

"然后,你进村去买点东西。两个大面包,一点盐,一点胡椒,三片排骨……"

"你把这些都写到纸上。"老女人说,"我把它交给买卖人,他就明白要买什么了。我马上就去吗?"

"不,等到十一点钟。我赶上羊群,陪你到圣灵山的石崖那里。我在那儿等着你回来。"

二十一

在摆在小广场上的，菲劳克塞纳的露天咖啡座里，不信教的人们正在喝开胃酒。小学教师就普罗旺斯地区的一条非常古老的谚语发表他自己的看法。这条谚语译成法语是这样的：

Vent de nuit

Dure un pain cuit

（夜里起风不长久，

一个面包刚烤熟。）

"依我看，"小学教师说，"这里有明显的歧义。我认为，正确的谚语古时应该是这样的：

Vent de nuei

Duro pas ancuei

'pas ancuei'可缩合成'pancuci'。这样一来，谚语的意思就是'昨天夜里起的风，不会刮到今天。'"

面包师傅见他的面包从谚语里被赶了出去，就愤愤不平地说：

"这,可不一定!"

"可我认为,说得非常有道理。"贝鲁瓦梭先生说,"因为'一个面包刚烤熟'这句话给夜里起的风规定了一个固定的持续时间,限定在一个小时之内。可是,风常常在半夜之前刮起来了,直到太阳升起才停息!甚至刮到更晚些时候,因为……"

不,贝鲁瓦梭先生已经没有办法再说下去了,一声喊叫打断了他的话头。一个多钟头之前,老巴波迪斯第娜经过这里,从卡希米尔那儿要走了墓地的大门钥匙;现在,她又出现在小广场的边上。她高声地谩骂着,诅咒着。一群孩子嬉笑着跟在她的后边,女人们也都出现在各家的门口。她一直用男人一样的粗嗓门不停地叫骂着。突然间,她把那沉甸甸的墓地的大门钥匙向卡希米尔的头上掷去,卡希米尔竟神奇般地躲闪开了,可酒吧的一块窗玻璃却被砸了个粉碎。

"哎呀!"菲劳克塞纳喊了起来,"我的可怜的老太太,您这是疯了怎么的?您连一个子儿也赔不起,却要砸碎人家的玻璃,您这是要干什么?"

但是,她还是不停地喊叫着,愤怒使她的满是皱纹的脸抽搐起来。她泪流满面,朝卡希米尔举着拳头。卡希米尔急忙向众人解释发生这个不幸事件的原因。

昨天晚上,他不得不把吉尤塞普的尸骨放到公共墓坑里去,因为吉尤塞普的那个十分吝啬的"顾主"只给他付了租用两年墓地的钱。所以,他必须把他的位置倒给刚接受过临终圣事的布斯卡尔勒家的雅耐特老太太。

"刚才给她钥匙的时候,"卡希米尔接着说,"我已经给她解释了，可她没有弄明白。现在……您听我说，巴波迪斯第娜……"

可她不要听，她像一头受伤的野兽一样吼叫着，发疯似的挥动着她的两只胳膊，使得三只狗围住她狂吠，而菲劳克塞纳家养的小狐狸狗则上前咬住了她，拼命往后拉，把她袍子的底襟扯下来一大块……她愤怒地抬起脚，一下子把它踢得老远。然后，她站到贝鲁瓦梭先生家外楼梯的第一个台阶上，举起两只胳膊，板起面孔，发出一连串的诅咒。

"让猪都死了！让羊都死了！让橄榄果都脱落！让蚕豆都旱死！让女人都不生养！让男人都瞎一只眼！让老人受折磨！让葡萄遭雹灾！让鸡鸭都烂舌头！让地窖里闹耗子！让粮仓遭火烧！让教堂遭雷击！"

这一连串令人似懂非懂的可怕的诅咒，使那些不信教的人们笑出了眼泪，孩子们也开心地哄笑起来……可是，有两个老女人却被吓得一边忙着划十字，一边逃走了。这时，胖子阿梅莉从她家的窗户里探出头，声嘶力竭地喊道：

"大家当心！让她闭嘴！她在对我们施魔法！"

庞菲尔和面包师傅攥起拳头，伸起食指和小拇指，朝着施巫术的女人连指了七次，同时嘴里发出驱魔用的喊声：

"咦……咦……咦咦咦……"

可是，她还是不停地吼叫着，那样子变得更加让人害怕。这时，神甫先生的女佣，驱魔专家，手里端着一只碗出现了。碗里盛着的是圣水。她毫不胆怯地把这碗圣水泼在那个发了疯的女人的脸上。于是，那个皮野蒙老女人一下子清醒过来，在胸前划了个十字，走下台阶。

她向人们高声喊道：

"恶有恶报！你们都要完蛋的！"

说完，她转过身，背朝人群，在一片嘲骂声中向远处走去。

玛侬卧在草地上，羊群围在她的四周，静静地吃着草。

玛侬焦急地等待着她朋友归来，已经等了一个多钟头了。她目不转睛地一直盯着村子的方向。

尽管她看不见那被房屋包围着的广场，可她却盼望着人们能喊叫着从各个胡同里拥到那里，把胳膊伸向天空，像蚂蚁炸了窝一样躁动慌乱。然而，在中午灼热的太阳光下，一切还都是那么宁静……忽然，她头脑里出现了一种想法，使她不安起来。她使山洞里的泉水流进去的那个巷道也许和通向蓄水池的地下引水管道相通，这样的话，她所做的一切努力就都毫无用处了……这不仅仅是可能的，而且可能性很大，因为水总是顺着山势往下流的，而那个蓄水池就在山坡下……

正在她灰心丧气地想着这些的时候，她望见巴波迪斯第娜走出了村子，后面还跟着一群喊叫着哄笑着的孩子……这个皮野蒙老女人突然转过身去，朝那些孩子举起手中的棍子，怒吼了几声。那吼声很是可怕，孩子们纷纷逃走了。

巴波迪斯第娜走进一条通往山谷的小山沟，朝玛侬这个方向走来。玛侬急忙跑着去迎接她。

"巴波迪斯第娜，"玛侬见她神情不对头，忙问，"我亲爱的朋友，你怎么了？他们把你怎么了？"

皮野蒙老女人想说话，可就是抖动着嘴唇，说不出来，最后竟放声痛哭起来……玛侬拥抱着她,让她靠在一块岩石上坐下,岩石上边有几棵松树,投下一片荫凉。这时,巴波迪斯第娜呜呜咽咽地开始给玛侬讲起她的不幸来。

"他们把他从那好好的棺材里起出来,他们说因为装在棺材里太占地方……他们把他的尸骨和别人的混在一起了,和他不认识的人混在了一起,说不定那些人是得了什么肮脏病死的……甚至在那个坑里,还有裴毕多,他也是一个伐木工,一个心眼儿很坏的西班牙人。吉尤塞普曾经痛打过他两回,因为他从篮子里偷吉尤塞普的酒,还做鬼脸嘲弄他,然后就很快逃走……现在可倒好,这些事要没完没了地永远继续下去了……尤其是到了最后移葬的时候,可怎么办呢?怎么才能找到他的骨头呢?人的骨头都是一样的,没有人能够认出他的骨头的,因为人们从来没有看见过他的骨头是什么样的,所以很容易弄错……现在他们把他的尸骨全都弄散了,这儿一块那儿一块的,就连我也没办法把它们收拢在一起。再说,这样一来,在这么一个公共坟上,为他做祈祷又有什么用!肯定有一半要被别人偷去!村子里的那些人,简直是一群猪!我诅咒过他们,让他们得到最坏的报应。我的诅咒会使他们遭灾遭难。"

玛侬尽力地安慰她,说到最后移葬的时候,圣母玛利亚会安排好一切,她一定会看到她的完整的吉尤塞普的。接着,玛侬突然问巴波迪斯第娜:

"那我父亲呢?他们没有动他的墓吗?"

"我不知道。"巴波迪斯第娜说,"我当时伤心极了,我没有仔细看。他们到处挖坑……"

玛侬一听这话,心里急了,马上站起身,朝村子里跑去。

这时,在酒吧的露天座那儿,人越聚越多。新来的有:胖子阿梅莉,她两手握拳,叉在腰间;小学教师的母亲,她提着一个装满蔬菜的草篮子;昂格拉德,他刚从地里回来,肩上扛着把镐头;加布里唐,站在两个水罐之间;另外还有西道尼老太太。

阿伯冷笑着说:

"所有这些,都是老太太讲故事,说过就完。"

"你等着瞧吧!"西道尼老太太反驳说,"你等着瞧吧!我认识翁布雷的一个巫婆,她说上四个字就可以让一匹骡子或者一只山羊死掉!"

阿梅莉接着喊道:

"可那个皮野蒙女人说的可比四个字多得多!我看我们要倒霉!"

"不管怎么说,"加布里唐说,"那老女人念咒的时候,我妻子刚从菜园子回来,一回到家里,发现一锅炖肉全烧焦了;我奶奶从楼梯上摔了下来,在她的脑门儿上摔了半个李子大的紫包!"

"要是你奶奶喝了凉水的话……"阿伯说。

庞菲尔突然打断了阿伯的话,说:

"喂,喂,喂,你们看谁来了?"

小学教师顺着庞菲尔的目光望过去,只见玛侬散乱着头发,跑了过来。她看见了小学教师,在他的面前停住了脚步。她脸色苍白,额头上冒着汗珠。

玛侬急不可待地问:

"在墓地里搞什么名堂了？"

菲劳克塞纳立即回答说：

"人们把那个可怜的伐木工人换了个地方，因为他没有租下永久性墓地。"

玛侬追问道：

"那……我父亲呢？"

菲劳克塞纳回答说：

"人们没有动你父亲的墓，永远也不会动的！"

于是，她闭上了眼睛，长吁了一口气。

这时，玛佳丽嚷道：

"快让她坐下吧！你们没看见她快要晕倒了吗？"

小学教师已经扶住了玛侬的两个肩膀。不过，她已经缓过劲儿来了。她脸一红，轻轻地推开了小学教师的手。

"谢谢。"她说，"……我谢谢您了……我可以拿墓地大门的钥匙吗？"

"当然可以。"卡希米尔说。

"不过有个条件，"菲劳克塞纳说，"可不能回头来砸碎我的另一块玻璃，像您的朋友那样！"

"让她喝点儿什么东西吧！"玛佳丽说，"起码让她喝点儿咖啡！"

"不！"玛侬说，"谢谢夫人。不必了……谢谢……"

贝鲁瓦梭先生站在一旁，十分感兴趣地看着玛侬。他自以为放低了声音，说：

"一个令人倾倒的美人儿！"

阿梅莉听到这话,转过身,朝他丈夫庞菲尔说:

"这回从近处看看你的这只金色飞鸟,一定很高兴吧?"

庞菲尔一下子被激怒起来,他反击道:

"你给我马上滚回家去!滚回去,要不你就闭嘴,否则我就让你当着大家的面吃耳光子!"

阿梅莉不甘示弱,两只拳头叉在腰间,吼道:

"我?我吃耳光子?你敢动动我?"

贝鲁瓦梭先生幸灾乐祸地说:

"这下子可又有好戏瞧了。"

然而,庞菲尔夫妻之间的争吵突然被一个声音所打断,那声音绝望地喊着:"阿伯!阿伯!"

只见乌高林从远处跑过来,他衣服上沾着泥巴,一脸丧气,已经上气不接下气了……离人们还有十几步远,他就喊道:

"阿伯,泉眼!泉眼……它不流水了!"

"你说什么?"老头子问。

"从今天早上,它就不流了!……"

"一点儿也不流了吗?"

"一滴也没有了!"

玛侬听见这话,不由得心里一热,心中充满了说不出的快乐。这张不停抽搐的脸,这双惊恐的眼睛,这条被泥巴弄得僵直的裤子,真是再好看不过了……

乌高林气喘吁吁地接着说:

"从今早九点钟开始……我挖了一条沟,我把淤在洞口的草棍什么的都掏了出来……可还是没有水,一滴水也没有……我的上帝啊，这可怎么办呢？"

"这些泉眼总是很任性。"庞菲尔说，"特别是你的那眼泉！过去，它流得好好的……可那位城里的先生一来，它就停止不流了……接着，那个农场到了你的手里，它又为你流起来了。现在呢，它突然又不流了。这是它的怪脾气……你也不必着急，不出三个月，它还会重新流水的！"

"可倒霉的是，我那些康乃馨都打着骨朵呢！那些康乃馨可都是高级的稀有品种啊！"

"可卖一万五千法郎！"

"我的全部家当，"乌高林接着说，"我这几年赚的所有的钱，都投进今年的康乃馨上了！这样的大太阳天，八天没水，就一切都完了！"

这时，人们听见玛侬用她清亮的声音说道：

"您不是还有储水池吗？"

"它只能够我两天用的，不可能再多！"

在慌乱中，乌高林没有听出是谁在跟他说话，但当他突然看见了她时，一时间竟愣住了。

过了一会儿，他才说：

"是你？好，你是知道的，靠储水池，人们是什么也干不成的！"

"是啊。"庞菲尔在一旁说，"……她来到咱们这儿，就是为了知道这个的。"

"你可知道，"乌高林继续说，"我每天需要八立方的水！要是五六天之内，我得不到水，我就破产了！这太阳，你们看看这太阳!这是和过去晒死葫芦秧的毒太阳一样的啊!它会烤焦我的康乃馨的!"

他扑腾一下跪倒在地上,两只胳膊伸向天空,呜咽道:

"啊,圣母啊,我的圣母啊!"

阿伯忍受不下去了,突然严厉地对他的侄儿说:

"行了!站起来,你这个蠢蛋!你听着,说不定在我们说话这会儿工夫,水又来了……要是它还得等些日子,还有供水塔嘛!用两匹骡子,必要的话,用四匹,再雇上四个人,就可以挺过去了……走,我们先到山上去看看!"

他转向昂日,说:

"你跟我们一起去吗,管水员?"

"我先去吃午饭。"昂日说,"现在已经十二点半了,我随后就上山去。"

"我和他一起去。"加布里唐说。

"先到我家去吧。"昂格拉德说,"我把我的小水泵借给你……"

这时,突然一个女人的声音喊道:

"喂,你们都来看一下吧!"

这是昂格拉德的妻子贝拉尔德在招呼大家。她刚把她的水罐放在供水塔的水龙头下面接水。

"你怎么了?"昂格拉德问。

"我发现供水塔的水流得不旺,水流儿只有我小拇指这么细了!"

"这怎么可能!"昂日说。

说着，他朝贝拉尔德跑去，随后差不多所有的人都跟了过去。多少年来，从这个铜制的水龙头流出的水一直很旺，可现在流量竟减少了一半多。

在一片沉默中，男人们交换着不安的目光。

"可千万不要像对乌高林似的，也给我们来那么一下子！"昂格拉德说。

"这不可能！"菲劳克塞纳说，"五十年来，它还从来没有停过！"

但是，在大家的注视下，水流儿一分钟一分钟地在变细。

玛侬望着这些她不认识的人们。他们过去对她家土地上的那眼泉的秘密缄口不说，现在该轮到他们眼巴巴地看着他们自己的泉水断流了。她不敢相信这是事实。她激动得两腿发颤。玛佳丽把她扶到露天座的一把椅子上坐下。其他所有的人都围在供水塔那里。在一片沉寂中，她听见水滴落在水罐里的声音。忽然，传来一种奇怪的咕噜咕噜声，然后水龙头嘶嘶地吸了半天气，最后它哑巴了，再也没有什么声音了。

乌高林慌乱地喊叫起来。

"这里也断了流！阿伯，我们完蛋了！"

昂日被吓傻了，他死乞白赖地用嘴去吸那水龙头，但毫无用处。这时，阿梅莉用刺耳的声音喊道：

"我早就跟你们说过，那个老太婆向我们施了魔法！可你们不信，还笑，不是吗？现在可好！倒霉事落在了我们的头上！现在唯一的办法是，把那个伐木工的骨头重新放回到他的棺材里去。不这样，供水塔的水就永远也别想流！"

"要是她跟我们过不去，"西道尼老太太大声嚷道，"不肯为我们收回魔法，我们就给她灌一公升圣水，然后用炭火烧她的两只脚！"

玛侬为她的朋友害怕起来。这些野蛮的家伙是什么事都干得出来的，很可能对她进行报复。

这时，贝鲁瓦梭先生介入了争论。

"夫人，"他说，"您说的话缺少逻辑！"

"什么逻辑？"西道尼老太太反驳说，"她这样对待我们，还跟她讲什么逻辑！"

"我的意思是说，"公证人接着说，"如果她有超人的特殊能力的话，那她对你们的折磨也就会全不在乎的……如果她根本没有什么超人的特殊能力，正如我认为的那样，我看最好还是从别的地方寻找这次断水的原因吧！"

"哎，管水员，"菲劳克塞纳说，"这可是你该管的事。到底是怎么回事？"

"我和你一个样，"昂日说，"我也不知道是怎么回事……也许是一只大癞蛤蟆堵住了管子，也许是一条游蛇……不管怎样，我到蓄水池那儿去看一下。"

说完，他真的就跑着去了。

"依我看，"小学教师说，"既然位置比蓄水池高的乌高林那眼泉首先断流，那就不是引水管的问题……这次断水肯定是暂时的，毫无疑问是由于干旱造成的……"

"我不这么认为。"昂格拉德说，"确实有十多天没下雨了，而且太阳像火一样……可十天不下雨，在我们这儿，这是常有的事，可从来没有断过水呀！"

面包师傅一脸懊丧。

"要是这样连着八天没有水，"他说，"我可用什么和面做面包啊！"

"我可往茴香酒里兑什么呢？"菲劳克塞纳接着说。

阿伯把失魂落魄的乌高林拉走了。

这时，孩子们和女人们接连着拥进了广场。神甫先生也急急忙忙地迈着大步走过来了，后面紧跟着他的女佣人。

孩子们对供水塔有没有水并不感兴趣，他们是来看玛侬的。玛侬见来了这么多人，心里有点儿害怕。她拿起放在桌子上的墓地大门钥匙，站起身来。

玛佳丽见她脸色苍白，忙对她说：

"我想我还是陪您去吧！"

"我感谢您了，夫人。"玛侬说，"在山野里，我一个人生活惯了……"

"我知道的。"玛佳丽说，"是您拣到了我儿子的刀子，您又还给了他……我陪您到墓地大门口……"

说着，她们上路了。玛侬沉默不语。

玛佳丽说：

"我很喜欢这里的山野。有时星期四，我陪我儿子上山去。我们在红头山上，或者在圣灵山的石崖下边吃午饭……有一天，从远处，他把您的……住处……指给我看，生活在一个旧羊圈里，这一定很有意思。不过，也许不太方便吧？"

"我们已经习惯了。"玛侬回答说，"在厨房里，我们有一个小泉眼。泉水非常纯净，也很清凉……"

"我的上帝！"玛佳丽担心地说，"它是不是也断水了呢？"

"不，"玛侬回答说，"今天早上，我看它像平常一样，流得很畅的……"

这时，她们看见两个农民跨着大步，急急忙忙地爬上山坡来，他们气喘吁吁地问：

"玛佳丽夫人，村子里发生什么事了？水不往我们的储水池流了！难道昂日给关了闸门？"

"确实出了事。"玛佳丽说，"我猜是供水塔出了什么问题，看大家的样子，都很焦急……"

其中一个叫包利特的农民说：

"糟糕！这时候断水，该多么不是时候！我有上千棵西红柿秧，在六月底刚栽上……这真是一场大灾难……"

他们朝村子里奔去。

玛侬和玛佳丽来到了墓地的大门口。

"那么，我就陪您到这儿吧？"

"是的，夫人。谢谢，谢谢。"

玛侬打开了沉重的大铁门，而玛佳丽则回转身，走上了回村子的道路。可是，玛佳丽这个人向来很好奇。她走出一段路之后，停下，又返了回来。不过，她不敢一直走回到大门口去。这时，在一片知了的噪叫声中，她听到了一阵音乐声，是口琴吹奏出来的乐曲。令人惊奇的是，它吹奏出来的竟是一段欢快的舞曲。

玛佳丽又向前走了几步，壮着胆子，透过大门的铁栅栏，向里边望了一眼。只见玛侬跪在那里，背对着她。欢快的小舞曲打破了墓地的寂静。她向后退了一步，然后转身离开了大门，走开了。

她在回村的路上，又停下了一次，自言自语地说：

"她很古怪，这个小姑娘……是的，她太古怪了……不过，她长得该多么漂亮啊！"

二十二

回到山上之后，玛侬在巴乌高地找到了正等待她归来的皮野蒙老太太。巴波迪斯第娜一听说村子里的供水塔断了水，就高兴得跳起舞来……完了，她想再下山去，嘲弄一下那些"鹰嘴豆先生"。另外还需要增加些新的咒语，以加强"魔法"的威力。不过，在玛侬的劝说下，她改变了主意。玛侬对她说，他们会烤焦她两只脚的；最好在这一段时间里，不要出头露面。

玛侬一连几天都在山上，像往日一样，放她的羊，张她的套子。她为自己完成了复仇的使命而感到骄傲。既然是上帝向她泄露了那泉水的秘密，她确信她有完全正当的复仇权利。她时常在心里嘀咕，那里的水会不会把她匆匆忙忙堵上去的水泥和胶泥冲开呢？另外，水的新地下通道也有可能经过几次周折之后，和原来的通道又汇合在一起……所以，她每天的清晨和傍晚，都要钻进树林，一直走到蓄水池上边的石崖边上，看一看那水是不是又流出来了。水始终没有流出来！她看见那长方形的水泥槽子，在太阳的照晒下，变得发白了。它的旁边总有那么两三个小男孩，他们是负责看到泉水重新流出后向村民们报告的。在等待中，他们追逐绿色的蜥蜴，用石头砸松子，或者用草棍拨弄知了的肚皮，让它鸣叫。

村子里，那真是发生了一场灾难。

每天早上，菲劳克塞纳都给省政府挂电话，省府最后答应从农村土木工程局派一位专家来，可这位专家却迟迟不到。村子里的情况一天比一天坏。菜园里正长得旺盛的蔬菜连根旱死了，除阿伯家的水井外，其余各家的水井都枯竭了；阿伯家的井盖上加了一把大铁锁。可这眼井每天也只能提供两公升水，仅够为那些不信教的人们准备开胃酒用。

在小广场上，女人们盯住可怜的管水员昂日，不时地朝他冷笑几声，递上几句冷嘲热讽的话。可他对这些已经麻木，他只是死乞白赖地擦拭供水塔的那个铜制的水龙头，仿佛他要以此证明他对它的关切，促使它重新唱起它那欢乐的歌。

性情开朗的面包师傅，用一种令人讨厌的要挟办法，解决了他的用水难题。他厚着脸皮向顾客们说：

"你们想要面包的话，那就请你们给我弄水来！"

所以，每天早上，有一个农民赶着连在一起的三头毛驴，到翁布雷村的供水塔去运"做面包的水"。

昂格拉德的两个孪生儿子拼命地要保住他们家那几大畦卷心菜，每天赶着两匹骡子，到很远的吕依沙戴尔去驮水。

至于那个伤心透顶的乌高林么，他每天和三辆装着大水桶的骡车一起奔波于洛马兰和四季村之间；阿伯为他雇了两个意大利车夫和他们的骡车。

天一放亮，他就出发了。整个白天，他冒着火辣辣的太阳，走在运水车队的前边。晚上，当那两个从皮野蒙来的意大利车夫请求照顾一下他们的牲口，走了之后，他独自一个人还要再跑一个来回。他在前边使劲拉着阿伯那匹已经累得摇摇晃晃的骡子的缰绳。每前进一步，那牲口都几乎要摔倒在地上……夜里，他跟"可怜的让先生"说起了话。

"好，好哇，我知道得很清楚，是你断了我的水……你干得好，我这是罪有应得。可你也知道，我这么拼命地干，并不是为了我自己呀！你知道的，所有这些花，都是为了她，为她赚钱的！……你听着，我了解你，你是一个正直的人，你已经上了天堂。你看到了，我的脚肿得连鞋都脱不下来了；你看到了，骡子也快累死了；要是这种情况再拖上八天，所有的康乃馨都要完蛋的……算了吧，看在上帝的面上，看在耶稣的面上，看在圣灵山的面上，请你把属于你女儿的水还给我们吧！但愿你能答应我们，阿门——他妈的，真是活见鬼！"

一天早晨，七点钟左右，玛侬看见铁匠卡希米尔朝布朗梯也方向走来。和他一起来的还有胖子阿梅莉和娜达莉。这是一个代表团，是来请求巴波迪斯第娜"收回魔法"的。因为供水塔一直哑而无言，全村人都焦急不安起来。

卡希米尔向巴波迪斯第娜打包票说，人们早已经精心地把吉尤塞普的"骨殖"收拢起来了，棺木也修理一新；神甫先生将要为他举行一次安魂弥撒，因为经过两次移动，肯定使他的灵魂不得安宁了。在两个女人苦苦哀求皮野蒙老太太的时候，卡希米尔朝玛侬挤了一下眼睛，走过来，低声对她说，他无论如何也不相信"魔法"一类的鬼话，但是，巴波迪斯第娜最好下山到村子里去一趟，做个收回"魔法"的样子，以便安抚那些鼓动男人们跟她过不去的老太太们。他还补充说，村子里乱糟糟的，看着让人心里难过。接着，他又讨好地向玛侬描述了那个走路已经摇摇晃晃的乌高林所遭受的苦难，说他很可能和他的康乃馨一起同时完蛋。

玛侬想亲眼看一看那个将是很开心的场面，所以她陪着她的朋友到巴斯第德村去了。

在墓地，吉尤塞普又接受了一次下葬仪式。然而，不信教的人们怀疑这仪式的安抚作用，因为卡希米尔曾向他们透露说，他不敢肯定收拢起来的骨殖都是那个伐木工人的。但不管怎样，反正"数目在那儿"。在做完安魂弥撒之后，巴波迪斯第娜来到供水塔前边，"破除魔法"。

她首先告知在场的人们，水，今天还不会有，因为它要从很远很远的地方流来。接着，她焚烧了一把干马鞭草，嘴里不停地叨念着降恩的祷词，它将把以前的咒语一个一个地破除掉。这神秘的举动在女人和孩子们中间产生了巨大的效果，但对供水塔却毫无影响。不过这正好证明巴波迪斯第娜是言而有信的。

之后，玛侬急急忙忙朝梧桐树下的那个空场跑去，在那里她是可以看见乌高林从山谷里经过的。然而，小学教师在途中却把她拦住了。他和蔼地微笑着，对她说：

"我正要找您。人们在村政府里等着您呢！"

她吃了一惊，心里不免担心起来。人们找她做什么呢？

小学教师继续说：

"村长得到了省政府的答复，答应从农村土木工程局，派一位工程师,来揭开泉水断流的秘密。乌高林已经领他到洛马兰去过了,因为灾难是从他那里开始的。不过,工程师还希望有人能够把在他的地图上还没有标出来的泉眼指给他看。我们想到了您。请跟我走吧。"

他拉着她朝村政府走去。

"为什么找我呢?"玛侬问。

"因为有一天,"小学教师回答说,"在山里,有一个采野芦笋的老头儿,管您叫'山泉姑娘'。"

这使玛侬更加不安了。这位工程师要向她提出各种各样的问题,她必须毫不迟疑地回答他,而且他还要面对面地盯住你。他一定是一个有学问的人。也许经过计算和推断,他就会发现那个岩洞的秘密;也许它就标志在他的地图上……那样,人们就会发现那些还没有燃尽的蜡烛头和她留下的脚印。

村长和农村土木工程局的工程师在看一张摊在大桌子上的着了颜色的地图。

工程师是一个黑头发的年轻人,戴着一副金丝眼镜,穿一套宽大的猎装。

"姑娘,"菲劳克塞纳说,"你来看一下这张图。我们知道的泉眼都用蓝色圆点标在上面了。是不是还有别的呢?"

工程师把那张地图推到玛侬的面前,用铅笔把贝尔德里、布朗梯也和牧人泉指给她看。她看到那个岩洞并未标在图上,才算松了一口气。她很快说出四个鲜为人知的泉眼:洛利叶、塞尔、尼斯和贝德兰。但是,她不大清楚它们在地图上的位置。

"这没有什么关系。"小学教师说,"您总可以领我们到那里去看一看吧?"

"是的,"玛侬说,"这当然可以。"

工程师站了起来,说:

"那好吧,我们跟您去看一看。"

在路上,工程师用他那浓重的纳尔葆那地区的方音,对人们解释说,不同出水点的位置也许能使他知道已经干枯了的泉眼在地下的流向;这次调查也是补充完善该地区山岳志的一次最好机会。他不时地展开他的地图,在长时间观察了周围环境之后,在上面画一些神秘的标记。这期间,小学教师贝尔纳向玛侬提出许多问题。

"从八岁以后,您就没有小伙伴了吧?"

"没有了。我的伙伴,是我的毛驴、我的狗、我的羊。还有昂卓和吉阿戈莫,他们是伐木工人,像巴波迪斯第娜一样,也是从意大利的皮野蒙来的。"

"在这山野里,您难道不觉得寂寞吗?"

"在山里,我从来没有感觉到孤独。山上有那么多动物。有的虽然我看不见它们,可它们却能看见我……也时常见到人,可别人却看不见我……"

"正像我第一次上山那样。"

"对了,就像您似的。"

"您打算在山林里过一辈子吗?"

"我很想这样。不过,现在我是这么说,可说不定以后我会改变主意……"

"您有十七岁了吧？"

"不，还不到。我差不多十六了。"

"我本以为您更大些……"

"这一定是因为我生活在大自然里的缘故……一种天然淳朴的生活……您看，那儿就是洛利叶泉眼。"

她用手指着一株非常古老的虬曲的月桂树的下边。那是一个用石块砌成的小围墙，上面盖着一大块平板石。一股很细的水流从里边淌出来，然后很快就消失在碎石之中了。

工程师走了过来，把双手浸在泉水里。

"这是它的正常流量吗？"他问。

"是的。"玛侬回答说，"下大雨的时候，它才流得旺些。"

工程师察看了一下四周，又做起笔记来。

小学教师利用这段时间，拣些他需要的小石头；玛侬则采撷野胡椒。

这时，人们突然看见黑狗比古跑来了，它跑得比兔子还要快。它围着亲爱的女主人，欢蹦乱跳，以表示重新找到她的极大快乐。她离开它才一个小时，它就以为是永远地失去了她！然后，它钻进荆棘丛中，寻找游蛇或者田鼠去了。

为了去看勒弗来斯吉也山谷里的塞尔滴水泉，他们不得不从离那个藏着秘密的岩洞不远的地方经过。玛侬为了引开人们的视线，尽力使他们的注意力放到山谷对面的山坡上。她说，她常常到那里去放羊，因为那里的草总是青青的，原因是那儿的地潮湿。然而，具有非凡记忆力的比古却像一阵风似的朝那个岩洞跑去，并且用欢快的叫声，呼唤着它的女主人，玛侬立即害怕起来，赶忙叫它：

"到这儿来！马上到这儿来！"

黑狗跑了回来，围着玛侬蹦跳了几下，然后用嘴咬住她的袍子的下摆，想把她拉到那个必然给她带来不幸的地方去。小学教师见此情景，感到很奇怪。

"这狗是想让我们看个什么东西。"他说。

"当然。"玛侬说，"一只绿蜥蜴，或者一只跳鼠……"

可是，比古又跑过去了，用它的前爪扒着堵住岩洞入口的石堆脚下的泥土……玛侬发火了，从挎包里掏出弹弓，把一个有红皮小沙果大小的圆石头射向它那里。她本想像平常一样，打偏一点儿，只是吓一吓它，可那块石头却不偏不差，正好击中它的脑袋。这使她自己心里也害怕起来。比古撕心裂肺地嚎叫着，朝布朗梯也方向逃去。它那痛苦的抗议似的叫声在山谷里回荡。玛侬惊恐地看到，它并不是照直跑，而是斜着身子朝前跑。

小学教师惊疑地望着她。

"您打得很准，不过也太狠了点儿。我听见了它的头盖骨响……"

"那是它活该。"工程师在一旁不以为然地说，"它只能服从主人的命令。"

"您说的是！"小学教师说。

"你们看，"玛侬用手指着说，"那儿就是塞尔泉。"

他们直到中午，才在山上转完。在圆头山的山梁上分手时，玛依把她采的一大捆用染料木嫩枝捆绑在一起的野胡椒递给年轻的教师。

"请把这个带给您的母亲。"她说,"这是这一带最好的野胡椒……特别适合放在烧兔肉里。"

"我代表母亲谢谢您……当然也代表我自己!……明天上午,在村政委员会的公开会议上,我们学识渊博的工程师将就调查情况给我们做报告。您不来吗?"

"也许去。"

二十三

"亲爱的村长先生,"工程师说,"很遗憾,对这些善良的人们,我没有什么使他们高兴的话可讲。"

"正因为如此,"菲劳克塞纳回答说,"才需要您跟他们讲。"

村长、工程师和小学教师一起在村政府的办公室里。

"您是知道的,"菲劳克塞纳接着说,"我么,我需要他们的选票才能当选,所以我不愿意、也不能够向他们宣布坏消息。而对您来说,这就无所谓了。您只要给他们念一念您的报告就行了。"

"报告是写给我的上司的,用的是技术语言,他们会什么也听不懂的。"

"这太好了!这样,他们看到您是认真对待的,还会抱有一点希望呢!"

小学教师提醒说:

"他们已经等了我们半个钟头了。"

菲劳克塞纳站起身来,说:

"我们到会场去吧!"

大厅里站满了沉默不语的村民。长会议桌的正面和两边摆设着白色栅栏,人们围在栅栏后面。村政委员们(阿伯、昂格拉德、乌高林、庞菲尔、卡希米尔、面包师傅、昂日和肉店老板)都双臂交叉,把胳膊肘挂在绿色的桌布上,一动不动地等待着。

菲劳克塞纳一本正经地请农村土木工程局的工程师坐在他的旁边。而小学教师，也就是村政秘书，则到会议桌的头上落座，他的面前摆着一摞记录本和卷宗。

菲劳克塞纳用目光扫视了一遍排列在栅栏后边的五十多张布满阴云的面孔。差不多所有的农民都来了，还有不少妇女：胖子阿梅莉、贝拉尔德、密耶特，连神甫先生的女佣玛丽耐特也到了。菲劳克塞纳把她看成是"耶稣会的间谍"。

贝尔纳发现玛侬在大厅的里边。她用蓝色头巾包住了她的头发，使她那鸭蛋形的脸庞的轮廓更加突出。她站在第一排，两只被太阳晒成棕色的胳膊放在白色栅栏上。她的身后，站着贝鲁瓦梭先生，他头上戴着一顶别致的珍珠色礼帽。他似乎被他面前的这个女孩子迷住了，他的鼻孔在不时地抽动着。

玛侬的神色严肃而又紧张。她害怕这位学识渊博的工程师的报告。

乌高林睁大了眼睛，死死地盯着她。而阿伯的目光也一时一刻不离开她。

在一片令人悲伤的沉寂中，村长手中的铜铃终于响了。他说："现在开会。"

别看他平时在他咖啡馆的露天座里，口若悬河，能说会道，可在正式场合，他却不能就事先确定的内容作出一篇像样的讲话来。在大庭广众之中，在众目睽睽之下，他就不知该怎么张口了。他说："这使我的思绪乱了套，这使我的脑子像结巴的舌头一样，变得不灵便了。"

他沉默了一阵才说道：

"喏，为了水的问题，我把村政委员们都召集来了。"

乌高林霍地站起来，大声地说：

"这不是一般的问题，这是一场灾难！"

人们接受了他这有力的更正，赞同地喊喊喳喳起来……乌高林脸上挂着得意的微笑，用眼睛盯着玛侬。他又坐了下来。

"说的一点儿也不错。"菲劳克塞纳说，"这是一场灾难。不过，由于我亲自张罗，由于我的电话，才从农村土木工程局请来了一位工程师，帮助我们。这位就是农村土木工程局的人！"

工程师向人们点头致意，然后开始讲话。

"先生们，我研究了你们的问题。我现在只能把我夜里为总工程师先生起草的报告向你们宣读一下……"

仿佛有了希望的人们又嚷嚷起来。

"在宣读报告之前，首先，我要感谢美丽迷人的牧羊姑娘，她的帮助，对我们来说，是非常宝贵的。她为我们指出了几个鲜为人知的出水点，她使我们能够十分准确地补充了这一地区的山岳志。"

乌高林立即站了起来，一边喊着："好样的！"一边鼓起了掌。但是，只有小学教师贝尔纳和贝鲁瓦梭先生轻轻地随着他鼓了几下掌。可是玛侬的脸却一下子红了，一直红到了耳根。

"现在我宣读我的报告。"

他从他的公文包中抽出一小沓纸，然后开始念起来。

"贝尔德里泉眼曾是该地区最重要、也是最稳定的泉眼，它的水曾引至供水塔，供村民们使用。"

他用两个"曾"字使这个泉眼变成了历史；报告一开始就给人们留下了一个不太妙的印象。

"它是从属于上白垩系的两个石灰岩层之间的缝隙中流出

的。所以，它不是一个由于岩层断裂而形成的水泉，而是一个属于洞泉类型的涌水泉。"

菲劳克塞纳一脸严肃认真的样子，望着与会的人们，举着食指说：

"请大家不要搞混了！"

工程师拉长音节，一字一顿地接着念下去。

"正如地层表面和断面的勘察所证明的一样，这里既没有外露的含水层，也没有外露的毛细通道。"

面包师傅把身子朝小学教师那边倾过去，悄声说：

"这是一个有学问的人，是一个真正的学者……"

人们静静地而又忐忑不安地听着。所谓的真正学者继续念下去：

"这清楚地表明，夹在两个不渗水地层中间的含水层是与它的上下相邻的地层平行的。水在位于下部的不渗水层上面流动，但受到位于上部的不渗水层的束缚，于是在重压下，它就变成了一个受压蓄水层。这个蓄水层，通过一个涌水泉，向蓄水池供水。然后，利用重力，通过生铁管道，把蓄水池的水一直引进村子，为供水塔供水。"

乌高林这时又哭丧着脸，低声嘟哝道：

"是啊，说的是！该多么严重[①]啊！"

工程师仍在继续往下读：

"八月二十六日，供水塔突然枯竭，于是，全村用水全部断绝。由于巴斯第德村村长的吁请，受省政府的委托，我对造成该次不幸事故的诸多原因进行了研究。至关重要的是，首先要知道

---

①在法文中，物体的重力和事物的严重性是同一个词（gravitè）。

这水的源头在何处。幸好我们有一份极其珍贵的资料。"

一股载着希望的骚动在人群中传播。

工程师把一张着色的大地图摊在桌子上。玛侬踮起脚去看，但除了一些绿的、红的、蓝的圆点之外，她什么也没看见。

菲劳克塞纳在察看了这份"极其珍贵的资料"之后，点了两下头，随后又微笑了一下。这使在场的人们有了信心。庞菲尔侧过身子，俯在村长的肩头上，高声地说：

"这就有希望了！"

小学教师望了一眼玛侬，发现她的神情有些不安。

这时，农村土木工程局的工程师又念了下去：

"这是总工程师先生的一项研究成果，他以最清楚最适用的方法，形象地概括了五年前他在这一地区所进行的实验。"

无人理会到，他这些赞词的唯一用途就是满足接收这份报告的那位有权有势的上司的虚荣心。

人们在聚精会神地等待着下文，而乌高林的脸上则是猎人等着兔子从洞中窜出来的那副神情。

年轻的学者继续念道：

"由于我们工程局的精心努力，圣特·博姆山脉中的所有水泉都用四羟基酞酚醛酐，也就是通常人们所熟悉的荧光素，染成绿色。这一处理使我们准确地绘出了与等高曲线相交汇的等色曲线。它可以为我们提供蓄水池所处位置的全部水文地质情况。"

这是一些纯粹的科学名词，再加上工程师那浓重的纳尔葆那方音，就更加难懂了。但是，这在人们的心中起到了巨大的作用，证明这位年轻学者的学问确实渊博。然而阿伯却带着不满情绪冷笑了几声，然后高声嚷道：

"祝你健康，先生！"

大家的视线都转向了他。不过工程师并不理会，接着念下去：

"但是，一次实地考察证明，巴斯第德白房村的水泉并没有被荧光素染成绿色。"

菲劳克塞纳突然高声说：

"啊！我想起来了，有一天来了一个衣冠楚楚、留有小胡子的人，他一整天都坐在我的露天座里，喝着茴香酒，一共喝了十二杯。然后，每隔一会儿，他就站起身，去供水塔那里接满一杯水。但他并不喝，而是举起玻璃杯，透过水看太阳。完了，把水倒掉。自然啦，我曾问过他，这是做什么。他跟我说，他检查水的颜色，并且说，要是偶尔发现供水塔流出的泉水是绿色的，必须向省政府一〇二号分机挂电话。"

"那是我的办公室。"工程师说。

"可我，"菲劳克塞纳坦诚地说，"当时把他当成了一个呆子，我想可能是由于茴香酒喝多了，他希望看到茴香酒能从供水塔里流出来！"

工程师笑了，解释说：

"正是由于这个'呆子'的实地考察，这个水泉才没有被画到总工程师先生绘制的珍贵的地图上去；同时，他的考察使我们知道，不可能把这个水泉纳入郁沃纳山脉或者它的一个支脉的山岳志中。"

"这对我们有什么用处呢？"阿伯问。

"这使我们的研究前进了一大步。"工程师说，"既然我们明确地知道，泉水并不是从周围地区流出来的，那么，我们就能够断定，它的源头是在很远的地方。"

"这对我们可没有什么好处。"老头子又回了一句。

"当然了，"工程师说，"这并不能解决你们的问题，但是，它可以使我们能够准确地找到问题的关键；它还可以使我能够告诉你们，找到解决问题的办法并非一件容易的事！"

阿伯高声地冷笑起来，由于用力过猛，竟引起一阵咳嗽。

工程师朝他瞪了一眼，接着说下去。

"那么，由于泉水在地下流动的路线很长，致使确定出事地点就更加困难。造成这一事故的原因可以用四种不同的假设来解释。"

这时，乌高林举起了手，说：

"我要求发言！"

"不是你说话的时候。"菲劳克塞纳说。

"我要说的很简短。"乌高林说，"我觉得不必扯得那么远，首先应该使我们有水用，然后再来给我们解释也不迟！"

"可爱的先生，"工程师分辩说，"我觉得您把我当成管水员了，只要用扳手打开供水阀门，水就能流出来了，可惜您看到的将是滴水全无。"

他又接上了原来的话题：

"第一个假设：干旱。雨水并不喜欢光顾我们这一地区，这是肯定无疑的。但是，说实在话，现在还算不上一次真正的干旱。你们的水泉，五十年以来，经受过多次严重干旱的考验。尽管如此，地下水水位的少许降低也可能是使你们遭受断水困扰的原因。因为你们这个涌水泉是被包围在汝拉山脉的平行白云石地层之中的，它肯定是通过一个虹吸孔道越过白云山石层。你们知道什么是虹吸吗？"

"知道的。"乌高林说,"就像榨酒时,用一根胶皮管子往外吸酒似的……"

"正是这样。这样看来,只要下一场雨,为你们供水的地下湖里的水上升到正常水位,虹吸孔道就有可能重新开始吸水。"

听说存在一个地下湖,人们不由得兴奋起来,会场里一片乐观的嗡嗡声。

菲劳克塞纳举起食指,用力地向人们强调说:

"一个地下湖!"

然后,他板着面孔望着阿伯,补充说:

"对进展速度表示异议的人,并不总是有道理的。"

乌高林兴冲冲地站起来,两只胳膊朝着工程师伸过去,说:

"我呀,要是这个进展速度能给我水,那我拥抱它!不管怎样,只要我的泉眼流出了水,我献出一百法郎!是的,一百法郎!就放在这儿!"

他把一张叠了四折的票子放在桌子上。

这时,阿伯的声音又响起来了。

"等着看下文吧!骗子的下文!"

人们听到几声零落的笑声。但工程师并不在乎,说:

"我们现在可以说一说有关事故的其他三种解释。"

"我们等着呢!"菲劳克塞纳说,"大家注意听!"

"第二种假设:由于某种自然现象,水在它流动渠道的某一点上,穿透了它下面的不渗透石层,为了从别的地方找到出口,鬼知道它会流到什么地方去,也许会流进海底。"

人们听到这里,一时都愣住了,接着乱哄哄地议论起来。

阿伯喊道:

"这真是一个好假设！您的假设，也真够绝的了！"

菲劳克塞纳使劲儿地摇动着手中的铜铃，喊道：

"请大家耐心点儿！他不是说有其他三种解释吗？请您继续下去，工程师先生……"

"第三种假设：地下水流穿透它的河床之后，目前正流进一个岩洞之中，或者流到一些不渗水的大裂缝里。当这些裂缝或者岩洞注满了水之后，地下水流将恢复它原来的水位，这样，泉水将重新流淌出来。"

"这已经不错了！"菲劳克塞纳说，"这个假设是可以接受的！"

"那得多少天呢？"乌高林问。

"这不可能准确地知道。"工程师说，"也许是两天，也许是两年。"

"也许是一百年！"阿伯喊道。

学问渊博的工程师冷冷地回敬他说：

"这并不排除！"

乌高林迅速地收起了他那张放在桌子上的一百法郎的票子。人群里传出一阵愤怒的埋怨声。但年轻的学者并不管这些，仍继续谈他的报告。

"第四种假设：地下坍塌。这次事故很有可能是由于地下坍塌造成的。在这一地区，有一定数量的褐煤矿井。当人们必须穿过岩石层的时候，就用炸药爆破。爆破引起的震动波会传到很远的地方，也可能在松软或者不稳定的岩层中造成坍塌下沉。坍塌物堵住了水流的通道。"

人们又不安地骚动起来，其中有人发出几声绝望的呼喊，喊声盖过了其他的声音。

"哎呀！这可怎么得了！"庞菲尔说。

昂格拉德一边摇着头，一边说：

"那我们可就有好瞧了！"

"不！"工程师又说话了，"不会像你们想象的那么糟糕。请你们不必惊慌，因为在这种情况下，我们还是有希望的。"

"你们听着！好好听着！"菲劳克塞纳喊道。

工程师继续说下去：

"实际上，堵塞物有可能是些沙土、碎石，或者粘土。在这种情况下，水在重压下产生出来的冲力，可以穿透它，可以割开它或者溶解它。这一过程也许能在相对来说较短的时间里完成……"

人们的面孔又开朗起来。然而工程师又不动声色地补充说：

"需要十天到一个月的时间，因为试验证明，超过一个月，就再也不能作任何幻想了。"

乌高林一听急了，喊道：

"要是这样的话，那我们可怎么办呢？"

面包师傅也忧虑地喊道：

"那面包呢？"

人群里的嗡嗡声更加响了。

"你们不是有井吗？"工程师说。

"村子里有三眼井。"面包师傅回答说，"可现在都干了！每天得派人跑出去几公里，去找做面包、做菜汤用的水！"

"那储水池呢？"工程师说，"按照习惯，每家都有储水池的呀！"

"当然都有。"卡希米尔说,"可是,很久以来就没有使用它了。人们把它当成了地窖。当然了,也可以把它利用起来。可要是不下雨呢?再说,要是浇地,一个储水池存的水只能用上八天。那以后可怎么办呢?"

"那么,"乌高林说,"您能为我们做些什么呢?"

"为了解决你们的食用水,"工程师说,"我可以派人给你们运水来。"

"那我的康乃馨呢?"乌高林说。

"别拿你的康乃馨烦大家伙儿了!"面包师傅恼火地大声喊道,"你的康乃馨是去卖钱的,而你又恰恰不需要钱!"

"那你呢,你的面包,难道不要别人交钱吗?"阿伯在一旁嚷道。

菲劳克塞纳摇响他手中的铜铃,然后宣布道:

"首先是面包。鲜花,那是送给死人的,可以等一等。请您说下去,工程师先生。"

工程师说:

"好吧。村子里有多少人口?"

小学教师打开了他的登记本,说:

"一百五十三口人。"

"还有牲畜呢!"昂格拉德说,"起码有十三匹骡子,二十多头毛驴。"

"猪难道就不算了吗?"肉店老板说,"每家至少有一头猪!"

他见娜达丽笑了起来,赶紧补充道:

"我的意思是指长四条腿、两只大耳朵的猪!"

"猪有多少?"工程师问。

"五十多头。"小学教师回答。

工程师拿起铅笔,计算了一下,宣布道:

"我每天可以派人给你们送五千公升水来。"

乌高林气冲冲地站了起来,说:

"那我的康乃馨呢?您为我的康乃馨送多少水?"

这时,庞菲尔和卡希米尔不约而同地把两只手合在一起,做成话筒,朝乌高林吼道:

"去你妈的吧!"

学者认为这一回答也就足够了。他继续说下去:

"这辆运水卡车每天可以满足你们的急需用水。这是我本人所能尽到的最大努力了,是否能坚持到一个月以上还很难说。"

"要是一个月以后,水还不来的话,"阿伯说,"那您还能为我们做些什么呢?"

工程师不慌不忙地回答道:

"我可以对你们的不幸表示慰问,并建议你们到别的地方去种地。有的村子人口稀少,但水源充足,他们会欢迎你们去的。"

他的话招来一片强烈的抗议声。菲劳克塞纳则以绝对权威的口气说:

"不,先生,不能这样。村政委员会不会接受您的这一建议。"

学者严肃认真地说:

"我想我有义务告知你们,村政委员们的权威力量,对地下的自然现象来说,几乎是等于零。"

菲劳克塞纳张大了吃惊的眼睛。阿伯的声音又随之响了起来。

"这是第五个假设!"他喊道,"而这个,是最好的!"

"您这样看待，使我感到万分荣幸！"工程师回答说。

阿伯两只手拄着桌子，已经站了起来。

"工程局的先生刚才说，他们把一种绿色粉末撒进了泉水。那么，我要说，是这种粉末最后把一切都搞混乱了，这就像加了灰浆一样，就是这样把泉水堵死了！"

这几句荒谬的话在老农民中间似乎起到了很大的作用，他们连连摇着脑袋。小学教师不以为然地耸了耸肩膀，贝鲁瓦梭先生则笑出了声。

阿伯转向小学教师贝尔纳，用力地强调说：

"您不要忘记，这是一种化学粉末。化学这东西，大家都知道那是什么玩意儿！"

工程师带着讥讽的微笑，分辩道：

"完全不是那么回事。你们不知道这种东西，你们不清楚，这种粉末，只要这么一小把，就足以把几公里长的一条河流染成绿色！"

"哪里有这种事！"老头子喊道，"人们都看见的，把一杯水兑成绿色得需要多少贝尔诺①呀！所以我说，为了改变一条河流的颜色，起码得需要五十桶。"

工程师一边收拢他的报告稿，一边笑着，望着贝尔纳，说：

"尽管有关科学的这场争论很有意义，但是我想我该走了，去张罗为你们运水的卡车。"

在他合上公文包的时候，阿伯在桌子下边跺着脚，喊道：

"我早就料到了！我知道这件事就这么算完了！他，是一个骗子；村长，是个蠢蛋。我算看透了，政府就是这样。这就是

---

①贝尔诺（pernod），一种绿色开胃果酒，喝时需要兑水。

政府！"

工程师从容不迫地反唇相讥道：

"先生，我荣幸地告知您，政府并不把您看在眼里！运水车在后天，也就是星期日来这里。夫人们，先生们，我向你们大家致意。"

一个站在外边窗台上的小男孩，把耳朵贴在玻璃窗上，听到了人们刚才的争论，这时他喊道：

"就是这个城里人，用一卡车绿色粉末堵死了泉眼！"

于是，工程师刚走出会议厅的门，就拥上来二十几个孩子，围着他又喊又叫，一直跟着他走到林荫大道。在那里，神甫先生施以可怕的恫吓，才算把孩子们驱散。

二十四

人们默默地从会议厅里出来，有的低垂着脑袋，缓慢地迈着步子；有的竟跑着去看他们的菜园和田地。乌高林和阿伯是最先出来的，后面跟着昂格拉德和卡希米尔。留在会议桌周围的只有菲劳克塞纳、小学教师、木匠师傅和肉店老板四个人。他们试图从刚听完的可怕的报告中寻找出令人宽慰的结论。

当玛侬不慌不忙走过村政府院子的时候，贝鲁瓦梭先生走近她的身旁，很是殷勤地说：

"嗨，小姐，尽管您给这位年轻学者很多帮助，可我觉得他并不比我们知道得更多些，看来他是无法使我们摆脱困境的了！幸运的是，我们这儿还有神甫先生！"

他见玛侬惊疑地望着她，又补充道：

"是的。他那位忠实的女佣人刚才对她的姐妹们说，神甫先生知道泉水的秘密，他要在星期天早上布道时把它披露出来。"

"他怎么知道的？"

"是他的女佣人说的。"贝鲁瓦梭先生说，"女佣人说她亲耳听见神甫先生在他房间里为布道做准备时，曾高声地说：'谁堵死了泉水？这个么，我知道，我要当着你们大家的面，把它说出来！'所以，在我们中间，我猜想……"

然而，贝鲁瓦梭先生没有猜想下去，他发现不远处发生了什么事，十分不安地说：

"这是怎么回事？"

只见埃利亚山，在山里经营着一个小农场的粗壮汉子，急匆匆地跨着大步朝村政府走来。刚才在经过芙拉吉老太太身边时，他把她撞倒在地上，可他连头也不回，任凭老太太在那儿破口大骂。

他手里提着一根刺桧粗木棍，黑礼帽拉得低低的，压在眼睛上。经过玛侬和贝鲁瓦梭先生身边时，他连看也不看一眼，直奔会议厅。他一阵风似的闯了进去，狠狠地把门摔上，震得玻璃哗啦啦一阵响。人们立即听见他用粗哑的高嗓门喊叫着什么。玛侬跑向那扇关闭着的窗户，贝鲁瓦梭先生跟在她的后面，他们想听一听，看一看，到底是怎么回事。

埃利亚山攥着拳头，叉着腰，朝着菲劳克塞纳的脸嚷道：

"谁是用水联合会的主席？不是我，而是你！"

见他这架势，贝尔纳、木匠师傅和肉店老板立即站了起来，他们也把攥起的拳头叉在腰间。

菲劳克塞纳十分冷静，也十分威风地回敬道：

"我是用水联合会的主席，因为我是村长；我是村长，因为我有电话。"

这时埃利亚山从他的衣袋里掏出一张纸，在小学教师的眼皮底下挥动着，说：

"那这个呢？这个东西是什么玩意儿？"

小学教师冷静地回答他说：

"我看这是您用水订金的收据。"

"不错！"高大的汉子嚷道，"五十二法郎，外加印花！你们不是收了我的钱了吗？那么，我交了钱的水在哪儿呢？"

"埃利亚山，"小学教师说，"请您冷静一下。我们的泉水断流了，目前……"

肉店老板克娄第尤不客气地说：

"要是你上午来这里的话，工程师会给你讲山岳学的。"

菲劳克塞纳举起食指，说：

"你应当尊重科学。"

埃利亚山粗暴地回答说：

"我什么也不尊重，特别是这个！哼，要是你们早跟我说，'我们组织一个用水联合会，但是目的就是为了要你的钱！'那我，我留着我的钱，我也就不会去弄我的小牧场。可现在，它长得好极了，在里边放养了两头奶牛……我交了水钱，我要我的水！"

"你听着，"菲劳克塞纳说，"以后每天来一辆运水车，直到供水塔有了水为止。你只要赶上你的骡子，驮上两个水桶就行了，我每天让人给你一百五十升水……"

埃利亚山说：

"第一，我没有骡子。第二，一百五十升水，一个酒吧间够用了，可对于一个牧场，远远不够。第三，我花钱订的是泉水，而不是卡车的水。"

"依我看，"小学教师说，"卡车的水也肯定是来自一个水泉的！"

"不是来自我们自己的那个水泉！"埃利亚山喊道，"我交了水钱，我要我的水！"

"请你不要这么大喊大叫。"菲劳克塞纳说，"你自己累得慌，我们听着也难受，何况这么喊叫又毫无用处！"

"唉，我的圣母啊！"埃利亚山哀叹着。

他闭上两眼，可怕的景象在他那厚重的脑壳里闪过。他把两只胳膊伸向天空，又绝望地喊叫起来。

"还我那茄子秧！二百棵原来长得好好的茄子，现在已经打蔫了……还有那六百棵西红柿果实有拳头大了，可还是绿的，难道就让它们一直绿下去吗？啊，不，不！这怎么行啊！"

两行眼泪滚落在他的脸上。

"埃利亚山，"小学教师说，"您应该明白，我们大家和您同样难过……可这是普遍性的灾难，这也是没有办法的事……"

埃利亚山拼命地喊道：

"我也一样，我也没办法！所以，我要我的水！"

木匠师傅实在忍不住了，也喊了起来。

"可泉水断流了，你让我们到哪儿给你弄水去？"

"你们愿意到哪儿去弄就到哪儿去弄！"埃利亚山说，"反正你们得让我的水管子里流出水来！再说，这事与你无关，你就是当村政委员也是白搭，我并没有投你的票。所以，你不要掺和到这里面来，要不你就吃我的棍子！"

"什么？你说什么？"木匠庞菲尔大声喊道。

他是一个好人，但脾气暴躁。他立即抄起一根滚球游戏用的长柄木槌。菲劳克塞纳也吼着迎上前去。

"好哇，你也太不像话了。你是非要把我们惹火了才罢休！

你这个山里的野人,你知道你这是在哪儿吗?"

"野人"吼道:

"在贪污水的人这儿!"

接着,"野人"突然性起,抡起粗木棍,哗啦一下子把象征共和国的石膏塑像砸了个粉碎。然后把他手中的武器朝刚爬上桌子的木匠扬起来。菲劳克塞纳见势不妙,从身后一把拉住他的木棍,为庞菲尔创造了时机,使庞菲尔手中的长柄木槌狠狠地落在了埃利亚山的脑袋上。可是这一击只使他晕了两秒钟,他两个肩膀上扛着的是一个尼安德特人①的石头脑壳。然而这短暂的两秒钟却使菲劳克塞纳腾出手来,他用两只胳膊从后边死死地搂住了发了疯的埃利亚山的脖子。可尽管有村长坠在他的背后,这个粗野的汉子还是扑到了桌子上,紧紧捉住了庞菲尔的两条小腿。庞菲尔险些被拉倒,他拼命地揪住了埃利亚山那蓬乱浓密的头发。正当这三个人喘着粗气,怒吼着厮打成一团的时候,肉店老板克娄第尤也跳到桌子上。他一只手捉住脚下悬空了的埃利亚山,腾身一跃,把脚踏在了野蛮人的脖颈上,像在酿酒槽里踩压葡萄一样踩起来……为了把厮打在一起的几个人分开,小学教师也上了桌子,在绿色台布上跨了三步,扑向扭打着的人们。可是,这时桌子承受不住他们几个人的重压了,咔巴咔巴响了几声之后,在一片轰隆隆的响声中散了架,倒了。

在外边,由于窗玻璃太脏,玛侬和贝鲁瓦梭先生看不清楚这

---

① 尼安德特人(Ne'ander thal),古人化石。一八五六年在德国杜塞尔多夫尼安德特河流域附近的洞穴中发现的。尼安德特人是最早受人注意的古人化石。广义的尼安德特人是古人阶段所有人类化石的总称。

些史诗般的情景，但是，桌子被踩倒的轰隆声他们听得非常清楚。

"打得太凶了！"公证人说，"得叫人把他们拉开。"

玛侬立即喊起来：

"大家快来呀！他们打起来了！"

管水员昂日正从村道上走过，听到喊声，他来到联谊会也是村政府的院子里。他像平常一样，慢腾腾地走着，嘴里问：

"你们认为严重吗？"

昂格拉德的的两个双生儿子也走拢过来……

椅子被摔碎的声音和人们粗鲁的吼叫声还在响着。突然，一只墨水瓶哗啦一声砸破了窗玻璃，飞了出来。于是，贝鲁瓦梭先生毅然决定出面调停，他朝房门口走去。这时，门突然一下子开了，埃利亚山出现在门口。只见他头发竖立，一边脸又青又肿，鼻子流着血，嘴唇上粘着涎水，一只手里拎着他上衣的一只袖子。

"我说朋友，"贝鲁瓦梭先生说，"这像话吗？"

接着发生的事情就更不像话了：这个魔鬼抓住贝鲁瓦梭先生的珍珠色礼帽的帽沿，狠劲儿地往下一拉，使得这位好心肠的老先生的脸全卡在帽子里，一直卡到下巴上。

这时候，屋里的那四个人也出现在门口，每个人手里都握着他们的长柄木槌。

埃利亚山转过身去，朝他们吼道：

"要是明天还没有我的水，我就放火烧了这房子！"

村长回答说：

"我建议你带一根大火柴来，火柴杆儿要比这个长柄木槌还要长些！"

埃利亚山猛耸了几下肩，然后他推开昂格拉德的两个儿子，在走过被吓得发呆了的管水员昂日的身边时，顺手打了他一个耳光。"野人"穿过来看热闹的人群。为了给他让出一条路，人们向后退了好远。他手里拎着他的上衣袖子，跨着大步，朝山上走去。

二十五

星期天的早晨,村头的空场上挤满了背上驮着大木桶和铁桶的骡子、毛驴,石栏的脚下排列着一长串水罐、喷壶和水桶,它们在静候着运水车的到来。

它们的主人则聚集在村中心的广场上。他们都穿着节日的服装,准备做弥撒,第一遍钟声刚刚从钟楼响起,人们三三两两地聚在一起,放低声音,议论着日前的灾难。

这是断水的第六天了,菜园里的小储水池早已干枯,而老天爷却拒绝把各家腾出来的储水池注满雨水。

在毫无声息的供水塔的四周,围着一群心急火燎的人们。有几个年轻人用嘴朝水管里吹气。管水员昂日把背靠在一株老桑树上,在手指间转动着他那把开水门的"T"形扳手。他摇着头,谁也不看,仿佛觉得无地自容似的。

在咖啡馆的露天座那儿,菲劳克塞纳站着招待他的同党们:庞菲尔、面包师傅、肉店老板和卡希米尔。他们好像也和大家一样忧心忡忡,不过已经喝起开胃酒来了。

不一会儿,小学教师来了,还有农村土木工程局的那个人。他是来监视分配用水的。在他穿过人群的时候,招来一阵难听的嘲骂声,原因是他曾预言说供水塔也许将永远不会流水了,这预言几乎和巴波迪斯第娜的咒语一样令人害怕。

接着，人们看到贝鲁瓦梭先生从他家阳台的外楼梯上走下来。他头戴巴拿马帽，身着浅灰色礼服，嘴上叼着烟斗。他走过人群，点着头向人们致意。他来到不信教的几个人身边，用劲儿握过手后，人们请他落座。

做弥撒的第二遍钟声响了，女人们开始陆续走进教堂。这时，人们看见乌高林穿着他的那身漂亮的猎装，和阿伯一起来了；阿伯紧巴巴地裹在他的礼服里。在经过露天座时，他们停住了脚步。

"喂，你们几个，"阿伯说，"你们不来参加做弥撒吗？神甫要讲关于泉水的事。"

"那又怎么样？"菲劳克塞纳说，"我们也在讲这件事嘛！"

农村土木工程局的工程师惊疑地瞪大了两只眼睛。

"我就不相信，"他说，"一次布道就有那么大的效力，能使一个堵塞的虹吸通道重新畅通。"

正在这时，玛侬出现在一条通向广场的小胡同的拐角处。她穿一身漂亮的普罗旺斯袍子，脚上是一双浅黄褐色皮靴，她那金色的头发裹在一块带花边的蓝色头巾里，看上去完全是一位城市里的小姐。小学教师还真是这样以为了。不过，乌高林却一眼认出了她。

她垂着目光走过来，显得那么自然优雅，那步态几乎是跳跃的。乌高林不知为什么，竟轻咳起来，连着眨了三下眼睛。他忘记了康乃馨，忘记了泉水，贪婪地望着她；他那急速跳动的心脏向着绿色缎带下边那块红肿的地方放射着火一样的热浪。

在经过露天座的时候，玛侬忽然抬起了目光，在她的嘴唇上迅速地掠过一丝浅浅的微笑。

"喂，喂，喂，"庞菲尔说，"她这是在朝谁笑呢？"

他边说边朝小学教师挤了一下眼睛。

"朝我！"菲劳克塞纳喊道，"不是吗，教师先生？"

玛侬径直走进教堂里去了。

小学教师忽然向大家发问：

"怎么样？我们是不是也去那儿呢？"

"对，我们也去。"菲劳克塞纳回答说，"因为我想，今天这个弥撒会使我们感兴趣的。走吧！"

"我们要是去的话，"庞菲尔说，"最好等到布道之前再进去，要不我们就得参加做弥撒的全过程。"

"做弥撒，"阿伯在一旁说，"这对任何人都不会有害处。再说，要是我们再等一会儿，那所有的男人可就都进去了，到时候连一个空位置也不会有。"

"那我们走吧！"面包师傅说。

说着他就站起了身。

"请各位稍等一下。"菲劳克塞纳说，"不能让他们看出来我们是去教堂的，因为他们一动，各个都像兔子一样往前钻，那就要都挤在门口了。请各位把你们的帽子放在桌子上，然后跟我走。"

男性信徒们，根据惯例，总是三五成群地聚在一处，吸着烟，等在教堂的外边，让女人们先进去。他们看到几个不信教的人站起身，急匆匆地迈着大步穿过了广场，仿佛是去办一件紧急的事情似的。有几个人跟在他们的后面，想看一看他们到底干什么去。可是，菲劳克塞纳走到教堂门厅前边的时候，他突然来个右转弯。

他那一伙人一下子就都钻进教堂里去了。

供女人们用的座椅全坐满了人。玛侬只好走到前边去，坐到一个单独的空位置上，正好在讲台的下边。

乌高林看见了她。他一直走到男人那一边座位的第一排，面对着管风琴坐下，为的是靠她近一些。阿伯低声抱怨着，跟着他，坐在他的旁边。

菲劳克塞纳带领其他几个人直奔通向廊台的楼梯。他们在廊台上坐了下来。人们看到他们五个人都俯身倚在廊台的栏杆上，像在戏院里看演出一样。

不过，弥撒仪式一开始，贝鲁瓦梭先生就告诫他的伙伴们，要他们把态度放严肃些。于是他们跟着人们做着敬神的各种动作，要不是他们起来和坐下总比别人慢半拍的话，还是可以说得过去的。

神甫先生在登上讲台之前，转身朝着与会的人们。他见来了这么多的教民，脸上现出惊奇、兴奋的神情。他微笑着望了一眼廊台上那一排不信教的人们。

他走上讲台，用清晰的嗓音，亲切的语调，开始了他的布道。

"我的教民们，今天我很高兴。是的，看到你们都聚会在我们这个可爱的小教堂里，我感到非常高兴。我们教区的所有教民都在这儿了，我甚至还看到了一小伙儿很精明的人，也许是太精明了，他们习惯于在一个咖啡馆的露天座里度过做弥撒用的宝贵时间。我不必说哪一个咖啡馆，因为我们这儿是只此一家。我也不想说出这些人的名字，既然大家都看着他们——这会使他们很尴尬的，如果他们变得冷漠无情的心还没有使他们认为什么都无所谓的话。"

大家的头都不约而同地转了过去，望着那几个不信教的人。他们在笑，但笑得有点儿不自然。

沉默了片刻之后，神甫先生以更为严肃的语气，接着说下去。

"但是，他们总算来了。好，我表示欢迎！并且，我还要告知他们，今天的弥撒，我曾经说过，是与他们有关系的。

"看到有这么多人来到这里，我非常高兴。但是另一方面，我也感到遗憾，感到痛心，感到气愤。我来给你们讲一讲这是为什么吧。

"我的父亲和你们大家一样，也是个农民，住在西斯特隆附近的一个小村子里。我记得我有一个堂兄，名叫阿道勒芬。他住在离我们村子很远的另一个村子里。可是，无论是过年过节，还是添丁亡人，他从不来看我们；不过偶尔地，一年也就那么一次吧。我听我父亲说：'看啊，阿道勒芬来了！他一定是又需要什么东西啦！'

"阿道勒芬穿得整整齐齐，从小路走上山来。他跟我们寒暄，向我们致意，接着又拉起家常，直到使你的眼里流下了泪。然后，在临走之际，在跟大家拥抱告别的时候，他说：'对啦，菲利西扬，你不是有一副闲着不用的犁吗？我的犁铧撞在橄榄树桩上打碎了。'另一次，是要一捆嫁接用的葡萄新枝条，因为我父亲酿的酒很出名。要不就是说他家的马得了腹泻病，必须把我们家的骡子借给他。我父亲从来不拒绝他的要求。可我常听见父亲说：'阿道勒芬，哼，这个人的人品不怎么样！'"

神甫先生俯身在讲台上,用目光扫视一下听讲的人们。然后,抬高了声音说:

"啊!我的朋友们,今天你们对慈悲的上帝所做的,就是阿道勒芬的那一套!他差不多总也见不到你们的面,可忽然一下子,你们又都来了,双手合十,眼睛里流溢着激动的感情,看上去是那么虔诚,是那么悔恨!算了吧!算了吧!你们是一群阿道勒芬!你们不应该把慈悲的上帝想象得比我那可怜的父亲还要老实,不要以为上帝他不了解你们搞的那些小诡计的底细。慈悲万能的上帝知道得很清楚,在你们当中有不少人不是来向他做真诚的忏悔,不是为了你们死去的亲友灵魂的安息来做祈祷,也不是为了在你们灵魂永久得救的道路上前进一步……他清楚地知道,你们之所以来到这里,是因为泉水不再流淌了!"

很多教民低下了头,仿佛在做弥撒中举扬圣体时一样。有的人低头,是由于羞愧,可另一部分人则是为了掩饰那流露在脸上的狡黠的笑。

神甫先生注视着台下的人们,同时从他的袖筒中拉出一块雪白的手帕,擦拭着他的额头。然后,他用目光扫视着各个角落,以略带嘲讽的语气,接着讲下去。

"你们当中,有的担心菜园子,有的担心草场,有的担心猪,还有的是因为没有了水,他们不知道往茴香酒里兑什么!你们这些想让上帝听到的祈祷,都是为了扁豆,为了西红柿,为了菊芋,为了西葫芦!算了吧!所有这一切,都是阿道勒芬式的祈祷。这是不能升到天上去的,因为它没有了飞翔的翅膀,就像一只拔掉了全部羽毛的火鸡一样!"

在一片沉默中，人们听到了贝鲁瓦梭先生的声音：

"多么亲切而又雄辩的口才！可惜人们全然不理会这一套！"

神甫先生肯定是只领会了这一插话的前半句的意思，因为他只是含糊地微微一笑，然后又像唠家常一样说下去。

"现在，关于泉水的事，我认为有必要认真地跟你们说一说了。我告诉你们，从昨天起，我别的什么也不想，只想着这件事。我总是不断地给我自己提出同一个问题：这泉水是那么纯净，是那么充沛，直到前几天还是那么稳定，可为什么在我们需要的时候，它一下子就枯竭了呢？在村长先生的吁请下——他的电话再一次创造了奇迹（他望着菲劳克塞纳，菲劳克塞纳报之以微笑，仿佛受宠若惊的样子）——国家给我们派来了一位年轻的工程师。这位工程师，当然是一位学识渊博的学者了（农村土木工程局的人谦逊地小声'嗯'了一下）。人们召集了村政大会，会上的全部情况，我知道得清清楚楚。这位技术人员一开始就用那些足有一公里长的科学名词来蒙大家，接着又是一套一套的科学道理。他说这泉水也许能够重新流来。又说它也许不会再流来了。并且建议人们把家具装上车，搬到别的地方去住……仅此而已，他再也没有别的办法了！"

他面带责备的神情，摇着头，用目光注视着那位农村土木工程局的人。工程师摊开两只手，表示他也无能为力，例行公事而已。然后，神甫先生带着真实而又有节制的感情，开始了一段感人的讲演。

"抛弃这些你们出生在这里的房屋，撂荒这些你们的祖辈和父辈埋下无数勇气和耐心的土地，告别这座教堂：你们在教父的怀抱里第一次走进这里,将来有一天,为了你们的最后一次弥撒,你们还将来到这里。是的,现在你们都在这儿了,来到了祭坛的前面,都来了!来到伟大的至高无上的审判者面前的时候,你们变得比阿道勒芬更阿道勒芬!离开我们这块小小的墓地:在这里你们的亲友比在村子里的还要多。将来的一天,你们将安息在这里,在上帝安排的静谧中,倾听着栖息在枝桠伸过墙头的杏树上的吮吸着透明树汁的蝉儿的鸣叫……是的,所有这一切,他都想让人们抛弃掉,因为在他那可怜的科学里找不到任何拯救我们的办法。所以,这位学者,我并不相信他。我对所有的工程师都抱着不信任的态度。这些人只知道不停地挖掘,只知道树立一些柱子而已。而坐在我面前的这位只讲什么粘土层,什么失去起动水的虹吸通道,什么价格昂贵的运水汽车。总而言之,他讲的只是物质的东西,可他也别无他法,因为他只知道这个!"

农村土木工程局的工程师再一次作了一个无可奈何的表示;小学教师则不出声息地冷笑着。

演讲者继续说下去:

"但是,我从更高的观察点出发,观察研究了我们的不幸。我认为,要想解释它,要想使我们重新得到水,必须超越这些眼前看得到的东西,要看得更远,因为在这个由万能的上帝所创造的世界上,一切都有着各自存在的意向,一切都相互依存,就连一个知了,不得到上帝的恩准,它也不能鸣叫。于是,我们必须理解,必须得出的结论是,不是物质上的事故使我们可爱的泉眼枯竭了,而是因为某种原因,上帝准许它这样,也许是上帝故意要它这样的。"

神甫先生郑重地讲完这几句话之后，又掏出手帕，擦拭他的额头。

除埃利亚山外，所有的教民都沉浸在真正的宗教气氛之中，静静地倾听着。埃利亚山坐在第一排，他转过身去，在人群中搜寻着，最后他在廊台上边终于认出了木匠庞菲尔。他向他投去威胁的目光。对方则向他耸着肩膀，扬着下巴，回敬他的挑衅。

神甫先生又开始了他的讲话。

"过去，我曾在一本非宗教的著作中，读到一个希腊悲剧，讲的是因国王犯下罪孽而使泰勃城鼠疫蔓延，最后不幸被吞没的故事。因此，我给自己提出这样一个问题：在我们中间是不是有一个造孽的罪人？这并不是完全不可能的。最大的罪恶并不是人们在报纸上看到的那些……有很多罪恶还不为人知，还没有受到人类正义的审判。但是，上帝却全都知道。"

就在这一时刻，玛侬把头转向一直用眼睛盯着她的乌高林。这回该轮到她目不转睛地，冷冷地盯住他了。她仿佛在等待着什么。乌高林低下了头，用胳膊碰了碰阿伯的胳膊……正闭着眼睛听布道的老头子立即把眼睛睁开，他的目光与姑娘的目光相遇。他想笑一笑，但姑娘却装作视而不见，突然仰起了头，望着神甫先生。

神甫先生悲伤地讲着：

"如果这个不知名的罪人存在的话，我首先要对他讲话。我要对他说：'我的教友，世上没有不可饶恕的过失，也没有不可赎救的罪恶。真诚的忏悔可以抹掉一切。'我们的耶稣基督曾亲口说过这样一句惊人的话：'忏悔了的信徒和事事正确的人相比，在天堂里有着更多的位置。'不管你的过失是什么，不管你的罪孽多么深重，请你尽力赎罪吧，请你忏悔吧！你将会得救的，而我们的泉水也将会比从前流得更加欢畅！"

乌高林用胳膊肘朝阿伯的胁上碰了两下，可没有得到任何反应。然后，他抬起头，想看一看神甫是不是在看着他。没有。神甫先生又用手帕擦着额头和脸颊，接着又说下去。

"现在，我怎么想的就怎么对你们说吧。经过思考，我觉得基督教徒的，也是我们的公正的上帝，不会因为一个人的罪孽而惩罚如此众多的人们的。所以，如果我们当中没有一个罪恶深重的罪人的话，那也许就是在我们当中有好几个罪人。我的意思不是说他们是杀人犯。我的意思是，他们是几个在一起合伙或者分别做下了某些坏事的罪人。"

乌高林听到这里，把悬起来的心放下了，长吁了一口气。然而，其他的教友们却不安地你看看我，我看看你。因为每个人都难免有些小的过失，受到过街坊邻居的责难。埃利亚山利用教堂里的普遍骚动，再一次转过身去，对着廊台上的木匠，把他的手在脖子上比量了几下，表示他要把木匠卡死。

神甫先生继续说下去：

"所以，我要求你们大家都来做一次良心检查。但不能坐在床沿上，一边脱着鞋，草草了事。不，要跪到地上！这样是最适合思考的。然后你们自己给自己提出问题：'我是不是做了坏事？在什么地方？在什么时候？怎么做的？为了什么？'请你们从近处，从非常近的地方，戴上擦得非常干净的眼镜，仔仔细细地察看着你们自己，像老奶奶给她的小孙子捉虱子一样。当你们把所做过的事情都重新检视过一遍之后,就把你们的悔恨捧献给上帝吧!为了向上帝证明你们的真诚,你们就来忏悔吧!如果有人觉得脸面上过不去——常常是这种虚荣心抹煞了人们美好的感情——那你们只要经过教堂的圣器室或者教堂的庭院,胳膊下面夹个小包裹,装作是给我送十几个鸡蛋似的就可以了。顺便说一下,要是你们真的给我送鸡蛋来,我一定收下,因为我非常需要。要不就带上工具,好像是来我家做活儿似的,正巧我家的下水道堵了,玛丽耐特插进去一根三米多长的芦竹,我无论如何也拔不出来了。

"我会不拘形式地听取你们的忏悔。一次真诚的忏悔可以从喝一杯干白酒开始。我的教友们,至关重要的是要真诚,是要悔悟!必须勇敢地正视你的过失,请求上帝的宽恕。上帝是非常愿意宽恕人的。

"现在——我一边讲着,一边又有些新的想法出现在我的头脑里,这使我不得不再一次改变原来的想法——也许在我们中间并没有真正的罪人,我指的是那些确确实实干了坏事的人,但是,话又说回来了,那么做好事的人是不是很多呢?"

听到"好事"这两个字的时候,菲劳克塞纳冷笑着嘟哝道:"这得看什么叫好事!"乌高林把头转向阿伯的耳朵,悄声说:"你不是曾经借给过他四千法郎吗?"站在廊台上边的昂日发现埃利亚山朝他打了一个手势,他立即回了他一个可怕的鬼脸:舌头吐出,咬在牙齿间,两腮上提,使劲儿地翻着白眼。

神甫先生继续讲道:

"这,或许是最重要的一点。我最亲爱的教友们,在你们之间缺乏真正的兄弟般的情谊啊！我看见过你们干活、欢笑、娱乐，可我从来没有看见过你们当中的哪一位高高兴兴地去把寡妇或者孤儿撂荒了的葡萄地翻耕一下……事实恰恰相反。我的前任，亲爱的西尼奥尔教士曾经给我讲过巴斯第德裂房子的令人恐怖的事件，今天我想再给你们讲一下。"

他像讲故事似的讲了下去。人们清楚地看出，他更主要的是给小学教师先生、贝鲁瓦梭先生和农村土木工程局的工程师讲的，他们肯定不知道这个故事。

"有那么一天，从城里，当然是从城里，来了一个房产经纪人——比工程师更糟糕的家伙。他把山脚下的一个废弃了的破房子买了下来。人们管这房子叫巴斯第德裂房子，因为在四周的墙壁上有一条一条的裂缝，裂缝之大，可以伸进去胳膊。他在破房框上加了屋顶，用胶泥把墙上的裂缝堵上之后，又普遍抹上一层漂亮的涂层。城里一个退休的老人花高价把它买下来，并起名叫'吾乐别墅'。后来，西尼奥尔教士来到我们这个村子。他不是不知道这档子事吗，他见人们一谈起'吾乐别墅'，总是笑，特别是那些泥瓦匠们，他便问这是为什么？

"原来有一天，这个退休老人心血来潮，产生了一个怪念头，想在家里洗澡！于是，他买来了水泵、管子和澡盆。他想让人在房子阁楼上安一个大水柜。泥瓦匠叫来了。几个泥瓦匠从来没有像这回这样开心。他们打打闹闹地安了水柜，也就是说砌了一个能装一千多升水的水泥槽子。砌完了之后，他们只对退休老人说，必须等到后天下午四点半钟水槽干了才能用，却没有告诉老人在这之前要往里注水。

"第三天下午四点钟,全村子的人都走出家门,来到路上,像在马戏场看热闹一样看着'吾乐别墅'。这时退休老人已经把水泵发动起来了。他站在二楼的窗前,吸着烟斗,脸上露出不解的神情:这些人来到这里想干什么呢?但他永远也解不开这个谜了,因为在四点半钟,轰隆隆一阵响,'吾乐'朝他的头顶压将下来。人们第二天就把他埋葬了。"

听到这里,很多教民回忆起了那次开心的恶作剧,情不自禁地笑了起来。因为他们觉得被压成肉酱的退休老人只是一个"城里人"。再说,退休的人一般来说都是孤老头子,常常是鳏夫,他们整天什么也不干,只看着别人干活,靠别人上缴给国家的税款过日子,死了活该!

不信教的几个人也控制不住自己,哄然大笑起来。

神甫先生气愤得向天空伸着手臂,高声喊道:

"这样的事竟然能使你们发笑!上帝啊,我请求你宽恕他们吧!因为他们愚昧无知,不知道他们自己在做什么!"

他俯身在讲台上,继续高声说:

"你们,所有的人,都对这位善良人的死负有责任!首要的罪人,是那个经纪人和泥瓦匠,但是,所有那些知道内情而又不告诉给这个老人的人们,也许比他们的罪过更大……这些泥瓦匠无非是想多干两天活儿,经纪人无非是想多赚点钱……当然了,这并不是辩解的理由,但不管怎样,这也算是一种动机。可是你们呢,是什么原因封住了你们的嘴呢?除了残忍的本性之外,我找不出别的。你们所需要的不应该是一个神甫,而应该是一个启蒙的传教士!"

人们沉默了，谁也不再出声，差不多所有的人都低下头去，看着自己的鞋尖。神甫的声音在教堂的拱顶下面回荡。老太太们突然变得更加矮小了，椅背上只露出她们稀疏的头发。

用手帕擦了一把脸之后，神甫的声音又重新响了起来。

"你们将会看见他的，那个退休的老人。但不是在这里，而是在天上。你们将看到的不是他那可怜的魂灵，我希望他早已升入了天堂，正在用他那钻石做成的烟斗吞云吐雾……你们看到的将是他的躯体，被放在了圣·皮埃尔神的天平上。你们可知道，这位可怜老人的尸体是沉重的。他曾遭到你们的哄笑，你们像一群野狗要把他吃掉……你们好好想一想吧！既然你们有的是时间，你们好好地反省反省吧……"

讲台下传来几个人的低声抗议。

"我清楚地知道，我的话使你们感到震惊。你们在心里会对自己说：'那个水泥槽子并不是我做的！我也没有拿人家分文！我才不管别人的事呢，所以，人们对我也就无可指责！'可是，你们错了！别人的事，应该管，应该把你们的帮助给予别人。这在基督教义里就叫做仁慈。你们想想看，为了得到上帝的庇护。只是不做坏事，这是不够的。道德所崇尚的，并不是缄口沉默，并不是视而不见，并不是无所作为。道德所崇尚的是行动，是做好事。然而，人们做好事的机会并不是那么多的。所以说，如果有一个唾手可得但又旋踵即逝的大好机会出现在你们面前的话，那是仁慈的上帝恩赐给你们的。那不愿登上通往天堂的台阶而抄手走开的人，是一个可怜的傻瓜，他错过了机缘。你们当中有很多人都是这样的，为此我感到痛心。我不无遗憾地对你们说，也许是由于你们缺乏怜悯，缺乏友情，缺乏仁慈，才使你们付出今天这样高昂的代价。

"当人们不交水费的时候，你们知道管水员做什么吗？他带上他的大扳手，要来把你们的水管子关掉。正因为这样，你们才按时向村政府交纳水费。可是，你交到村政府的钱是做什么用的呢？是用来买水管，交焊接费，付管水员工钱；那水可不是村政府造出来的。水是上帝赐给我们的，必须以善行、好事和祈祷来酬答上帝。你们一定是有一大笔数目的欠单，所以天神将你们的水龙头关掉了。

"但是，只顾哀叹悲伤是无济于事的，必须做些什么才是。我向你们大家建议，下个礼拜三举行一次祭神游行，以便得到我们伟大的圣·多米尼克神的帮助。尽管他的信徒一点也不珍惜最可宝贵的友情，尽管他每个月甚至连三支蜡烛也享用不到，但我相信他的善心。他活在尘世的时候，曾创造出好几次奇迹。请大家想想看，他如今在九重天之上了，肯定会帮助我们的！

"下个礼拜日，我们把他的神像请到神舆上，我们抬着他穿过我们遭受的灾难，我的意思是说，穿过我们干渴的已经变成粉状的土地……我希望他看见我们那些枯萎了的庄稼，能像我们一样心疼，像他过去一直做的那样，在上帝面前为我们求情。现在我责成圣母会和灰衣修士会准备圣·多米尼克神舆、蜡烛、服装和旗幡。

"这样，下个礼拜三，我们大家将举着堂区旗幡，抬着神舆，围着我们干枯如焚的土地游行。当你们加入游行队伍的时候，只会听到远处传来的钟声，树上知了的鸣叫声和我们自己的脚步声。这样，只要你们怀着恭敬、虔诚的感情，就会使你们的灵魂朝着上帝升去。祭神游行的力量并不在于旗幡，而存在于纯净的心灵；甚至还有比纯净的心灵更加宝贵的东西，这就是涤除罪恶的心灵……只要在你们当中有那么几个人——当然，如果大家都像我所期望的那样，那是再好不过了——只要你们当中有几个人能自觉地立下庄严的誓言，至少要做一件好事，或者弥补他们可能已经犯下的过失，那么，我相信天国里那位切断你们泉水的水神，只要得知你们已经悔悟，他就会把水还给你们。"

神甫先生最后一次擦去了他额头上的汗水之后，走下讲台来。这时，在克拉利思夫人的手指弹动下，管风琴奏出了一首圣歌，接着响起了圣母会那些身材单薄的孩子们的尖细的声音，众多的心情沉郁的不幸的人们也跟着哼唱起来。老太太们那哀求一样的声音使这合唱更加精彩。然而她们的声音很快就变得颤抖起来，不仅没有激情，还流露出对死亡的难以言状的恐惧。这时，神甫先生用他那浑厚而又柔和的男中音，在埃利亚山那高声吼叫的大力配合下，使这杂乱的大合唱变得整齐起来。

歌声停止了，一片庄严的宁静笼罩在堂区教友的四周；不信教的几个人感到意外，仍一动不动地站在那里谛听着什么。忽然，人们听见教堂的大门响了一下，接着是一个陌生的声音喊道：

"运水车到了！"

百十把椅子立即在方砖地上吱呀作响，信男信女们像房子里着了火一样，蜂拥着挤出教堂的大门。

二十六

但是,在分配用水的时候,并没有发生吵嘴打架的现象。大家都忧心忡忡,共同遭受的灾难好像突然使他们靠近了……当看见一辆骡车上拉着两个大木桶走过来时,人们只是低声地抱怨了几句……这个人的胃口真是不小啊!可当人们看出他是面包师傅的时候,大家还是很有礼貌地给他让出了位置。

乌高林和阿伯没有去领分配给他们的水,只是站在一旁观看。对他们来说,两罐水还救不活两棵康乃馨,何况人们都知道他们家有水井。他们的态度向人们表示,他们把他们应该分得的水慷慨地让给了别人,人们也就不应该再向他们提出什么要求了。

神甫先生的布道深深地触动了乌高林。

他喃喃地说:

"阿伯,神甫他总是说那件事,还朝我看了三次。"

老头子自己也很担心,心里焦虑不安,但他拒绝承认。

"看你!"他说,"这都是因为你犯傻,总是朝那上边想,总以为人家在说那件事。我才不像你,这一切,我都把它放到一边去了,忘了。再说,你想想,他能知道些什么呢,这个神甫?他到咱们这儿还不到一年。"

"说的也是。"乌高林说,"可是,说不定有人在忏悔时跟他说了……"

阿伯半天没有说话，最后他不得不承认有这种可能。他说：

"像昂格拉德这种人不是不可能的……他们过于虔诚了，很可能把别人的过失在忏悔时说出来。但是，说到底，这又能把我们怎么样呢？"

他们爷俩边说边慢慢地朝菲劳克塞纳的咖啡馆走去。

"使我担心的，"阿伯说，"是那个姑娘……"

"我也和你一样，担心的也是她。"

"她对你的态度可不怎么好。"

"确实是这样。神甫布道时，她盯着看了我两次，那样子使我很不自在……好像对我说：'罪人就是你……'"

"这又是你自己多心。她也一样，什么也不知道……也许因为我们找到了那眼泉，她妒忌我们，不会有别的意思。"

"那么，你为什么跟我说，她使你不安呢？"

老头子犹豫了一阵之后，坦白地说：

"因为我总有个不太妙的感觉：她不喜欢你。"

"为什么？"

"不知道。我只是有一种感觉……"

乌高林再也没有说什么。他望着从教堂里缓步走出来的玛侬。她也看见他了，她把目光别过去，朝着从运水卡车那边走过来的小学教师的母亲笑着。玛佳丽一只手拎着一个喷水壶，另一只手拎着一个水罐，她每走一步，都有一小股水从壶嘴和水罐口溅出来。玛侬走上前去，捉住喷水壶的提梁，尽管玛佳丽对她的帮助再三推让，她还是提着那一喷壶水，跟着玛佳丽走了。

乌高林那颗藏在缎带下面的心一阵阵绞痛；那块破损的缎带湿漉漉地粘在他那火辣辣发烫的胸脯上。

"这，对我来说，又不是什么好兆头。"他说。

"为什么？"

"在山上，我看见过小学教师跟她说话。"

"什么时候？"

"上个月。"

"可你并没有跟我说过这件事。"

"因为这使我感到羞愧，张不开口。"

"他想玩弄她，这一点儿也不使我感到奇怪……那你，可要尽早地向她求婚才是……"

他们爷俩来到咖啡馆的露天座。

不信教的人们有秩序地离开了教堂，已经回到那里，落了座。他们一边谈论着神甫先生的布道，一边看着驮着木桶的毛驴和伸直胳膊拎着桶、水罐的女人们从他们面前走过去……

在供水塔的旁边，有些人围在昂日和翁布雷村的管水员周围。翁布雷村的管水员是前来帮忙的，然而他的能力有限，只知道重复说："这是干旱的问题，要是八天之内再不下雨，我们那儿也将和你们这里一样了。"忧愁而又烦躁的人们听着他讲。老梅德利克神情木然，张着嘴。约纳和约基亚在一旁咬着手指甲。可怜的昂日双手插在裤兜里，低垂着脑袋，用他的鞋尖在地上划着。

这时，不信教的人们看见埃利亚山走过来了。他头戴黑色毡礼帽，跟在驮着两个马口铁桶的毛驴后边，他自己用两只手提着两个水罐。他照直朝露天座走来。他的毛驴继续沿着它熟悉的回家的路走去。可它的主人却在离喝着开胃酒的人们三步远的地方停住了脚步。他把水罐放到地上,把两只大拳头叉在腰间,气汹汹地看着面前这几个人。昂格拉德路过这里,停下脚来,想要看个究竟。接着又来了两位大嫂,一位老太太,一群孩子也跑了过来。埃利亚山死死地盯住那几个人,那几个人也都毫不犹豫地把脸转向了他。

接着,菲劳克塞纳身子不动,闭上左眼,使劲儿地把右眼睁得大大的,又用舌尖把他的右腮帮子抵得鼓鼓的。卡希米尔呢,他把胳膊肘挂在桌子上,把手成直角地搭在另一只手臂的小胳膊上,活像鸭子脑袋。然后,他把中指两边的食指和无名指蜷缩回去,用那直挺着的中指直指着埃利亚山的脸。埃利亚山虽然不知道在朱韦纳尔的书里曾经描写过这污侮人的动作,但他明白它的意思,也知道它要求作出反应,他狠狠地朝桌子腿上啐了一口。

于是,面包师傅抄起苏打水管子,朝着仇敌,把苏打水浇在他的鞋上。同时,庞菲尔把舌头咬在齿间,发出表示蔑视的放屁声。周围看热闹的人已经很多,人群里爆发出哄笑声。这时,埃利亚山并不示弱,断然转过身去,把脊背朝着他们,抬起一条大腿,对着他们放出一串真正的臭屁来,那响声不亚于一头大象的屁声。放完屁,他又重新转过身来,面对着他们,用手捏住他那毡帽的帽沿,像在舞台上谢幕一样,把帽子一抢,深深地鞠了一躬。然后,他提起水罐,兴冲冲地小跑着追赶他的毛驴去了……不信教的几个人朝他骂着"脏猪"、"胆小鬼",但他连头也没有回。

运水的人们，心情沉重，拖着打湿了的鞋子，踉踉跄跄地不停地从咖啡馆的前边走过。这情景，菲劳克塞纳再也不忍看下去了。

　　"先生们，"他说，"为了使我们的心情安静下来，我建议大家好好喝它一回。不过眼前这些人个个愁眉苦脸，看上去叫人害怕。走，到我的饭厅里去坐坐吧。不过要一个一个地去，脸上要装出难过的样子。"

　　"这种微妙的感情使我觉得十分有趣。"贝鲁瓦梭先生说。

　　"这倒不是出于什么微妙的感情。"村长解释说，"而是为了不得罪我的选民！"

　　"那么，最好还是让我来请大家喝一杯吧！"小学教师贝尔纳说，"尽管现在是灾难时期，可今天是我的生日，我悄声跟你们说，一桌令人愉快的酒席正在学校的院子里等着我们。请你们跟我来。"

　　"我们也去？"庞菲尔问。

　　"你们都去。"贝尔纳说，"阿伯和他的侄儿正好也来了，也跟我们去吧……"

　　"去您家？"乌高林惊疑地问。

　　他在心里想，她也许还在那儿。他们又会说些什么呢？不管怎样，他很激动，甚至身子都有些发抖了。

　　"是的。"贝尔纳回答他说，"到学校去，大家走吧！"

　　菲劳克塞纳悄声说：

　　"请大家显出点儿难过的样子。不要忘记了，我们现在断水了。"

在路上，他们又拉来了肉店老板克娄第尤，然后是加布里唐。加布里唐从来不参加他们的每日聚会，因为他太穷了，付不起酒钱。小学教师拉住他的胳膊，硬把他拖去了。老太太们瞧着他们这一伙人从身旁走过，还以为他们是去开会，讨论神甫先生的布道和泉水的事。

贝尔纳推开学校庭院的大门，正好和从里边往外走的玛侬碰个对面。

"噢，不！"他说，"您不能走！今天，您要和我们大家在一起喝点儿酒！"

乌高林听了他这话，欢喜地转过脸，悄声对阿伯说：

"他跟她称'您'。"

说完，他快活地挤了挤眼睛。

可是，玛侬一见来了这么多男人，不免害怕起来，想夺门逃走。贝尔纳笑着堵住了她的去路，捉住了她的手腕子。可怜的乌高林眼巴巴地看着小学教师把他的心上人一直拉到摆在金合欢树荫下的长桌子旁边。长桌子上摆着酒瓶和酒杯。这时，玛佳丽从屋子里走出来，热情地欢迎大家。然后，客人们分别坐到椅子上或者坐在花坛的石围栏上。

"你们对神甫先生的布道有什么想法？"玛佳丽问。

"您想，大家还能有什么想法呢？"阿伯回答说，"……纯粹是说说而已的空话！"

"是一些空话，但却包含着神秘的意义。"贝尔纳说，"当然了，我不相信泉水枯竭是由于神的干预……"

"就凭你这话，"他母亲说，"人们就知道你是个不信教的。那你就认倒霉吧！"

"可我的身体并不因此就不好了。"贝尔纳分辩说，"看神甫先生的样子，好像在影射一件他所了解到的罪恶。但他又不便明说，肯定因为他是从一次教友的忏悔中得知的。"

"是什么罪恶呢？"阿伯说，"要是有人在村子里犯下罪恶，这会传开的。"

庞菲尔坐在花坛的石栏上，两边是卡希米尔和肉店老板。他垂着两条腿，用鞋后跟轻轻地敲击着石栏。他眼也不抬，说：

"不见得总是动刀动枪的！"

"我觉得，"贝尔纳说，"神甫先生的讲话是针对某个人的……"

阿伯用眼睛盯着小学教师，正颜厉色地问：

"是针对谁？"

乌高林在一旁也追根问底：

"是啊，针对谁？"

"我当时觉得神甫先生常常看着乌高林……"面包师傅说。

庞菲尔故意笑了几声，接上话茬儿：

"特别是当他讲到那个得了鼠疫病，害得大家都跟着倒霉的国王的时候！"

"什么，什么，什么？"乌高林喊了起来，"你是不是要说我也有鼠疫病？啊？"

阿伯也板起了面孔，严肃地说：

"这可不是可以随便说的！即使是开玩笑！首先，神甫他是对着我们大家说的,是的,完全是这样,我记得很清楚。他说:'慈悲的上帝不会因为一个人的罪过而惩罚大家。'他说的就是这个。然后,他又讲了巴斯第德裂房子的事,他说大家都负有责任,因为他们本来可以说话的,可他们却什么也没有说。"

他逐个地把周围的人扫视了一遍。贝尔纳惊疑地看到人们都躲避着他这目光,庞菲尔歉疚地垂下了头,摊开两只胳膊,然后又无力地让它们垂下去。

就连菲劳克塞纳在片刻间也显得有些不自在。他忽然抓起刚打开的酒瓶,笑着说:

"我呀,在这次布道里,最使我感到吃惊的是,神甫先生竟然利用大家的灾难敲诈勒索,公然向人们要鸡蛋,还要人家去给他通地下沟!"

说完,在人们的沉默中,他把酒杯一一斟满,然后端起他自己的酒杯,快活地嚷道:

"祝您身体健康,贝尔纳先生。"

这时,远处的大门打开了,来的是昂格拉德,他把帽子拿在手上。

他面带微笑,谦恭地走向前来。

"好家伙!"菲劳克塞纳喊道,"你是闻见茴香酒味了吧?"

"噢,不是的!"昂格拉德说,"玛佳丽夫人,请您原谅我。也请您相信,我可不是不请自来的人!"

"可我们邀请您!"贝尔纳说,"您快来坐下吧!"

"我谢谢您了,教师先生,不麻烦了……看着现在这个样子,我也没有多少心思喝酒了……孩子们告诉我说,牧羊姑娘在这儿，我想跟她说几句话，我有重要的事情要跟她说。"

玛侬不由大吃一惊，脸有些白了。

"跟我？"

"是的。跟你说，因为你，只要你愿意，你是能把泉水还给我们的。"

她突然一下子被吓住了：这个老头儿难道知道底细，要在大家面前把它说出来不成？她结结巴巴地说：

"我？可我，我怎么还呢？"

"只要你来参加星期三的祭神游行。那天你来吗？"

她的脸顿时又红了。可她自己也不明白为什么，竟断然回答说：

"不去！"

她答话的语气如此生硬，使得大家都很吃惊。昂格拉德显得十分难堪……

"这样的话，"昂格拉德嗫嚅地说，"泉水就永远不会再流了。"

"这为什么？"菲劳克塞纳不解地问，"难道你以为她已经是一个女仙人了不成？"

贝尔纳转身朝着昂格拉德说：

"您把她的参加与否看得有如此这般的重要？"

老农民现出为难的表情来。迟疑了半天，无可奈何地连连摇着脑袋，最后终于说道：

"你们想想看，她失去了父亲……她再也得不到他的保护了……她成了孤儿，在这种情况下，常常是由慈悲的上帝来负责保护她……一个孤儿的祈祷，会像云雀一样，升上天去的，耶稣基督非常愿意听到她的声音……我们这些人，很明显，上帝是想惩罚我们的，神甫先生已经清清楚楚地说了……可是她，她是无辜的，甚至是……要是她来替我们祈祷，那我们就会得救的。"

昂格拉德怀着坚信不移的感情说完了这些话。他一边期待着玛侬的允诺，一边把他的帽子在他那扁平的胸脯上缓缓地转动着。

乌高林站起身来，急忙说：

"对，说得对。玛侬，你得来呀……你得救救我的康乃馨啊……"

突然涌上心头的愤怒使牧羊姑娘攥紧了拳头。她不由自主地一下子站起来，向前走了几步，但是又突然停住了，又走回她的位置，转到她的椅子的背后，两只手颤抖着抓住椅背，用两只眼睛狠狠地盯住乌高林。她的脸都气白了。人们以为她就要说话的，可是，她却改变了主意，一声没吭。

"姑娘，"菲劳克塞纳说，"我么，知道得很清楚，这次祭神游行肯定是没有什么用处的；为了使泉水重新流出来，最好找一个其他的办法……可昂格拉德并不这样想,他相信祭神游行是会奏效的。我应该告诉你，有他这样想法的，在村子里并不是他一个人。姑娘，满足他们的要求吧！你要是不来，他们会认为祭神游行失败是你的过错！"

玛佳丽走近玛侬，把她那柔美的手搭在牧羊姑娘的肩上，问她：

"你不来参加游行，是不是有你的理由呢？"

自从她的父亲去世以后，年轻姑娘从贝尔纳的存在，从搭在她肩膀上的那只母亲的手上，从画黑色箭头的秘密朋友庞菲尔的慈善目光里，她第一次感受到了人们对她的爱护。

她又重新镇定下来，响亮地回答说：

"我不愿意为那些盗走我父亲泉水的罪人去祈祷！"

庞菲尔情不自禁地高声说：

"好样的！"

在场的人们都低下了头：贝尔纳和贝鲁瓦梭先生吃惊地瞪大了眼睛；阿伯的脸腾地一下变红了。乌高林只管瞪大眼睛盯着她看，见她是么漂亮，心里甜滋滋的，脸上挂着笑容。他竟没有听明白她刚才说过的话。

"这是什么意思？"玛佳丽惊疑地问。

"我不明白您的话。"贝尔纳也说。

玛侬扬起手，指着周围的人们。

"他们，他们明白。"她说，"看看他们吧！他们都知道我说的是什么意思，所以上帝才惩罚了他们。"

"也许是这样的。"贝尔纳说，"可我却不知道啊！"

玛佳丽忙问：

"那么，那个不知名的罪人，你是知道的喽！"

"有两个。"玛侬说，"喏，他们在那儿。"

她用手指着乌高林和阿伯两个人。

乌高林一下子被吓呆了，把他那急剧抽搐起来的脸转向阿伯。阿伯两只眼里冒火，脸色发白。可他却耸了耸肩膀，慌慌张张地说：

"她的意思，我差不多猜出来了！我跟您说，夫人，我的侄子，他想出了栽种康乃馨的主意，三年来赚了不少钱……自然了，这在村子里引起了人们的议论，人们当然不会说他的好话……在人们中间有各种各样的流言蜚语……我不知道哪个坏了良心的跟这个姑娘说了，她就信以为真了。因为乌高林是在她父亲破了产的那块地方发家的……实际情况就是这样！"

"哎哟哟！"庞菲尔用半高不低的声音说，"说得真妙！"

但是这个虚伪的老头子并不搭理庞菲尔，又装出悲戚的样子，补充道：

"当然了，她的父亲没有获得成功，这是不公正的，但这并不是我们的过错，他确实没有运气。这就是我要说的。另外，是你们把我们爷俩请到这儿来的，要是把我们当成罪人来对待的话，那就对不起，谢谢了，我宁愿回家去。走，加里耐特，回家喝去！"

说完，他朝大门转过身去。

"阿伯，"菲劳克塞纳突然说，"这样急匆匆地离开，可对你们不利呀！人们会以为……"

"愿意怎么以为就怎么以为去好了！"阿伯打断他的话，说，"我才不在乎这一套呢！我自己心里清楚。喂，加里耐特，你走不走啊？"

"不，先不回去。"乌高林回答说，"我要让她说一说她到底责怪我什么。你放心，我知道怎么处理。"

贝尔纳听着这爷俩的对话，看着在场的人那种尴尬的样子，感到很奇怪。贝鲁瓦梭先生把头伸到他这边，自以为放低了声音，实际上声音很高地说：

"我猜想这里面肯定藏着一件昧良心的事……"

"您说得不错！"庞菲尔说。

"我很想知道，"贝尔纳对玛侬说，"为了夺走您父亲的泉水，他们都是怎么干的。"

阿伯立即气急败坏地抢着说：

"这纯粹是凭空捏造！确实，她父亲一辈子缺水，也许就因为这个才使他破了产。他是一个非常精明的人，他猜想在他的地块上有一眼泉，他寻找了很久，要不是一次偶然的事故断送了他的性命，他肯定能找到它的……后来，我侄子和我，看着留下孤儿寡母，日子难过，我们就出钱买下了那一小块地和房子……应当说实话，因为我们有点喜欢那个地方，但同时，我们也是为了给她们一点帮助。买下来以后，我们也寻找这眼泉，我们还算有运气，终于找到了它。这就是她所说的盗走了他的水！"

说完，他又恶狠狠地补充了一句：

"恩将仇报，胡说八道！加里耐待，过来，咱们走……"

贝鲁瓦梭先生站起身，用法庭庭长一样威严的口气说：

"请你们等一下。我们大家来为你们评断。牧羊姑娘，事情的经过是不是像他刚才说的那样呢？"

玛侬气愤之极，用发抖的声音说：

"不是这样！他撒谎！事实是，那眼泉一直是存在的！土地的主人死了之后，他们以为那个农场会被拍卖的，就把那眼泉堵死了，这就是事实！"

玛佳丽吃了一惊，问：

"他们为什么要这样干呢？"

阿伯也假装糊涂地高声嚷道：

"是啊！为了什么！加里耐特，跟我走。"

这时，贝鲁瓦梭先生冷笑了一声，回答玛佳丽的提问：

"因为没有水，这个农场就不值什么了，这样他们就可以很便宜地把它弄到手！"

"当时，"玛侬说，"我父亲不知道在我们家门前就有一个泉眼。连续三年，他不得不到布朗梯也去运水。他就是因为这两个谋财害命的家伙的罪过，才活活累死的。"

乌高林向前跨了一步，他正要说什么的时候，阿伯狠劲儿地把他推开，嚷道：

"这，这就是人们所说的'诽谤'！是的，诽谤！那眼泉，你是亲眼看着我用怀表测出来的。你要说真话！当时你和你母亲在一起，你在怀里抱着一个葫芦……我是用怀表测出来的！"

说着，他从怀中掏出他的表，像卜测地下水的人一样，拉住银表链，把它悬在空中，摇摆着，同时用目光扫视着在场的人们。

"哼！我是用怀表找到它的！"

"哼！没用上一个小时！"玛侬说。

贝鲁瓦梭先生听到这里，又冷笑了一声，竖起食指，道出一句令人震惊的话来。

"我想，我想那眼泉可能是对您说了上帝亲自对巴斯卡尔说过的那句话：'如果你事先还没有找到我，那你以后就不必再找我了。'"

这句精彩的话竟引用得如此恰当,博得了小学教师会心的微笑。然而,它却使巴斯第德村的人如坠五里雾中,因为四季村的管水员也叫巴斯卡尔。

阿伯气急败坏地辩解说:

"巴斯卡尔算什么东西!我只碰见过他一次,他跟我说话时的那个样子,好像我以前打过他两个耳光似的!哼,你们可以笑,但这是事实。这么一来,事情就成了这个样子:她看见的,她不相信;她没有看见的,她反倒相信了!有谁看见我们把泉眼堵上了呢?"

回答他的是一阵沉默。于是,他又得意洋洋地重复了一遍:

"有谁看见我们把这眼泉堵上了呢?"

然而这一次,却有一个嘶哑但很有力的声音从远处回答说:

"我,我看见你们了!"

说话的是埃利亚山。他是来打听消息的。可他没有敢进院子。他在院外,蹬着一块石头,把胳膊支在院墙的墙头上。他又说了一遍:

"我,我看见你们两个了!"

"你胡说!"阿伯吼道。

"这回可有好瞧的了!"贝鲁瓦梭先生说。

"你这个白痴,你能看见什么?"阿伯继续吼道。

老头子把脸转向贝尔纳,说:

"他连左手右手从来都分不清楚!在兵营里,人家把'左'、'右'两个字写在他的两只手上,可他不认识字,还是总闹不明白。最后人家把他打发回家了!"

埃利亚山听到这里,放声大笑起来,然后一纵身,跳进了院子。

"我听着真开心。"他说,"说真格的,当时分出'左'和'右'还真不容易,但我终于弄明白了……参谋怀疑这里面有什么名堂,有一天跟我说……"

"今天我们对这不感兴趣。"贝鲁瓦梭先生说,"我们很想知道您看见了什么!"

"是的,"阿伯说,"你在梦里看见了什么?"

"我从来不做梦!"埃利亚山反驳说,"我说的这件事已经过去五年或者六年了。"

"你们大家伙听一听,"阿伯嚷道,"他甚至连时间都闹不清楚!"

"大概在'扎水泡'死后半个月。那天我上山去洛马兰打山鹬……那眼泉的水不流了……"

"所以说,它早已经淤塞住了!"

"没有完全淤死……在路边的矮树丛里,还有一个小水洼,从农场没有人了以后,山鹬鸟常到那儿去喝水……有一天早上,天刚刚放亮,我就爬上了阁楼……"

"你怎么进去的?房门是锁着的!"乌高林突然问。

埃利亚山有点发窘,他解释说:

"我把刀锯尖插进百页窗的缝里,把插销挑开了。"

"这是明火执杖到一个死人家里偷盗!"阿伯嚷道,"你讲的这些只有警察感兴趣!"

"问题的实质不在这儿。"贝尔纳说,"那后来呢?"

"后来么，在阁楼上有两扇旋转式小窗户，就在房檐雨水槽的下边，这是'扎水泡'为了打乌鸫鸟安上去的……我坐在一把破椅子上。你们猜，我看见谁来了？就是他们爷俩儿，还带着工具！"

阿伯冷笑着说：

"他坐在椅子上睡着了。他的梦也就开始了。"

埃利亚山不理他，继续说下去：

"我以为他们是路过，可完全不是这么回事！他们在离房子二十五米远的对面斜坡上停住了脚步。他们东张西望地看了半天，然后，阿伯爬到小石崖上藏了起来，乌高林用一把小锹开始挖地。我跟我自己说：'他们在下兔夹子。他们怕被警察看见。'"

"好嘛！"阿伯说，"你到底还有一次想到正经事上去了……是的，下兔夹子么，这是我们常干的事。你自己呢，难道从来没下过吗？"

他把脸转向贝鲁瓦梭先生，解释说：

"下兔夹子，得挖个坑，是不是？这就是这个蠢蛋所看到的……走，加里耐特，我们走。"

他朝大门走去，可乌高林并不跟着他。乌高林站起身，把脸憋得通红，嚷着说：

"不，我不走。我也有件事要说！"

"等会儿再说，等会儿再说。"贝鲁瓦梭先生说，"埃利亚山，你还没有说那眼泉是怎么回事呢！"

"就说到了，这就说到了！因为他总是不停地挖，我就想了，也许他们买下了这小片地，他们在寻找泉眼……我有些着急了，因为这样挖下去，我这一上午时间就白过去了……可我又不敢出去，因为我知道自己理亏，打开了人家的窗户……为了稳住自己，我吃起自己带来的面包和奶酪……可乌高林还在一直挖，阿伯还一直在监视……忽然嘎巴一下子，我屁股下边的椅子断了腿……"

"这样才使你醒过来。"阿伯说，"你一看，根本没有什么人。"

埃利亚山接着说下去：

"我看见你害怕了。我听见乌高林跟你说：'这不是鬼，是一群老鼠！它们大得像兔子！'他又开始挖起来，突然一下子，水从他挖的坑里冒了上来……于是，你和好了灰浆，接着拿出了一块圆锥形的木头，然后你们就把它堵上了，又把挖出的土回填进去，弄完你们就走了。可我等着的山鹑一直也没有飞来……这就是我看见的，我都说了……"

"您本可以早些把这件事告诉我父亲的。"玛侬说。

"可我有什么办法呢。"大个子埃利亚山说，"这又不关我的事……不过现在，我知道了，神甫先生说的罪人就是他们俩……慈悲的上帝要惩罚他们。只是为了断他们的水，又不得不连我们的水也给断了……这一下子，我草场的牧草枯死了，我的茄子也要完蛋了，所以现在，这又成了我自己的事……"

"这是一个不容置疑的证人。"贝鲁瓦梭先生说，"被告作何想法？"

"我想他那是在做梦。"阿伯说，"再说，只有一个证人，这是不能算数的。"

"说得完全正确！至少需要两个证人。"乌高林说。

"还有另外一个。"玛侬说。

阿伯惊疑地问：

"那另外一个是谁？"

玛侬果断地回答：

"那眼泉！"

老头子听到这意想不到的回答，惊呆了。而贝鲁瓦梭先生则现出赞赏的神情。

"毫无疑问，这是成立的。"他说，"总而言之，这就像在法庭上出示的一个证据。"

阿伯的两只眼睛里往外冒火。他吼道：

"什么法庭？谁说这是法庭？"

"我说的！"贝鲁瓦梭先生说，"我们可以肯定地说，你们怀着不可告人的目的，存心使那块地产失去价值；你们迫使它的主人为水而奔波，耗尽钱财，身心交瘁，直至身亡，然后你们竟然不顾死者留下的未成年的孩子，以低价买进这份财产。现在这个孩子完全有理由要求物归原主，更不用说你们应当付给她一大笔赔偿金！"

乌高林目不转睛地望着他心爱的人，可她却连看也不看他一眼。人们说的话，乌高林好像什么也没有听见。相反，他却霍地跳了起来，疯了似的大笑一阵之后，喊道：

"她是一个仙女！圣母啊，她是一个仙女！可你们大家还不知道吧？我要把我的一切都献给她，泉水、康乃馨、农场，还有苏贝朗家的全部财产，土地、房屋、财宝，我的姓名和我的生命！"

说着，他朝她走过去。

"这个你是知道的,在山上,我早就跟你说过了!你听着,你们大家也都听着:假如说人们说我的那些坏话都是真的……那些都不是真的,可我假设它……你想一想,你们大家都想一想:那个农场,为了栽种康乃馨,早几年前我就想把它弄到手了。命运使我成功了。我非常快活,除了我的鲜花,除了我的金钱,我什么也不想了……可后来,我突然看着了你,这就使我爱上了你,爱得让我没法说……你每时每刻都在我的眼前,我每时每刻都在跟你交谈……夜里,我睡不着觉;吃饭时,我没有了胃口……要是你不喜欢我的话,我不是死了,就是变成个疯子……"

"蠢材,闭上你的嘴!"阿伯在一旁说,"闭嘴,跟我走!"

阿伯想拉住他的胳膊,把他拉走,可乌高林却粗暴地把老头子推开,喘着粗气,朝玛侬那边靠拢……

"你想一想,想想看……你不认为这将是一个了不起的结合吗?把我给你造成不幸的全部悔恨和我给你带来幸福的全部欢乐融合在一起!你难道没有看见我为了你,是怎样拼命干活的吗?我知道我长得丑,但我很能干。可你是非常漂亮的,我们的孩子不会丑……在你给我生养的孩子里边,要是偶尔有一个……长得像你的父亲,那他将是我最喜欢的一个,将是我的宝贝,将是我最俊的儿子,我要每天跪在摇篮前边,请求他的饶恕……"

说着,他跪倒在玛侬的面前,朝她伸着两只胳膊,大颗的泪珠滚落在他的脸颊上。他嘴里呻吟着:

"玛侬……我心爱的……我心爱的……"

玛侬害怕极了,同时感到恶心。她站起身,躲在小学教师的椅子背后。乌高林跪着朝她移过去,贝尔纳抵住他的肩膀,阻止他再向前进。

这时玛侬从背后悄声说：

"真可怕……请您把他弄走吧……"

庞菲尔站了起来，说：

"喂，别装疯卖傻了！站起来，滚吧！"

乌高林一跳，站立了起来，连看也不看，就把庞菲尔推到了一边。

"玛侬，"他说，"玛侬，你想一想……"

"算了吧！"贝尔纳冷冷地说，"您刚才承认了您的罪过，现在又来说这些下流话！"

"他什么也没有承认！"阿伯喊道。

"他在证人面前承认了！"贝尔纳也喊了起来。

"不是这样的，不是这样的！"乌高林嚷着，"我说的是一种假设……难道你们从来没有假设过吗？……再说,这位小学教师没来几天，就到山上去跟她搭话，这算什么？没错儿，他看上她了，想玩弄她！要是她没有那么漂亮的乳房，他也就不会说我的坏话！还有那个混蛋，那个说是什么都看见了的，现在又在哭他的茄子的大笨蛋！还有那些嘴上什么也不说，心里反对我们的家伙！玛侬，你父亲已经死了，他再也没有操心的事了。可我不一样，我还得操心。过去，他看着他的葫芦干死心里难过，可现在，干旱使大家流着泪。在你父亲种葫芦的地方，我现在眼睁睁地看着我的康乃馨快干死了。而我，我爱你也快要爱死了，我们相爱，这又碍着别人什么事！"

阿伯站在大门口，喊道：

"跟我来，加里耐特，跟我回家去！"

乌高林突然把那抽搐着的挂满泪水的脸朝他扭过去，说：

"不，我不回去，这一切都是你造成的。是你使我失掉了一切！要是我早知道，要是我早就知道……"

他用双手捂住了他的脸。阿伯朝他走过来。

"听我说，加里耐特……"

但是，乌高林突然向后退了几步，跳上石栏，翻过围墙，落进染料木树丛里，逃走了。他像疯子一样，穿过山坡上的矮栎树，最后消失在松林里。

阿伯走回人们中间。

"好吧，我留下来。"他说，"既然在这儿的人都反对他，那我留下来为他辩护。"

"这很难。"贝尔纳说，"首先，您先为您自己辩护吧！"

"小学教师先生，"阿伯说，"请让我给您解释。您都看见了，这个姑娘使他变疯了！我倒不是说她做的有什么不当之处，但情况确实就是这样！乌高林他不知道自己说了些什么，也不知道自己做了些什么。前天，哑巴给我们烧蘑菇，是很好吃的，可晚上吃饭时，他却不想吃。他对我说：'我的胃有点儿不舒服。中午吃的蜗牛，我吃多了，现在它们还在肚子里跟我作对。'他只会说这些，别的什么也不说，他总是重复那几句话！所以说，他说的关于泉眼的事，是不能算数的！"

说完，他一个一个地望着巴斯第德村人，那样子好像在要求他们提供有利于他们爷俩的证明。

"在洛马兰，"他嚷道，"从来就没有什么泉眼。也许有过一个小水洼,那个真正的泉眼是我们找到的!你们大家,你们这些和我一样的老巴斯第德村人,你们倒是说话呀,说从来就没有什么泉眼!"

大家谁都不言语,仍互相交换着难以捉摸的目光。只有埃利亚山把两手插在裤兜里,耸了耸肩膀。正当他要开口说话的时候,阿伯又正颜厉色地嚷道:

"请你们注意!要是你们知道过去有一个泉眼,你们没有把这事告诉给驼子的话,那么,对他的死负有责任的是你们!"

"混账!老混账!"庞菲尔嘟哝道。

玛侬咬着牙关,用目光扫视着那些不敢说话的人们。

贝尔纳打破了沉默。

"村长先生,"他说,"您是不是知道这眼泉的事呢?"

菲劳克塞纳迟疑了片刻,然后窘迫地回答说:

"您是知道的,我这个人并不常上山去……只是偶尔为了陪陪朋友,才上山去打猎。再说,洛马兰离村子也太远……"

"您难道没听到人们说起这眼泉的事吗?"

"听说?这——,是的,当然听说过……我听人说'扎水泡'曾经有过一个泉眼,说是他很久以来就不用了。我的理解是,这眼泉已经干枯了。"

"你们大家,"贝尔纳又问,"难道什么也不知道吗?"

在阿伯那咄咄逼人的目光下,人们交换着惶惑不安的眼色。又是庞菲尔,他下了决心,痛快地说:

"当然,人们是知道的……大家都知道!"

"我也知道的。"卡希米尔说,"当我还很小的时候,我父亲为了磨斧子,常让我到那儿去用水罐接水……水流并不大……还没有我的拳头粗,可是流得很急,水流把泉眼周围的迷迭香的白色根须冲得飘荡起来……"

"那您呢,昂格拉德,您也是知道的了?"

"唉,很不幸,我知道……'扎水泡'的父亲老卡穆安,过去曾用这泉水种菜……他一车一车地把鲜菜送到集市上去……"

"那么,有一个人带领他的妻子和孩子,为运水拼命奔波的事,你们也都是知道的喽?"

"大家都知道。"庞菲尔说,"从村头上的空场,人们看到他们背着水桶,提着水罐,在山间来来去去……"

"到最后,他竟跑起来。"加布里唐说,"……人们想,他会倒下去的……可是我,我太穷了,没有办法去管别人的事。"

贝尔纳越听越气愤。

"总而言之,"他说,"你们大家都知道这件事。可是没有一个人有勇气去跟这个人说两句话,让他找到他自己的财富,也就挽救了他的生命!"

"我不想得罪任何人。"贝鲁瓦梭先生说,"可是,我还是要说,你们做了这件罪恶的同谋。这件罪恶,你们本来可以用两句话,或者一个简单的动作,就可以制止的……"

大家都羞愧地低下了头。正当阿伯张口要说话的时候,玛侬说话了。她没有抬起眼睛,声音也很低。

"不过,还是有一个人想救我们的,这就是那个在两块白石头上画黑箭头的人……可惜我们没有明白他的意思。他是一个真正的男子汉,我感激他。而其他的人,其他所有的人……"

突然间,泪水涌上了她的两眼。她喊着说:

"慈悲的上帝赐给你们机会的时候,只有坏了良心的人才会拒绝创造奇迹!"

她伤心地痛哭起来。玛佳丽疼爱地把她搂在怀里。

"你说得对,姑娘。"昂格拉德说,"不过,现在有一件奇迹,你在星期三就可以创造出来……你的不幸,就是我们的罪孽……只要你来参加祭神游行,做祈祷,上帝才会饶恕我们……"

贝鲁瓦梭先生严厉地驳斥道:

"要求受害者为吃人魔鬼祈祷,这是再卑鄙不过的了!"

但是,昂格拉德却不愠不怒地说:

"主已经惩罚了我们,她为我们祈祷,求主饶恕我们,这也许是她为将来升上天堂创造条件的机会。丢掉这个机会,她就错了,因为机会是不常有的。有些时候,我感到不幸,因为我没有仇人,所以也就失去了为他们祈祷的机会……"

"既然您有这么美好的感情,那么,您为什么眼瞅着她父亲死去呢?"

昂格拉德向天仰起脸,伸出两臂,然后又让它们无力地垂了下来,他也随着低下了头。

"事实是,"菲劳克塞纳说,"事实是没有一个人敢于出来反对苏贝朗家,来保护一个不是本村的人,特别是,特别他是从克来斯班来的……你们可明白,克来斯班的人……"

"是啊!"贝尔纳用讽刺的口气说,"他们可以死掉,那些克来斯班的人……"

"另外,特别是,"玛侬在一旁低声说,"他们仇恨我的奶奶。

所以他们就在她儿子的身上施加报复。"

昂格拉德惊疑地问：

"你奶奶？你奶奶是谁？"

"就是离开巴斯第德村嫁到克来斯班去的那个人。"

"她在说什么呀？"卡希米尔不解地说。

"疯话！"阿伯说，"哼，我听够了，我走了……"

说完,阿伯朝大门口走了两步。这时昂格拉德放低了声音问：

"你奶奶叫什么名字？"

他嘴上提出了这个问题，可在心里他早已经猜出答案了。

"你们知道得很清楚。"玛侬说。

昂格拉德双手合十，走近了她。

"你是不是要告诉我们说，就是……弗洛莱特？"

"是的，就是弗洛莱特·卡穆安，她儿子就死在她出生的那个房子里！"

"唉呀呀！"庞菲尔惊讶地嚷道，"在这儿可从来没有人知道啊！"

玛侬高声地说：

"那边那个老盗贼，他一直是清楚的，乌高林也早就知道……"

这时阿伯已经走近了大门口。

卡希米尔朝他喊道：

"喂！阿伯，你知道那个驼子就是弗洛莱特的儿子吗？"

阿伯冷淡地回了一句：

"这又能改变什么呢？"

不，对他们来说，"这使一切都改变了"。过去听任从克来斯班来的一个想当农民的人在苦难之中挣扎，他们不闻不问，并且以为这是无可指说的，但谁曾想，牺牲者竟是从巴斯第德村嫁到外地去的弗洛莱特的儿子！他既不是一个租赁者，也不是一个外来的买主，而是从母亲那里继承下来的这笔家庭财产的合法主人。

"这就大不相同了。"昂格拉德说，"他成了我的表侄！噢，圣母啊，你怎么能听任我们这样做呢？……他回到了他的家乡，可家乡的人却把他害死了！"

"这对我来说也大不一样了，他原来是我的亲戚。"卡希米尔说。

"总而言之，"庞菲尔高声嚷道，"他是我们村里的人！"

然而，阿伯却不肯承认，声嘶力竭地喊道：

"不，这不是真的！那个人，是他父亲的儿子，证据就是他姓他父亲的姓，并且一辈子都用的是这个姓！他姓卡多雷，和他的父亲，克来斯班的那个铁匠一样。他出生在克来斯班！弗洛莱特嫁过去的时候，还是一个姑娘！要是她留在我们这儿，那她生育的孩子会是和我们一样的，都是挺直的身板儿。这一切也就不会发生了。这一切的一切，都是由于她的过错造成的。我才不去管这种事呢！"

说完，他一把拉开了大门，走了出去。

"人们都知道，"庞菲尔说，"苏贝朗家的人混账，可我从来没有想到他们竟然混账到如此地步！"

"现在，"昂格拉德说，"我明白了，一切我都明白了。"

"您明白什么了？"贝尔纳问。

昂格拉德摇了几下头，然后放低声音说：

"他一直不结婚，原来是因为弗洛莱特。"

阿伯心里十分不平静，他边走边嘟嘟哝哝地抱怨着他的侄子。他回到苏贝朗家的老屋里，本以为侄子在家里，等着他一起吃午饭。只见一只肥母鸡还在炭火前的烤架上旋转着，可乌高林却没有回来。哑巴很着急，担心把鸡烤过了火候。

阿伯心里想：

"他一定是为他说的话感到羞耻，不敢见人了，这个蠢蛋……可那个姑娘，完全和她奶奶一个样……她永远不会喜欢他的……"

刚才使他浑身发抖的恼怒，现在还没有完全消尽，还在使他的两条腿发颤……他在桌子边坐下，装上烟斗，然后给自己倒了满满一大杯干白酒。已经一点半了，哑巴强把半只烤鸡放到他的面前，鸡已经有点儿烤过火了。他机械地吃着，感到孤独，感到忧伤。

然而，他自己却没有任何悔恨，只是对苏贝朗家的独根苗的软弱和幼稚而感到非常失望。

"这个大傻瓜，"他想，"一定是趴到床上哭去了……"

接着，他又想到巴斯第德村那些不肯给他做假证的人：这可是违反世代传统的。他高声嚷道：

"他们的脑袋里都装些什么鬼念头！一群背叛爹娘的蠢猪……"

他又独自一人吃了几个无花果，然后又自言自语道：

"我知道他到哪儿去了。他肯定是赶上骡子去运水了。他做得对。这才是最重要的。哼，法庭？！难道那抵押单是一纸空文吗？——嗯，最好睡它一小觉，消消我胸中的闷气。然后再去找他。"

这时，消息像长了翅膀，飞遍了全村，各种各样的议论也随之迅速传播开来。在各家，人们在谈论各自和玛侬家的亲戚关系。

在吃误了钟点的中午饭过程中，昂格拉德给他的妻子贝拉尔德讲了很久，他的两个双生的结巴儿子狼吞虎咽地吃着饭，但同时也注意地听着。

"你想一想，我的爷爷克拉利尤娶的是巴尔拜特·卡穆安的姐姐，也就是大卡穆安的姑姑。大卡穆安是弗洛莱特的父亲。克拉利尤不是大卡穆安的姑父吗？那么，他就是弗洛莱特的姑爷了。我是她姑爷的孙子，这样一来，弗洛莱特就是我的姑表妹，她的儿子，那个可怜的驼子，就是我的表侄……不，等等，我想我有点弄混了，我再重新说。那个……"

约纳插嘴了：

"那个……那个……"

约基亚也搭上了茬：

"别……别添乱……乱了……因为人家……人家……"

"你……你……什么……也没懂。"约纳说。

"从我这边儿说，"贝拉尔德说，"我娘家和她家也是沾亲的。我不能给你说清楚是怎么个亲戚，可我知道，我父亲在咱们俩结婚的时候,给咱们的冈特贝特那块地,是他从卡穆安家的一个姑娘那里继承下来的。你不记得公证人给咱们念的那份文书了吗?"

"好哇,孩子们,"昂格拉德说,"你们跟玛侬姑娘是双重亲戚了……"

"侬……侬我说,"约纳说,"要是她……她愿意,我们再……再……"

"再做一次……次亲。"约基亚接道,"可我……我希望你……你娶……娶她,因为双……双……"

"双生兄……弟,"约纳说,"分……分……"

"分享……享……一……一切!"约基亚说。

二十七

这一天的下午，村子里的景象很是凄凉。

为了驱散笼罩在人们心头上的愁云，菲劳克塞纳宣布举行一次滚球比赛，并设立了一等奖二十法郎，二等奖十法郎……可他只召集到十几个参赛的人，其中还有两个是从翁布雷来的：一个是邮差，一个是路过这里的年轻二流子。这两个人家中并不缺水，所以快快活活地把两项奖金全部夺走。而巴斯第德村的人的心思都不在比赛上，他们时不时地中断比赛，跑到广场上去。

当女人们在家里虔诚地进行祷告的时候，广场上聚着一群愁眉苦脸的男人，他们围在供水塔周围，说着话。

人们谈论弗洛莱特的驼背儿子，谈论苏贝朗家的贪婪，谈论一天比一天严重的干旱，谈论准备迁走的加布里唐。老梅德利克也向人们说出了他的打算：如果泉水再也不来了，他就进城去，也就是说到洛克魏尔去；在那里，他可以得到一个看守一座僻远别墅的位置。

在村头空场的高处，有一个人在放哨，从远处监视着贝尔德里山谷。原来管水员昂日一整天都守候在贝尔德里蓄水池的旁边，一旦泉水来了，他便施放焰火，告知村里的人。

傍晚六点多钟，不信教的人们像往常一样，先后来到咖啡馆的露天座。但是阿伯并没有露面。

菲劳克塞纳正在剖析苏贝朗一家人的德性,说一旦财产被阿伯他们爷俩弄到手,就很少有再赎回的可能。这当儿,有一个名叫道南·洛泽特的十二岁男孩,气喘吁吁地从远处跑过来,站到小学教师的面前。

"先生。"他说,"阿伯,让我告诉您,他想见您,还有村长先生,还有贝鲁瓦梭先生。他说,这回会使你们满意的。"

"什么事?"菲劳克塞纳问。

"我不知道。"男孩回答说,"他叫你们快去,他说你们将会很高兴的。"

"他在哪儿?"贝尔纳问。

"他在洛马兰。"男孩说,"他坐在门口的石头上。他在抽烟斗。"

然后,男孩又重复说了一遍:

"他说,这回会使你们满意的。"

"好哇!"贝鲁瓦梭先生说,"他终于良心发现了!"

"我不相信!"菲劳克塞纳说,"不管怎样,我们还是去一趟吧。"

他们来到洛马兰,看见阿伯坐在门槛上,抽着他的烟斗,正像小男孩说的那样。

他低垂着脑袋,一声也不吭,听到脚步声,知道他们来了。他朝他们仰起他那张苍白的脸,只见他的两眼放出凶狠的目光。他扬起手,指着他们身后的什么东西。

透过那棵大橄榄树下垂的枝桠,在一个躺倒在草地上的梯子的上方,人们发现乌高林悬在一条绳子的下面,在缓缓地转动着。他把自己吊在秋千架的吊环上了!

庞菲尔冲了过去,把缢死者的双腿搂在怀中,用力向上举着他的身躯。小学教师急忙竖起梯子,爬了上去,用他的刀子割断了绳子。

"还有希望救活吗?"贝鲁瓦梭先生问。

庞菲尔回答说:

"他已经僵硬得像鳕鱼干了。"

他们几个人把乌高林抬到厨房里,放到他的床上。贝尔纳在他那伸出嘴外边的紫红色的长舌头上盖了一块毛巾。

"好哇!"阿伯恶狠狠地说,"这就是你们干的好事!"

"什么?!"菲劳克塞纳说,"你算了吧!你自己看得很清楚,他早已经变傻了,这是今天上午,你亲口给我们说的!"

庞菲尔给死者梳理头发。

"给他穿衣服,太晚了恐怕不行……"卡希米尔说。

"明天晚上,也许还可以。"贝尔纳说。

"您认为,"卡希米尔问,"可以把他的舌头送回到嘴里去吗?"

"这我可没有把握。"贝尔纳说,"不过,这已经没有什么重要意义了。"

"我说起这个,"卡希米尔解释说,"是因为我想到,要是他就这么个模样进天堂的话,伟大的皮埃尔天神会认为他是在嘲弄他。"

说完,他才意识到在刚才的话里承认了皮埃尔天神的存在。

于是，他以一个真正不信教的人的口气补充说：

"我是不信这一套的，这毫无疑问。可乌高林他却是相信的，这会让他永不得安宁的。"

贝鲁瓦梭先生走近小柜橱，伸出手去，从上面拿下来两个信封，说：

"这是什么东西？噢，一封给我的信！还有另外一封，是给阿伯的。"

老头子的眼里忽然闪出了一道光。

"请您把它们都给我，把它们都给我！"他说。

"这是给您的。"贝鲁瓦梭先生把其中的一封信递给阿伯，说，"另外一封是给公证人贝鲁瓦梭先生的。我不能放弃一份可能是作为遗嘱的信件。"

说着，他打开了信封。可阿伯却不启封，就把他的信装进了口袋。

贝鲁瓦梭先生默读着死者留下的遗言。

致公证人贝鲁瓦梭先生：

我给您写信，是因为这是需要公证人经手的郑重事情。这是我的遗嘱，您要准确无误地加以执行。

不应该让人们以为我是由于畏罪而自杀的。不，那一切都不是真的。再说，也没有两个证人，那是需要两个证人的。也不是因为康乃馨花，它们干死就干死吧。我栽种鲜花的目的，是为了我心爱的人。我知道，她是永远不会喜欢我的。这个我感觉到了，因为我的那块爱情缎带使我胸口红肿，像火一样灼痛着我的心。另外，在我当着大家的面，对她说我要娶她为妻，把我的一切都给她的时候，她唾弃我，并且跑到小学教师的身边去。我看见他们俩在山上说话来着。她也没有朝他的胸口掷石头；她低着头，听他讲话。他不说了的时候，她焦急地等待着他再开口！而他也不感到不自然，他倒挺大方的。我真想把他杀了。是的，想把他杀了。但是这会使她痛苦的。那就算了，我不愿失去她。他还不知道他在幸福之中，可我却忍受着我的不幸，我已经忍受不下去了。

现在，开始说我的遗嘱。

我把洛马兰农场留给玛侬•卡多雷小姐，即克来斯班的驼子让•卡多雷先生的女儿。我把那里的房子，包括其中的所有器物留给她，全部留给她。神甫先生曾经说过：要是罪人愿意赎罪的话，那泉水就会重新流淌。我赎罪了，泉水也就会流了，康乃馨花会长得更美，销路会更好。经纪人特里莫拉先生的住址在水渠街六号。阿伯知道的。

永别了，向所有的人问好。

这就是我的遗嘱。人的最后意愿是神圣的。

正式签字　乌高林•苏贝朗
日期　今天，九月六日

默读完这封信之后，贝鲁瓦梭先生现出沉思的样子。过了一会，他说：

"既然是遗嘱，显然是要公开的，否则就无法付诸实施。所以，我认为可以把它念给你们大家听。"

说完，贝鲁瓦梭先生高声地宣读起来。

人们一动不动地站在那里，静静地听着。

贝尔纳在听到关于他的那一段时，显出吃惊、不自然的神情。可贝鲁瓦梭先生偏偏目光注视着他，并加以强调。贝尔纳耸耸肩膀，疑惑地用食指敲着自己的太阳穴。

阿伯面无表情，好像很镇定。当把信读完了的时候，他问道：

"这'爱情缎带'是什么意思？"

正在给死者整容的庞菲尔说：

"您过来看，该是这个东西吧……"

庞菲尔把死者的衬衣解开，于是，人们惊讶地看到了那块绿色的染上黑色血污的缎带,它粘在一个几乎有少女乳房那样大的红黄色的肿包上。

"这是那个婊子的缎带！"阿伯说，"把它揭下来，放到火里烧了！"

"我呀，我才不去碰它呢！"庞菲尔说，"死去的人的意愿，是神圣不可侵犯的。"

"一个疯子的意愿。"阿伯说，"是算不了什么的！"

贝尔纳检查了脓肿之后，指出：

"也许是因为脓肿感染才使他神经错乱的。"

"使他变疯的原因，"阿伯说，"你们知道得比我更清楚。"

庞菲尔突然问道：

"那么对你，阿伯，他在信里都说了些什么？"

"我一个人的时候，我才读它。"阿伯说。

他的面部表情冷峻而坚定，眼里也无动于衷。

"现在，"他说，"你们几个人回村子里去吧。请告诉哑巴到教堂去拿些大蜡烛来。至少要六支，要最大的。再让她准备一块旧亚麻布床单，就用他奶奶纺线织的那块。庞菲尔，你去打棺材。在我房子的阁楼上边有橡木板子，那是老橡树破成的，我曾想留给我自己用的……"

"我知道。"庞菲尔说，"是你亲自跟我定的活儿。"

"拿去给他用吧！"阿伯说，"另外，我特别要嘱咐你们。你们要说他是从树上摔下来的。这个秘密，你们至少要保守三天，直到下葬以后，否则，神甫先生是不会愿意为他做法事的。现在，你们走人吧……"

"我留下来陪你。"菲劳克塞纳说。

"不，不必了。"阿伯说，"要是你们愿意的话，就夜间来守灵吧。"

他们最后看一眼可怜的乌高林之后，一个跟着一个地走了出来。他们还没有走出去二十步远，阿伯出现在门口，朝他们喊道：

"请你们跟哑巴说，叫她给我送吃的来。"

夜幕降临了，他们下山回村子里去。

庞菲尔和卡希米尔急急忙忙地走在前边，为的是尽快地去做棺材和打开苏贝朗家的墓穴。

菲劳克塞纳、贝尔纳和贝鲁瓦梭先生不慌不忙地往回去，边走边议论着当前发生的事情。

"我呀,"菲劳克塞纳说,"关于信中说到的爱情的事,我一直糊涂,什么也没有弄懂。"

"请您相信,绝不仅仅是您一个人如此。"贝鲁瓦梭先生附和道。

"这个姑娘,"菲劳克塞纳说,"住在荒野中的一个山洞里,竟然拒绝苏贝朗家最后一个人的求婚,拒绝接受全村当中最富有的家庭的全部遗产,这确实出乎我的意料。"

"乌高林太丑陋了。"贝尔纳说。

菲劳克塞纳并不同意他的说法,说:

"所有的男人都是丑的。他很能干,是的,非常能干。当然,我并不是想要对您说,她能真心地爱上他。我的意思是,她本可以和他结婚,这将是她的最好的报复办法。她可以骑在他的脖子上,任意践踏他……"

"在您说的这种情况下,"贝鲁瓦梭先生说,"我看不出她能从中得到什么乐趣。不过有一点,我看得非常清楚,这就是那个可怜的乌高林,尽管他很愚蠢,但他清楚地知道他自己的处境……"

"什么处境?"菲劳克塞纳问。

"人们说爱情使人目眩。"贝鲁瓦梭先生说,"但痛苦的妒忌有时会使人的眼睛格外敏锐,能够看穿所有的秘密。"

他把脸转向贝尔纳,继续说道:

"确确实实,今天上午那漂亮的牧羊姑娘躲到了您的身后,而不是我的身后。"

"我的上帝！"年轻人辩白说，"这是因为她当时离我最近。"

"这没有任何值得怀疑之处。可您应当注意到，她站在您的身旁，那是经过阿伯、埃利亚山和菲劳克塞纳之后，一点一点挪到您那儿去的。"

"但我并不认为她这样做有什么不合适。"

"我也不那么认为。所以我觉得您很有可能在天高气爽的秋日，在山野里，把您的以采集矿石为由的初萌的恋情大大地向前推进一步。"

"请您千万不要这样想。"贝尔纳说，"她天性不驯，几乎与自然界里的动物相近，行事质朴，毫无隐藏……再说，即使我有占有她青春的可能，我也肯定不会去做的，因为那是非常卑鄙的。"

"坦白讲，"贝鲁瓦梭先生说，"要是我在您这样的年纪，那我看待事物可就不是从这个角度出发了……说正经的吧，如果你们愿意的话，明天一早我们就去把这个特大的消息告诉她，并且让她知道这份把她的财产归还给她的遗嘱。"

人们走了之后，阿伯先在壁炉里点燃一捆干葡萄藤，然后，拉开小柜橱的几个抽屉，在里边找到了一把剪刀。

于是，他一边恐惧而又怜悯地皱紧了面孔，一边把那粘糊糊的缝住那块绿色缎带的线剪断，用火钳子夹着那块东西，放到火上去烧。那块东西在净化一切的火焰中转瞬间蜷曲着化成了灰烬。

这项使命完成之后，在丧事用的大蜡烛未送到之前，他在乌高林的床头上粘上两支一般蜡烛,并且点燃了。他拉过一把椅子,坐在床边,从口袋里掏出信,读起来。

阿伯,我走了,因为我忍受不了了。我不愿看到下面将发生的事情。你懂得我的意思,我走到哪里都感到不舒服。我把农场留给她,屋子里面藏着的一切东西也都给她。你是知道的,在壁炉火灶左边的石板下面,有四百九十四块金路易,请你加上六块,凑足五百,因为我曾经跟她说过,我有五百块,不要让她以为我在说谎,特别是现在。你应当理解我的心情。另外,请你以后不要找她的麻烦。这不是因为她的过失,这不是因为我的过失,这也不是因为你的过失,这是命运。另外,请人为我祈祷,因为在天上,在泉眼的问题上,我得为自己辩护。我从来没有做过其他的坏事,我担心的只是驼子会把这件事对天主说,天神会审问我的。立即为我祈祷吧。

永别了,阿伯。离开你,使我痛苦。但是,留下来,我又做不到。应该告诉大家,现在她有五百块金路易,有农场和康乃馨花,我这是诚心爱她才送给她的,并不是为了玩弄她。她可以和她喜欢的人结婚,甚至找一个有文化教养的人。我拥抱你。

当阿伯把这封信重读了第二遍之后,他不由低声哀叹道:"可怜的傻瓜!可怜的加里耐特!"

他慢腾腾地装着他的烟斗。

"要是你以为我会把装金币的铁锅留给她,那你就大错特错了……至于康乃馨花,它们会干死的,因为泉水永远不会再来了。这个村子也一样,它也将死去。这对他们来说,也是活该……谁叫他们都说你的坏话呢……"

他把烟斗凑近一支蜡烛的火苗,吸了几口之后,又与他的侄子说起话来。

"唉!是啊,苏贝朗家的人就是这样……出了三个疯子,三个吊死了,现在只剩下我孤零零的一个,还拖着一条病腿……我之后就没有人了……没有人了,没人了,再也没人了……"

二十八

星光下,玛侬独自一人坐在山洞的前边,身旁蹲坐着她的黑狗。她的母亲和巴波迪斯第娜已经睡了。

她仔细地思考着几天来发生的事情,对她来说,它们该具有多么重大的意义啊!然而,有一件最重要的事,她现在还不知道。

现在,她一切都如愿以偿了:苏贝朗家失去了标志着他们罪恶的果实,村子里也没有了水,她父亲的仇终于报了。严酷的干旱更加重了断水给村民们的惩罚,这足以证明上帝是支持她的。想到乌高林的那些即将枯死的康乃馨花,她竟兴奋地咯咯笑起来。她暗自决定第二天偷偷去洛马兰,亲眼看一看那些罪恶之花的末日。

可是,当她回到山洞里,准备脱衣服睡觉的时候,一种不安袭上她的心头:她把她所知道的一切当着那些人的面都抖落出来,这已经是非常莽撞的了,说不定有人会意识到,在他们的罪过和他们所受到的惩罚之间存在着非常清楚的联系,于是人们会得出结论,认为断水是一种报复。他们会举着长柄叉和木棍找上门来,强迫她把泉水还给他们……她知道她自己不是一个说谎话不脸红的人,但她坚信,她有足够的毅力使自己一声不吭。另外,小学教师和他的母亲会保护她的。也许贝鲁瓦梭先生也会,也许村长……

早晨七点钟，贝鲁瓦梭先生、菲劳克塞纳和贝尔纳离开了巴斯第德村，为的是把乌高林缢死的消息尽快带给玛侬，并且向她宣布她将重新获得她父亲财产的所有权。

贝鲁瓦梭先生非常认真地扮演着遗嘱执行人这一角色，穿上了一套深色礼服，并且加上了硬领。在他的影响下，村长菲劳克塞纳也穿上了一套进城穿的礼服。不过贝尔纳却像往常一样，仍穿着他那身旧猎装，他的矿石箱子挎在肩上，每走一步，都要发出响声。

这是一个火辣辣的大热天：夏季一直延长到了九月，山里一丝风也没有，千万只蝉儿在松树间"知了"、"知了"地鸣叫着。

走到巴博第斯破羊圈的时候，贝鲁瓦梭瘸着脚，停了下来。

"对不起，"他说，"我有一个'不安'！"

说着，他坐到一块大石头上，开始脱他的高腰皮鞋。

"不安？"菲劳克塞纳问，"是关于遗嘱的事吗？"

"不，跟遗嘱无关。"博学的公证人说，"'不安'这个词，在拉丁文里，是指鞋子里面的小石子，它妨碍走路，会磨破脚。在法语里，我们把它作为修辞上的一种隐喻，赋予它一种抽象的意义。"

他边说边把鞋子倒过来，摇动了几下，从里边果然掉出一粒小小的石子。

小学教师笑了，说：

"说真的，尽管我不懂拉丁文，可我也有一个'不安'，不过它并不在我的鞋里。请您先告诉我，您是不是要把这份遗嘱念给牧羊姑娘听？"

"那还用说吗!"贝鲁瓦梭先生说,"我应当告知她好运的到来。我负责这件事。"

"这样的话,"贝尔纳说,"我最好还是不要参加这次宣读,因为遗嘱中的某些话是有点儿让人难为情的。这对我来说,并不是多么重要,主要是对她……我只好晚一些时候再去看望她们了……现在,我到勒弗来斯吉也山谷去转一圈儿,在那儿我发现了一个牡蛎化石层。"

说着,他就斜插着走向一个通到谷底的小沟壑。

"这又是一个令人起敬的高尚行为。"贝鲁瓦梭先生说,"好吧,一会儿见!"

他和菲劳克塞纳,沿着山坡上布满碎石的小路,向玛侬住的山洞走去。

玛侬正忙着给山羊挤奶。艾梅已经去翁布雷了,到那里的邮局投寄她那得不到回音的书信。巴波迪斯第娜在菜园里翻地。忽然间,老女人直起腰来,把手搭在耳后,听着什么。

她对玛侬说:

"别出声,你听听。"

远处传来了钟声。

皮野蒙女人说:

"村子里有人死了。"

玛侬在胸前划着十字,回答说:

"准是那个想抢占吉尤塞普位置的老太太……"

巴波迪斯第娜气愤地骂道:

"女强盗！让魔鬼……"

她的诅咒刚要出口就又停住了。

"不。不应该说死人的坏话。"

她也在胸前划了个十字，并且低声祷告起来。

这时，玛侬说：

"有两个城里人，好像朝咱们这儿来了。"

巴波迪斯第娜朝远处望了望，说：

"他们穿得整整齐齐……也许是去参加葬礼，走错了路。"

玛侬说：

"不。是村长，还有贝鲁瓦梭先生。可他们来咱们这儿做什么呢？"

在菲劳克塞纳友好的、贝鲁瓦梭先生礼仪性的问候之后，公证人说话了。

"您的母亲在吗？"

"她去翁布雷了。"玛侬说，"我不知道她什么时候回来。"

"她走的真不是时候。"贝鲁瓦梭先生说，"不过，您可以把我带给您的与您个人有关系的消息转告给她。请允许我坐下，唉，这条路太长了，石头也多，真难走啊！"

说着，他坐到一块大石头上。巴波迪斯第娜为村长找来一把椅子，可他却喜欢站着。

玛侬在心里捉摸,这两位不速之客能给她带来什么消息呢？

贝鲁瓦梭先生说：

"您从远处听到的钟声，向您宣告乌高林已经归天了。他委托我监督，使他的最终遗愿能够准确地执行。我把他的遗嘱给您带来了，他决定把洛马兰农场遗赠给您。"

玛侬一下子被这突如其来的消息惊呆了，她在心里自问，她自己是不是在做梦。

"可是……他是怎么死的呢？"她问。

"他自己吊死的！"菲劳克塞纳直截了当地说，"吊在你当秋千架子的那棵橄榄树上。"

"为什么？"玛侬不解地问。

"这份遗嘱将告诉您是怎么回事。"贝鲁瓦梭先生说。

说着，他从口袋里掏出一个信封来。

"我来亲自给您念一遍吧，因为死者拼写的字不准确，会给您设置一些障碍的。"

在贝鲁瓦梭先生把写着遗嘱的纸张展开来的时候，玛侬把乌高林吊死的消息翻译给了巴波迪斯第娜。自从她的丈夫吉尤塞普死后，今天她还是第一次放声地笑了，然后跑到屋子里去，躲了起来。

贝鲁瓦梭先生用准确无误的发音，缓慢地读着绝望的种花人的最后遗言。在读到缝在他胸膛上的"爱情缎带"时，贝鲁瓦梭先生停顿了下来，给玛侬作着解释。玛侬一想到她的缎带竟然那样长久地沤在这个疯子的混有血污的汗水里，不由得一阵恶心，皱起了眉头。但当贝鲁瓦梭先生读到谴责她躲到小学教师身后的那几句话时，她的脸又微微地红了起来，并且现出吃惊的样子，仿佛她根本不记得还有这一档子事。

读完后，公证人给她递过另一个信封。

"这是这份遗嘱的抄本。"他说,"我按着正确拼写法重新抄写了一份,这可是一项要求高度细心的工作。原件留在我这儿,就在今天上午,我要把它送到翁布雷村的公证人那里去。现在,请允许我祝贺您重新收回了您的农场。"

"太迟了……"玛侬伤感地说,"太迟了……"

"这我是知道的。"菲劳克塞纳说,"可是,说不定有那么一天,如果泉水又流了的话,你可以把这农场卖个好价钱,这钱就可以用来做你的嫁资了……好吧,这件事就算解决了。我还有件事情不得不跟你说,村子里现在的情况是这样:泉水一直没有再来,人心惶惶,情况很不妙。各家菜园里的蔬菜旱得快要死了……汽车运来的水又有一股怪味,所以我们要到四季村去找饮用水。于是,人们在不停地说着,议论着。女人们认为,是由于你的原因,我们才遭到惩罚……还有的人在过路时对我说,你非常熟悉山岭上的泉眼,对目前发生的事情你也许清楚……总而言之,我建议你去参加他们的祭神游行。当然了,你去参加,并不能把泉水还给我们,但我认为,这样可以堵一堵人们的嘴。现在人们知道了你那死去的父亲是弗洛莱特的儿子,这样一来,你到村子里就是到了自己的家。我想对你说的意思是,你想怎么样就怎么样好了。现在我得下山去接待法医,因为在死亡证书上签字之前,医生要提出很多问题。说不定还会有警察来,要验证一下是不是他自己缢死的。那么,再见吧!请你不必担忧。"

"我么,"贝鲁瓦梭先生说,"我要到欧巴涅镇一趟,去处理您继承财产的事。我愿全心全意为您效劳。回头见。"

说完,他们二人离开山洞,下山去了。

玛侬把她的羊拢在一起,赶到山谷里。她自己来到了那棵宝贵的花楸树下,她要在那儿好好思考一番。太阳已经高高地升在空中,激励着蝉儿们疯狂般地噪叫;海风还没有从远处吹来,天气闷热。昨天夜里,她一直未睡。现在感到身子疲软,她没有勇气再去查看她下的夹子和套子了。她坐在花楸树下,想着乌高林自缢的事。在她的情绪中惊讶多于怜悯,并且没有丝毫的感激之情……她又重读了一遍乌高林的最后遗言。那是学识渊博的公证人用他那优美的字体把那些奇特的拼写改正后重新抄写过的。

卑鄙的乌高林的爱情表白使她浑身起鸡皮疙瘩,产生极端的厌恶。她想,上帝使他萌生如此荒谬的欲念,是因为他的罪过而受到的惩罚;把农场遗赠给她,那只是把盗去的东西归还原主而已。关于小学教师的几句话,她反复地读了好几遍。是的,他是在山上跟她说过话,可他却从来没有说过一句应该"朝他胸口掷石头"的话。恰恰相反,他总是那么客气、自重。当然了,他在蓄水池旁,曾经对其他几个人讲过他梦中的"吻",可当时他并不知道她在暗处听着。而那个缢死的蠢蛋也不知道她就在近旁。

另外,她刚认识他不久。她只见过他六次。有两次她自己并没有露面:一次是他在松树下吃午饭那天,另一次是在蓄水池旁。接着是他在山上跟她见面说话,用刀子换兔子那次。然后是在供水塔断水的那天上午,再就是他们一起陪同工程师上山察看水源那天,最后一次是在神甫先生讲道之后的那天上午,她当着大家的面,把她知道的一切都说出来了……至于为了向后躲闪那个向前爬过来的乌高林,她"躲到他身后"这件事,她觉得她这样做并没有什么不合适,这里也没有什么值得大惊小怪的。像他的父亲一样，他是一个从城里来的年轻人。在这些死死地闭着嘴，残忍地不肯透露泉眼秘密的村民中间，她躲到他那里去，是非常自然的事。那个吊死的家伙，竟然发昏地从这件事中得出了她爱上了他的结论，这真是荒谬之极。

是的，这个英俊的年轻人确实使她产生了好感，她常常想到他，这是事实，但这仅仅是因为那把漂亮的刀子而已。每天早晨，她都要在一块小磨石上吐上唾沫，把刀刃磨得非常锋利，即使是最坚硬的木头，她几乎不需用力，就可以削得动它。那小小的锯条，人们会以为它只是一个多余的装饰物而已，可它却能轻而易举地锯断粗树枝。昂卓很羡慕这把刀子。他是个行家，他说："这是用瑞典钢，也就是做刮胡刀片的那种钢制造的。"尖锥可以扎透皮带或者鞋底。至于那把小剪刀，更是小巧玲珑，灵便好用。用它，再加上磨指甲的小锉，她现在可以修理她的手指甲了。以前，她去欧巴涅镇的时候，她不得不把她的两只手藏在披风下面……是的，这把刀子，对她来说，是一件宝物。有时在把它放入她的挎包里之前，她还吻它一下。因为每天她要用上它五六次，所以偶尔想到给她这把刀的人，这是十分自然的事。这是一种感激之情，而不是男女之间的恋情……

作为爱情，首先应该是两厢情愿的。人们不能放任自己去爱一个并不爱你的人。小学教师至少有二十五岁了，他很有可能已经跟城里的某一位年轻姑娘订了婚，不可能对她这样一个可怜的牧羊姑娘感兴趣，除非他具有宽宏、怜爱人的天性。当然，那个"吻"的梦，也许会使她产生联想。可是，吻并不一定就是相爱男女那样的接吻，人们可以吻孩子，吻父亲，吻朋友。大个子昂卓，每当星期天到布朗梯也去的时候，他不是总要吻一吻她吗？其次，小学教师那样说，一定是为了开玩笑，并没有什么特殊的含义……再说，今天早上他并没有陪同村长和贝鲁瓦梭先生一起来，向她宣布那条重大的消息。尽管当时学校还在放假，可他没有来，这确是事实……

不管怎么说，这次报复行动超出了她的期望，进行得十分严密，同时也使她十分害怕。她躺在花楸树树荫下的石板上，不大一会儿，上下眼皮就发了涩：瞌睡上来了。她合上两眼，睡着了。

可是，村长那关于村里人的一席话搅扰着她的酣睡，使她做了一个可怕的梦：她看见有几伙农民手里举着粗木棍和长柄叉子，朝山洞这边走来。他们一步一步地朝前走着，可却没有一点动静……突然，又出现了一群女人，一群老太太，她们从嘴里发出仇恨的喊叫……

她想逃走，可她惊恐地发现，她动弹不了了……忽然间，小学教师出现了，他站在她的前边，用宏亮的声音喊道：

"是的，是她堵住了泉眼。可你们是罪有应得，活该！这是她的使命，也是她的权利。我警告你们，要是有谁敢动她一手指头，那我就对他不客气！"

老太太们被吓得喊叫着，落荒逃走。男人们则停住脚步，几乎是全体脱帽，向勇敢的捍卫者致意。她躲藏在他的身后……忽然间，她有一个奇特的发现：他原来是个驼子！不是像老人那样躬腰，而是在背上长着一个大而漂亮的驼峰，那上面足可以驮一个装满水的沉重大瓮！一种强烈而温馨的激动使她从梦中醒来，眼睛里充满了幸福的泪水。她知道，她自己已经爱上他了。

玛侬坐在光滑的石板上，两只手臂拢在脑后，把身子向后仰着。她望着远处勒弗来斯吉也山谷里那些蓝色的石崖。她被一种幸福的不安激动着，同时感到一种骄傲。这时一声亲切的狗叫在呼唤她。她转过头去，发现黑狗竟卧在贝尔纳的脚边。他坐在斜坡上的薰衣草丛里，脸上带着微笑。她立即站起身，脸上也绽出了笑容，并忽地一下脸红了。

"这么说，"他说，"您知道了。"

"是的。"

"那现在，您打算怎么办呢？"

"我不知道……我想我们是不会再回到那儿去的。无论是对我，还是对我母亲，那里给我们留下了过多的可怕的记忆……再说，那个吊死在我秋千架上的家伙会经常出现在我的眼前的……特别是他把他身上的那股臭味留在了屋子里……"

"我理解您的心情。"贝尔纳说，"可其他的事情，您决定怎么办呢？"

"村长建议我去参加这次祭神游行。"

小学教师站起身来，一字一顿地强调说：

"要是水再也不来的话，要是你确信它再也不能来了的话，我也建议您去参加祭神游行。人们说，跟狼在一块儿就必须跟狼一样嗥叫。我认为，当人成为羊群中的一员时，也同样必须跟羊一样咩咩叫。"

玛侬那蓝色的眼睛忽然黯淡了下来。

"我，我才不属于那群人呢！"

"人们无法选择他所在的群体。这个村子，是您奶奶的村子，是您众多亲属的村子。"

"可我奶奶讨厌他们。她说他们是一群野蛮人。他们的行径也充分地证明了这一点。我清楚地知道，我父亲本来想成为……他们的朋友的。当然，他从来没有说过，可我却感觉到了……我们只进过一次村子，可他们却向他扔铁球，砸在了他的背上。"

"这我知道。"贝尔纳说，"我知道，这是一次荒唐的事故，一次意想不到的事……那铁球是善良的小个子加布里唐扔的。他至今还在为这件事后悔呢！真正的罪人是苏贝朗家爷俩，关于你们的情况，他们对村里人说了谎，当你们谈起村里人的时候，他们又欺骗了你们。这是从堵泉眼的罪过派生出来的第二种罪过。不过，您的父亲要是穿上条绒裤子和农民穿的那种大皮鞋，去村子里见一见村长，对他说：'我是弗洛莱特的儿子。'我想村民们会接受他的。当然，是用他们特有的方式。毫无疑问，他们会在背后嘲弄他的葫芦和他的兔子。他们也很可能不去揭发苏贝朗家爷俩搞的阴谋……但是在干旱的日子里，昂格拉德的两个双生儿子，或者也许是庞菲尔和卡希米尔，他们肩上扛着镐头，说是挖带翅膀的蚂蚁（下夹子的诱饵），上山来到洛马兰，他们会让土地浇上水的。"

玛侬听着他那男性特有的动听的声音，望着他那深咖啡色的跟她的父亲一样的眼睛。这双眼睛，在他那棕色的面庞上闪动着……

她忽然变得非常激动，嗫嚅道：

"您的意思是说，我父亲有过错？"

"不，"他说，"不是的……不过受害者从来都不是完全无辜的。再说，不管怎样，他的仇已经报了。罪魁祸首已经死去，另外一个也只是个行将就木的老头子，他已经痛苦，气恼得成了半个疯子。其他那些人，唯一的过失就是在罪孽面前没有开口，可现在，他们已经损失了收成的大半，他们是有妻室儿女的。"

"当时我父亲也有妻子和孩子。"玛侬愤愤地说。

他沉默了。过了一会儿，他说：

"画黑箭头的是哪个人？"

她仰起头来，说：

"木匠。"

"我早就猜到是他。另外，他曾跟你们说，您父亲的棺木是全村人花钱做的。其实不是，是他一个人送的。"

玛侬一时间不说话了，过了一会儿，她说：

"他并不是一个农民。他不需要水。"

"可他需要一个村子啊！要是村子里的年轻人都远走他乡，他也只好到别处去谋生了……"

她什么也不说，低下了脑袋。

贝尔纳接着说下去：

"我奶奶是一个耶稣教徒，小时候，她常给我念圣经。至今我还记得上帝说过的一句话，这句话是既严厉又残酷的：'如果这个城镇里还存在一个正确的人，那这个城镇就不会被摧毁。'"

她还是一声不吭，神情不安地扭弄着手中的一根茴香枝。

他放低声音说：

"如果您父亲还活着,并且有办法把泉水还给他们的话,他会怎么做呢?"

一听这话,她突然抬起了头,眼里闪出了泪光。

"噢!他……他……"

"既然您记念着他,那您就去做他要做的事情吧!"

他见她哭了,就转身对旁边的黑狗说:

"那么,比古,你愿意不愿意我们一起去寻找那只跳鼠呢?那天你在脑袋上突然挨了一石头,让它逃走了。"

夜幕降临之后,玛侬和贝尔纳来到堆积着石块的小岩洞的洞口前边。

圆圆的月亮像一只气球从山顶上的松林后边冉冉升了起来。山中吹着温煦的微风。两只蟋蟀在一唱一和地唧唧鸣叫着。

贝尔纳穿着绳底帆布鞋,行动起来像一个影子,不出一点儿响动。玛侬把头发裹在一条黑色的头巾里,帮助贝尔纳清理洞口前的石块。他为牧羊姑娘的力气和灵巧而感到惊奇。她竟然能一点动静也不出地搬走那些足有二十五公斤重的石块。

贝尔纳钻进洞口是非常困难的。他们不敢把洞口扩大,因为铁锤的声音在静夜里,在山中,会传得很远,会惹出麻烦的。于是,玛侬先钻了进去,点燃了蜡烛。然后,贝尔纳为了缩小体积,脱掉了衣服,只穿着短裤,也钻进了洞口。可是,尽管他千方百计扭动着身子,他的两个肩膀还是无法挤进那狭窄的通道,他被卡在了那里。姑娘抓住他的两只伸向前边的手,拼命地往里边拉。她用自己的手紧紧地握住贝尔纳那胖乎乎的手,一连拉了好几次。最后,他的双肩终于通过了通道,他可以自由地爬动了。玛侬一时间有些发窘,因为她想到了小羊羔从母腹中生出来时的情形。

在水边,她安放了四支蜡烛。他走进水洼中。水位已经升高了。他们听见水流落进另一个巷道发出的响声。费了很多事,他才把玛侬从岩壁上凿下来的石片一一拾起来,把它们立在岩壁脚下。她默默地帮着他,看着他运动着男子汉的强健的肌肉,毫不在乎脊背上那些被石头尖划出的血棱子。每隔一会儿,她就钻出山洞,察看一阵笼罩在夜色中的山林的动静,抚摸一下静静守在洞口放哨的比古……堵塞用的水泥块看样子还相当结实,他用撬棍撬了很长时间。不过,他还是一点一点地把它弄碎了。他们突然听到了水跌落进深渊中的声音。

他又把两只胳膊伸进出水门,从里边抓出几把胶泥。

"成了。"他说。

他的脸上流着汗水,在烛光里闪着光亮。一绺汗湿的头发垂落在他的额头上。

玛侬关心地问:

"您的脊背不痛吗?"

他微笑着回答:

"当然痛了,火烧火燎的。"

玛侬说:

"都是那些石头尖划的。我去用锤子把它们砸掉。"

她第一个爬进通向出口的通道。她用两个胳膊肘拄着地面,缓慢地向前蠕动着,因为她的一只手里拿着工具,另一只手里举着蜡烛。她一个一个地把那些锋利的石头尖儿砸碎,把那些凸起的石棱敲掉。她怕敲击的声音过大,就轻轻地敲。她一直敲了很久。贝尔纳跟在玛侬的后面,也在地上爬。他的后脖颈擦着狭窄通道的长满青苔的拱顶。他们两个人的身体几乎把通道塞满了。在他的两只眼睛下边,玛侬那一双光着的脚在用力地蹬着地面上那多年沉积下来的泥土。他用两只手掌撑着地面,脊背在隐隐作痛。

他在黑暗中闻到了山泉姑娘身上散发出来的一股飘忽的温馨而又粗放的气息。在地下淙淙的流水声中,他听到了自己的心在怦怦地跳动。

忽然,烛光熄灭了,静夜的空气使他的脸感到凉爽。玛侬已经爬出去了。

她悄声说:

"我想您能爬得出来了。"

他又伸出了两臂,捉住了姑娘的两只手。她把她的脚抵在垂直的洞壁上,然后把身子用力地往后一仰,就把他拉了出来。在星光下,他站起身,但并没有把玛侬的手松开。他用闪着光亮的眼睛注视着她。她不好意思地低下了头。

他连忙说道:

"我们还没有干完。应该把石头放回原处。"

她向后退了一步,挣脱了他的手,为的是把她的头巾系紧些。

他们肩并肩,一起把两块大石头滚到洞口处。在用力的时候,他们的肩膀有时互相碰撞,脸上流下的汗水滴落在他们的手上。

玛侬觉出自己的面颊在发烧,两条腿在颤抖。洞口被完全堵

死、掩盖好了之后,她立即坐在一块石头上,长吁了一口气,说:

"我自己一个人是无论如何也弄不动的。从上边往下搬要比从下边往上搬容易得多。"

她用头巾的一角为她那流着汗水的脸扇着风。

"现在只剩下在洞口前栽那么两三棵刺柏了。"贝尔纳说,"我来负责……"

"我想最好还是等到天亮,"玛侬说,"那时才好把它们栽到适当的地方……明天早晨我来……"

"您说得有道理。"他说,"再说,水已经朝蓄水池那边流了。当蓄水池注满了泉水的时候,就不会有人再琢磨这水是从哪里来的了!"

他走到矮树丛后面去穿衣服。

"您难道一点儿也不感到后悔吗?"他说。

"事情既然做了,我绝不后悔。要不是您跟我说起我父亲……不过,不管怎样,我认为您说的还是有道理的。"

"要是您计算准确的话,泉水明天早晨七八点钟就可以流到蓄水池,半个小时之后,供水塔就可以流出水了。"

他听见一阵叮当的响声,问道:

"您在做什么?"

"我把工具藏起来。它们太重了。明天早上,我赶毛驴来驮回去。"

"现在我就可以把它们送到您家去。"他说,"今天的夜色是这样的美,我想踏着月光散散步。"

她没有回答。

他一边穿着袜子,一边接着说下去:

"村子里就要像过节一样狂欢起来了。只是神甫先生放弃他后天的祭神游行,会觉得伤心的……不过,他可以照样举行,来感谢上帝的慈悲!……也有可能水流的速度比我们估计的要快得多。"

他一边系着鞋带,一边给她解释他的理论根据:据昂日说,在大雨过后八个小时左右,蓄水池的水变红……但是,需要多长时间这红沙才能到达小岩洞呢?也许要用三四个小时。这样,水从岩洞流到蓄水池所用的时间就应该相应地减短。

这一次,她还是什么也不回答。

他扣好衬衣钮扣,系上腰带,擦了一把脸。

"对我来说,"贝尔纳说,"遗憾的是我来不及跟村长打赌了,他曾说过泉水永远不会再来的。我本来可以赢他几瓶酒的……"

在他说话的时候,远处传来一个短促的叫声。

他压低声音说:

"注意!有人……"

他听了一阵之后,又说:

"也许是一只狐狸吧?"

因为她总是不作回答,他便问:

"照您看来,这是一只狗,还是一只狐狸呢?"

回答他的还是沉默。

他悄悄地走出树丛,发现玛侬已经不在那里了。

他压低声音呼唤着她:

"玛侬,您在哪儿?"

他忽然听见石子滚动的声音,立即抬起了头。只见月光下,在对面的山坡上,她带着她的比古,沿着一堵灰白色的小石崖跑远了。

二十九

早晨七点钟,在精心梳洗打扮——珍贵的多用刀上的小剪子和小锉也派上了用场——之后,玛侬赶着羊群,离开了布朗梯也。

她沉浸在幸福的思念之中。昨天夜里的全部情景又再现在她的眼前,像她在睡觉之前已经做过的那样。在内心里,她再次责问自己,昨天夜里一句话不说就匆匆逃走,这是否有道理……当然,在小说中,皎洁的月光对年轻姑娘来说,永远是危险的。可小说毕竟是小说,它并不是真实的生活。他肯定没有在夜间到山上散过步。他是被星光的皎美,植物在静夜里散发出来的香气和以蟋蟀的吟唱作烘托的月夜的蓝色静谧迷住了。把他本来没有的意念强加到他的身上,这是不公正的。他并没有说出一句无礼的话,他也没有做出什么不规矩的动作。所以,她这无端的逃走,肯定会使他觉得可笑,觉得可怜……她暗自下定决心,如果以后再有机会,她一定不再拒绝,起码她要摸清对方的真实心意。

她连蹦带跳地下了山坡,一直来到被堵死的岩洞前边。刚才她从远处看到昨天夜里堆起的石堆,除三块石头他们放反了,朝外的一面沾有泥土和草根之外,一切都很妥贴,看不出什么破绽来……她重新放好错放的石头,然后在石缝间栽上几簇百里香和一大棵她从石崖上拔下的刺柏。之后,她离开了那里。不过,她还是几次回过头来,想看一看她的作品是否有什么不妥之处:它完全与周围的景色融为一体了,没有任何惹人注意的地方。

她几乎是一路小跑，朝蓄水池那里奔去。黑狗比古只好强赶着羊群跟上她。她急于想知道泉水是不是像她的同谋者所预料的那样，已经流到那里了。同时，她在心里想，他或许早已经在那里了吧？

他果然已经在那里了。

他坐在蓄水池边上，两条腿垂在下面，两眼望着大水泥槽子那已经出现格子一样裂痕的底部。他看着她走过来，说：

"水还没有来，我在琢磨为什么……眼看着九点了……"

玛侬跳进蓄水池，跪下去，把耳朵贴在进水的管口上。

他十分欣赏她动作的优美和准确，并且认为她很了不起，但不是说她像一位千金小姐，而是说她像一只小松鼠或者一只小白鼬。

她在那里倾听了很久。

"我什么也没有听到。"她说。

她把身子一跃，跳到蓄水池的岸上来，凑到他的身旁，低声对他说：

"您看这水是不是能来呢？"

"我认为能来的，除非那段渠道被我打碎的水泥块堵死了……要不就是在它的流程中，有一个大的虹吸管道，或者几个小的虹吸管道失去了引导水，不过等到水位恢复正常时，它们会重新起到虹吸作用的……"

"有一个想法使我很不安。"她说，"要是泉水在祭神游行之后才来呢？"

"那又怎样?"

"那样,他们就会以为是天神创造了奇迹。"

"这不过是费去几十支蜡烛,神甫先生从中得到一次教训不信教的人们的机会罢了。"

"是的,可我……在我去忏悔的时候……"

"人们只忏悔他的过错,可您既然把水还给了村民,您就把您的过错弥补过来了……再说,到目前为止,我们还没有看到任何奇迹出现。所以,要他们放弃祈神是不明智的……万一发生意外……"

他看了一下他的手表。

"今天上午,"他说,"我不能留下来跟您在一起了。我得去参加乌高林的葬礼。十点钟举行……"

"葬礼在教堂里举行吗?"

"不。我们先跟神甫先生说他是从树上摔下来的,他似乎也相信了。可后来警察来了,他终于什么都清楚了……尽管如此,神甫先生还是答应在墓地给他做追思祷告。"

"这对他来说,已经是不错了。"她说。

"可这并不能使他复活。"

"这辈子当然是休想了,可是还有下一辈子呢!"

小学教师说:

"也休想!"

说完,他站起身来。

"水会不会永远来不了了呢?"他说。

玛侬耸着肩膀回答说:

"那样的话，就证明慈悲的上帝也认为我是有道理的……"

下午，她还想到蓄水池那里去看一看，可是，在她来到山谷上边石崖上的时候，从远处看见谷底有一伙结队而行的人：四五匹骡子驮着木桶，旁边跟着五六个人。她躲在染料木树丛中。这些人来做什么呢？她忽然明白了，一定是水来了，可还没有流到村子那里去，所以他们到蓄水池来装满水桶运回去。蓄水池在石崖脚下，她看不见。谷底的人越来越近了，她首先认出了贝鲁瓦梭先生那顶巴拿马帽，然后认出了菲劳克塞纳，又认出了管水员昂日和小个子加布里唐。在骡队的后边，小学教师在和庞菲尔争论着什么；庞菲尔手上拎着一个上釉的水罐。

为了能看到蓄水池，她在染料木的掩护下，一直来到石崖的边沿。蓄水池仍然和昨天一样，是空的。她想，来人一定会因此而大失所望的。可是，她却看不出他们有任何惊讶的表示。他们开始把木桶从骡背上卸下来，把桶中的水倾倒在灼热的水泥槽子里；火热的太阳已经把水泥抹面晒得爆裂了。

"我们来得太晚了。"村长简短地说，"得重新抹一遍……"

他胳膊下面夹着一个酒瓶子，很麻利地就把它启开了。加布里唐从他带来的草篮子里拿出酒杯，递给众人。然后，他们在那棵大无花果树下坐成了一圈。庞菲尔并没有把他带来的那罐水倒进蓄水池，现在他把小罐高高擎起，让细细的水流注进每个人的杯子。人们熟练地把水和苦艾酒混合在一起。

接着，他们又像往常一样聊了起来。

加布里唐懊丧地说，他决定明天就走，把他的妻子安置到布伊拉第斯他堂兄那儿去，因为她就要生孩子了。他向人们解释说：

"一个孩子，可不像鹰嘴豆似的，没有水他可活不了……以后，要是水再不来，我也搬到那儿去。我堂兄种了许多时鲜蔬菜，他早就劝我好多次了，让我跟他一起干……再说，他家也没有孩子……"

克娄第尤说他打算到瓦朗第纳去，和庞拜特合伙开一个肉店，因为庞拜特患风湿症，他已经不能照看他的肉店了。

昂日哭丧着脸，大声问道：

"那么，你认为就没有人留在村子里了吗？"

"还会剩下一些老头儿老太太。"克娄第尤说，"可这些老人都是些守财奴，吝啬得很，再说也都没牙了，已经吃不得肉了……"

菲劳克塞纳也表现出了悲观情绪。他认为，人们不该做任何幻想。泉水彻底枯竭了，村子里的人将不得不背井离乡，到别的地方去讨生活了。

"钱的问题么，"他说，"对我来说无所谓。靠我的退休金，再加上我的节省，再有那么几包烟，我总可以活下去的……"

他转向并没有表现出特别不安的贝尔纳说：

"您呢，贝尔纳先生？如果青壮年都走了，他们也要把孩子带走……我费了九牛二虎之力才建立起来的这所学校……要是孩子剩下的不多，那就很有可能关门了！"

"我么，"贝尔纳说，"我是国家职员，您是知道的，去年我拒绝到圣·卢波去任教……要是在这儿没有工作，我可以到别的地方去，甚至还有可能晋升一级呢！"

他说得很有风趣。

玛侬在石崖上悄悄地向后退了几步,然后转身朝布朗梯也方向走去。她低着头,走得很快,不时地顺手掠着刺桧或者野茴香的枝叶。

三十

巴斯第德村泉水枯竭的不幸消息，在翁布雷和吕依沙戴尔引起了很大的震动，这似乎也是对滋养这两个大村子的泉水的严重威胁。一种危机感唤醒了农民的同情心。于是，这两个邻村的人们，尽管不那么喜欢"巴斯第德人"，还是派了几个人作为他们的代表，去参加巴斯第德村的祭神游行，祈求上帝让泉水重新流淌，祈求上帝放弃对干旱地区的这种过分残酷的惩罚。

当主持祭神游行的几个人在小教堂里紧张地进行准备的时候，村民们早已来了，围在已经无水可供的供水塔的四周。人很多，从广场直到梧桐树下的空场上都站着人。但是却听不到什么声音，要是有人悄声说话，那么差不多所有的人都要尖起耳朵谛听。当然也有例外，那就是那几个不信教的人，他们安坐在咖啡馆的露天座里，说着一些很少带有宗教色彩的话。

"古时候，"贝鲁瓦梭先生说，"神甫们是把当地最漂亮的姑娘送上祭坛，企图以此来平复诸神的愤怒。而我们现在这些可爱的神甫们却认为，上帝只消看见一次游行，听到几首赞美歌就会心满意足。当然了，还需要打通在天堂中的圣·多米尼克这个关节……不管怎么说吧，应当承认，这是一个很大的进步！"

"你们认为这祭神游行会起到什么作用吗？"面包师傅问。

小学教师摇了摇头，然后又诡秘地说：

"谁说得上呢！"

"什么？"菲劳克塞纳惊讶地喊了起来，"您难道想说……"

"不，"贝尔纳赶忙解释，"我什么也不想跟你们说，不过，在心里我倒是在琢磨着一件事：会不会在神甫说第一遍'请众同祷'时，那供水塔就流出了水呢？"

"那对我来说，"面包师傅说，"可就是一个可怕的教训了，这会使我改变信仰的！到时候我也不知道该怎么回答我的妻子，说不定她会立刻逼着我去教堂里忏悔！"

"好家伙！"菲劳克塞纳挖苦地说，"这可是危险的信号。如果万一今天水来了，我就要多认识几位像他一样皈依宗教的傻瓜了，这样就会使我们整个村子变成教士的天下。那我这个村长也就肯定当不成喽！"

"那是肯定的。"卡希米尔说，"……奇迹肯定要出现！"

"奇迹么，"菲劳克塞纳说，"我才不相信有什么奇迹呢！不过我倒相信耶稣会的先生们会搞出些鬼名堂来的。"

"嗯，我也这么想！"小学教师一脸认真地说。

"那他们会怎么干呢？"贝鲁瓦梭先生不解地问。

"他们怎么干，谁也不知道。"菲劳克塞纳说，"他们是一些有学问的神秘人物。不过，我不相信他们会把巴斯第德村政府放在眼里，这区区小村怎么能使他们感兴趣呢！"

这时，教堂的钟声突然敲响了。圣•多米尼克神像放在神舆上，由昂格拉德的两个双生儿子、老梅德利克和巴尔纳贝抬着，出了教堂的大门。神甫先生跟在神舆的后边，身旁围着唱圣歌的孩子们。在神甫先生的后边，昂格拉德得意地举着神幡，他的旁边是从翁布雷村来的一个虔诚的信徒,圣•雷沃纳尔修道院院长。

修道院院长带来四个人,他们都戴着灰色风帽,把脸捂得严严的,人们只能看见他们的两只眼睛。他们的后边是昂日,他把一面饰有绣边的旗幡的旗杆插在腰带里。不信教的几个人见他这副模样,都开心极了,朝他笑着,朝他耸着肩膀。不过,菲劳克塞纳还是谅解他的,说:"为了他那供水塔,他不知道怎样好了。你们想想看,八天来他再没有来喝一杯酒!"

吕依沙戴尔村派来一个由老人和十几个圣母会的孩子组成的合唱队,由教堂执事带领着。

游行队伍很快就组织起来了。在神甫先生的指挥下,外加埃利亚山装成看羊狗,气势汹汹地吼着,人们排成了行列。

这时,昂格拉德现出焦急的神情,不停地朝他的四周张望着,好像在等着谁似的。忽然,他的脸上露出了笑容,原来是玛侬来了,她和小学教师的母亲一道来了。她的头发拢在带披肩的风帽里,跟在戴着宽沿草帽面带微笑的玛佳丽的后边。

玛侬低着头走着,可她感觉到了有许多人一动不动地站在那里。当她看见站在旗幡下面的人群和闪着金光的圣像时,不由得被这祭神游行的规模和庄严吓住了。她在心里想:"如果这些人知道我所做的事,他们会把我撕成碎片的。"然而,除了贝尔纳,永远也不会有人知道这件事的。另外,他就在那里,在露天座那里,必要时他会站出来,保护她的……恰在这时,贝尔纳一脸严肃,紧锁着眉头,睁大两只眼睛,在望着她。她猜想,他一定是费了好大力气才遏制住自己放声大笑的渴望。她低下了头。当她走过去,看见那个朝她转过身来,脸上明显地流露出亲切的表情,然而却是被她欺骗了的神甫先生时,她的心慌乱了……她那并不过分的虔诚,她那真心实意的信仰在谴责她,谴责她在制造一场虚假的奇迹,这可是让人们议论,并传之久远的事。贝尔纳会因此而笑话她;而那个在九重天上的圣·多米尼克正在望着他的犯有渎圣罪的信奉者,她不敢抬起头来望一眼那尊神像。

在走过昂格拉德面前时,昂格拉德激动地把手搭在了她的肩上。他满脸堆笑,眼里挂着泪花。

"小表亲,"他对她说,"来,跟我在一块!我们一起祈祷……"

这时,神甫先生领头唱起了一首圣歌,整个游行队伍应声齐唱起来,其中埃利亚山的吼声最为突出。游行开始了。当人们来到咖啡馆露天座前边时,贝鲁瓦梭先生表现出他思想的宽容,他站起身来,手中拿着他的巴拿马帽,深深地向圣像鞠了一躬。

游行队伍唱着圣歌离开了广场,开始绕着村子游行。人们停在田边,向人类的保护神展示人间的灾难。神甫先生为在灼热无比的太阳下、已经龟裂了的田地祈祷。玛侬不时地偷偷地朝村子的方向张望。她期望着能看到一个人——也许是小学教师——突然出现,用双手拢成话筒,朝着人们喊:"水来了!"

这时,面对着空旷的广场,不信教的人们继续着他们的对话。

"依我看,"贝尔纳说,"供水塔不会永远没水的。我的意思并不是说,这次祭神游行可以使我们重新获得泉水。我是说,不出这几天,水会流来的,说不定会很快。"

"我不相信。"菲劳克塞纳说,"我用三瓶贝尔诺酒跟您打赌,并且希望输给您。"

"一言为定!"小学教师说,"如果您同意的话,我甚至愿意跟您赌四瓶！"

"好，四瓶就四瓶！"菲劳克塞纳说。

"我赞同你们这次打赌。"贝鲁瓦梭先生说，"因为不管结果如何，我们几个人要把这几瓶酒喝光，并为失败者的健康干杯！"

贝尔纳不断地望着供水塔。他为它一丝动静也没有而感到奇怪。他在心里嘀咕："泉水为什么还不来呢？它停流一周之后会不会永远不能恢复了呢？"

游行的人们在村外哼着他们那单调的祈求上帝发慈悲的圣歌。一只知了在老桑树上孤寂地鸣叫着。不信教的几个人不知为什么，都闭上了嘴不说话了，个个显出不安的神情……忽然，菲劳克塞纳大声嚷嚷道：

"哎，哎！咱们不能就这么闲着啊！咱们还可以喝上它一杯，然后打几把牌！"

他们打牌打到第五把的时候，歌声由远而近了，接着游行队伍进了村子，然后人们围着神像站了一圈。大家都现出绝望的神情来。玛侬不安地用眼睛望着贝尔纳。不过，昂格拉德倒是一直微笑着的。

神甫先生用他那清亮动听的声音开始祷告，人群以感动天地的虔诚与之呼应。

就在这时，人们发现一个奇特的人物走了过来。

在黑色宽沿毡礼帽和漂亮的领带之间，是一张红润的圆脸，一个大鼻子竖在当中，两只大大的眼睛像煤块一样闪着光芒。他身穿一套宽大的蓝色天鹅绒夜礼服，手中提着一根镶银的手杖。

他像在舞台上表演似的,装模作样地穿过人群,来到第一排,站立在神甫先生的身旁,脱下帽子,以非常庄重的姿势向神像致敬,然后抬起头来,两眼望着天空,用他那洪亮清脆的声音,饱含深情地和众人们一起呼应神甫先生的祷告。

　　菲劳克塞纳满腹狐疑,问道:

　　"那个家伙是什么人?"。

　　"教士会会长。"贝尔纳认真地回答。

　　这时,人们看见昂日突然把他插在腰间的旗杠拔了出来,交到一个灰衣修士的手里,然后走近供水塔,把他的耳朵紧紧地贴在铜制水龙头上,向人们喊道:

　　"里面有动静了!"

　　低沉的祷告声立即停住了,在一片神圣的静寂中,昂日又把耳朵凑上去,谛听了一会儿。

　　他说:

　　"它喘气了!"

　　人们都靠了上去,听到了一股越来越强的喘息声。不信教的几个人不约而同地,像一个人一样,刷地都站了起来。

　　贝鲁瓦梭先生高声地问:

　　"怎么了?"

　　"水管子喘气了!"面包师傅回答说。

　　说完,面包师傅离开座位,跑到昂日的身旁。

　　菲劳克塞纳瞪起了眼睛。贝尔纳望着一直把头低垂着的玛侬。昂格拉德张着大嘴,把他那攥着旗杠的粗糙的大手握得更紧了。

在贝鲁瓦梭先生穿过人群，也想上前听一听的时候，供水塔的水龙头连着打了三个喷嚏，接着出现了一股细细的水流，水流被一股从管子里冲出来的气流吹起，改变了形状。接着，铜管子咳嗽了几下之后，水流突然变得粗圆了，冲击着贝壳形的石槽，供水塔又开始歌唱了！昂格拉德喊道："奇迹！"从翁布雷村来的虔诚信徒们显然被感动了，吼道："跪下！都跪下！"人群应声跪倒在地。而神甫先生则把两只手臂伸向天空，用他那浑厚的嗓音，向上帝致以庄严的谢意。

"为小菜园，感谢主，为果园、葡萄园和草场，感谢主……为今夜即将重新变绿的每一棵小草，感谢主！"

正当神甫先生向天主说着这些感激语言的时候，男人们突然向四处散去，仿佛有一颗炸弹即将在广场上爆炸似的。他们纷纷跑回各家的小储水池那里去了。只有抬着圣像的几个人和昂格拉德还坚定地留在他们的岗位上。

这时，一个洪亮而高亢的声音唱起了圣歌。这是那个陌生人唱的，歌词竟用的是拉丁语。神甫先生先是一惊，继而高兴起来，立即跟着唱，整个合唱队也跟着唱起来。陌生人转过身，背对着供水塔，把帽子夹在两个膝盖中间，挥动着两只胳膊，俨然像个合唱团的指挥，打起了拍子。欢快的谢恩颂歌充满了小广场的上空……

"我早就跟你们说了，"菲劳克塞纳说，"这是教士会的！这就是奇迹的组织者！他用拉丁文唱歌唱得比神甫还好！"

"你算了吧！"贝鲁瓦梭先生说，"这可不存在什么奇迹，不管是真的还是假的！……这纯粹是一种巧合，如此而已！"

"这个巧合妙极了！"小学教师说，"既然水来了，那我们正好就用村长先生输的四瓶贝尔诺酒来表示祝贺吧！"

"四瓶酒，我认了。"菲劳克塞纳说，"我就去给你们拿第一瓶。不过，村长的位置，他们休想得到！"

唱罢圣歌，在人们的静默之中，伴着供水塔那动人的吟唱，神甫先生为贝壳形水槽祈福，然后他转身朝着一直愣在那里的玛侬，在笑逐颜开的昂格拉德面前，也为她祈了福……她低垂着头，好像害羞的样子。神甫先生认真地说：

"真正的奇迹，是上帝在人们的灵魂深处创造的奇迹。"

神甫先生又转身朝着人群。尽管他看到的只是一些女人，他仍然说：

"弟兄们！让我们把拯救了我们村子的伟大的圣·多米尼克送回到他的神位上去吧！让我们在祭坛前再次感谢主的慈悲！"

神舆在前，神甫先生带领着一群女人向教堂走去。

玛侬仍然伫立在广场中间，她两眼望着流淌着的泉水，陷入了沉思。

那位陌生的歌手朝咖啡馆的露天座走过来。菲劳克塞纳一边为他的朋友们斟酒，一边说：

"哎，哎，你们看，他并不去教堂，想来个真人不露相！不管你们怎么说，这可确实是教士会的招数！现在，他刺探我们来了！"

陌生人在他们这一伙人前边站住，热情地打着招呼。

菲劳克塞纳立即发起攻击。

"您唱得太好了，先生，特别是宗教歌曲！看得出您是经常唱的喽!"

"但这并不是我的专长。"陌生人笑着说,"不过,在举行重要的宗教仪式时,我倒是常常给予协助的……我叫维克多·贝利索尔。"

他望着在座的诸位,想看一看他自报家门之后会引起什么反应,可是他们却都无动于衷。只有贝鲁瓦梭先生友善地回答说:

"认识您,很荣幸,先生。"

菲劳克塞纳把两手叉在腰间,扬起下巴,直盯着陌生人。

"我,"他说,"是这个村子的不信教的村长,奇迹并不能吓倒我。"

陌生人对他这话感到莫明其妙。而村长又以挑衅的口气补充道:

"恰恰相反!"

维克多·贝利索尔说:

"刚才我们看到的那场奇迹还是蛮有意思的嘛!我看不出有什么地方可以使人感到害怕的。不过,看得出来,在你们这个迷人的村庄里,我的名字是完全陌生的,那么,卡鲁索①的名字你们也肯定是不知道的了,我对他十分崇敬,但毫无妒意!"

"这么说您是歌唱家了?"贝尔纳说。

"是的,先生,是的。我还曾经红过一时呢!不过,没必要去说它了,何况我今天并没有得到热烈的掌声和欢呼。您也许可以给我提供一些情况吧……我是来找一个名叫布朗梯也的地方

---

①卡鲁索(Caruso,1873-1921),意大利著名男高音歌唱家。

的。您知道布朗梯也这个地方吗?"

"当然知道。"贝尔纳说,"这儿有一个年轻姑娘正好就住在那儿。"他边说边指了指广场上的玛侬。

"啊!"陌生人说,"是不是小玛侬?"

"正是她!您认识她?"

歌唱家高声地说:

"正是我要找的!"

说着,他转身朝着玛侬走去。玛侬不免大吃一惊,但看见贝尔纳跟在那个陌生人后边,随之放了心。

"姑娘,我来自我介绍一下,我是维克多·贝利索尔。是的,我就是维克多。"

玛侬从未听说过这个名字,不知道说什么好。不过男高音歌手又接着说话了。

"那您,您就是小艾梅·巴拉尔的女儿吧?"

"是的,艾梅·巴拉尔是我母亲的名字。"玛侬说。

"这样,您肯定听您母亲说起过我的。"歌手说。

玛侬忽然想起来了,激动地说:

"维克多!是您,维克多先生?"

"当然是了!"歌手回答道。

"妈妈给您写了很多信。"

"不下五十封!"维克多高声说,"她还不知道我现在在马赛,所以把给我的信都寄到巴黎喜剧歌剧院去了。她邀请我参加最迷人的晚宴,可她除了罗纳河口地区'布朗梯也宫堡'之外,再也没有给我其他的地址……为了找这个布朗梯也，我查遍了各旅行社的所有地图，又到邮局去询问……可毫无线索……因为这些信写得有点像诗，可又相当混乱，于是我猜想这'布朗梯也宫堡'也许是一个私人……疗养院……后来，也就是昨天，我收到了一封信，像往常一样，是从巴黎转来的，信封上的邮戳是翁布雷村邮局的。我没有费什么事，就在电话簿子里找到了它的位置。就在今天上午我赶到了那里。邮局的那位夫人建议我到巴斯第德村来打听。于是，我就来到了这里。走吧，去布朗梯也！"

这样一来，可使玛侬为难了。她赶忙说：

"我还不能马上回那里……我还要给我母亲买些东西……"

"好吧。"维克多说，"我就在这个咖啡馆的露天座这儿等您。我在这儿还可以喝点什么。"

玛侬给贝尔纳递了一个眼色，贝尔纳跟着她去了。他们一转过街角，她就低声说：

"我不知道我母亲都跟他说了些什么，可这个人以为他就要在一个宫堡里进晚餐了，这可怎么办呢？"

"真可笑。"贝尔纳说。

说着，他竟开心地笑了起来。

"我感到脸红。"玛侬说，"他就要看到她在骗他！"

"他是一个艺术家，他会理解这一点的。在路上，我来先跟他挑明。"

"嗯，行。可是，必须请他吃饭啊……他那么个大块头……在我们家里没有什么吃的东西。得有一些鸡蛋……西红柿……是不是？可我们很少吃这些东西……酒也没有……我得买些吃的才是。我这儿有一块金币，您想店里会收吗？"

贝尔纳笑了。

"我看，"他说，"咱们应该先去找我母亲！"

心地善良的玛佳丽听完儿子的解释之后，说：

"这很容易。一会儿你到地窖里拿上四五瓶酒，然后你再到第二个架子上拿三听沙丁鱼罐头，一罐醋渍小黄瓜和其他一些东西。走的时候，顺便到村子的面包铺里买些面包。我这儿有一锅红酒洋葱烧野味，正在火上煨着，八点钟左右我把它给你们送去。"

"噢！"玛侬说，"您走不了这么远的路的！再说，您也不知道我们家在哪儿呀！"

"我可怜的孩子，贝尔纳已经把你们那个漂亮的山洞指给我看了，我知道它在哪儿的。在山里走路，我什么也不怕，您就不必为我操心了。您先准备好西红柿摊鸡蛋，八点钟我准时到那儿。我这个人哪，就是好奇！首先我想见见您母亲。我也想看一看那个山洞。再有，和这位男高音歌手在一起说说话，会使我很高兴的……我特别欣赏男高音，可我总是只能远远地看着他们。除此而外，一个男高音歌手来到一个山洞，这可是一件不寻常的事。要是我们恳求他，说不定他会给我们唱一段歌剧的！去吧，你们走吧！别忘了买面包。"

他们在咖啡馆露天座找到了客人。他正在为菲劳克塞纳、庞菲尔、特意跑来的卡希米尔和兴高采烈的贝鲁瓦梭先生演唱歌剧《假如我是国王》中的一段抒情曲。他把最后一个音符拖得很长。在热烈的掌声中,他向人们表示谢意。

"路远吗?"维克多问。

"两公里。"贝尔纳回答说。

"那么,咱们坐我的汽车去,我把它停在村口空场那里了……"

"把车还放在那儿吧。"贝尔纳说,"因为一出村子,就只有狭窄的山路了。"

"走山中小道,那我太高兴了!"维克多高声说,"不过,装酒瓶的这个草篮还是让我拿着吧!"他从贝尔纳手中夺走了草篮子。贝尔纳肩上背着一个鼓鼓囊囊的挎包。

他们一出村子,就登上了山梁上边的那条小路。在路上,男高音歌手总是不停地说着。

"我是在巡回演出《维尔特》时,结识艾梅的……她当时非常年轻,是一个初出茅庐的姑娘。她有一副非常甜美的嗓子,适合在歌剧里唱女高音,但还没有定型,不过已经很动听了……她在合唱队里担任第一女高音,万一剧中女主角不能出场的时候,她就充当替角……有一回在卡斯戴尔努达利,我们的萨贺劳特,一个贪吃的女人——她的声音很美,唱起来像夜莺在猴子面包树上歌唱——闹了一次可怕的消化不良,原来吃猪肉炖扁豆吃多了。到土鲁兹①时,人们告诉我说,那些扁豆堵塞了她的高音音域,当晚要由小艾梅登台演出!在土鲁兹!请你们注意,那可是个大城市啊!"

他从口袋里掏出一块手帕,一边擦着他那已是汗珠滚流的额头,一边重复着"在土鲁兹!"

他长吁一口气,又接着说:

"人们把这件事通知我是上午九点,我正在刮脸。我对自己说:小姑娘要练习衔接唱词,我维克多·贝利索尔也要练习衔接。于是,我立即把她带到剧场,拉了一位钢琴师。我让她反复练习了整整一天。中午我们每人只吃了一份三明治……为了晚上的演出,我也豁出去了。好,亲爱的朋友,到了晚上,你们可知道晚上的情形吗?"

他停住脚步,把手杖插到地上,等待着回答。

贝尔纳微笑着说:

"当然,我们是不知道的。不过,您马上就会告诉我们的,不是吗?"

"好吧,我告诉你们:那天晚上,在土鲁兹,我们获得了成功!我不得不把第一幕的咏叹调和第二幕的抒情曲再唱一遍。在我把《月光》唱完时,剧场里响起了一阵阵喝彩声,观众又一连让我演唱了三遍!应当说,那天晚上我是非常兴奋的……这也许是我一生当中最美好的一个夜晚了。"

"那我妈妈呢?"玛侬急切地问。

---

①土鲁兹(Toulouse),法国南方城市,上加罗纳省首府。

"她一点儿也没有使我感到别扭。再说,她又是那么漂亮!不是吗,她被观众的热情弄得有点儿晕头转向了——尽管在一个地方,她有点犹豫,降低了声音,可在第三幕结束时,观众还是为她热烈地鼓了掌。演出结束时,在观众的呼喊和掌声中,我拉起她的手(说着,他拉住了玛侬的手),把她推到台前,向观众致意……于是,观众发狂了!从这一天晚上开始,我就对她产生感情了。"

他神秘地挤了一下眼睛,使他朝小学教师的那半边脸变了形。

"我又重新校正了她的声音;她的声音有点儿低,压在嗓子里。我们在一起巡回演出了好几次,我们演《玛侬》、《维尔特》、《拉尔梅》、《假如我是国王》……后来美洲把我召唤去了。"

他停住脚步,摇了摇头,然后接着说下去:

"我的意思是说,美国一个戏班班主为我提供了一个机会,让我做著名歌剧演员玛西亚洛娃的搭档。这个女人的块头特别大,像个火车头,她的声音也像火车头上的汽笛一样洪亮。为了让我跟她搭班子,人们给了我很多钱,她那汽笛一样的歌喉使美国人如醉如痴。我的歌声他们也喜欢。就这样,我娶了美国德克萨斯州的一个迷人的小姑娘做妻子,她使我尝遍了人间的酸甜苦辣各种滋味,后来她由于饮玉米酿的威士忌过度,死了,给我留下许多极为复杂的记忆,当然也有一笔相当可观的遗产。我又回到了法国。那时正是战争时期,我为战士们演唱。但是,我再也没有见到小艾梅姑娘。人家告诉我说,她一直做歌手,巡回演出,后来她发现了伟大的爱情,嫁给了一个银行家。所以,她写信告诉我她住在一个宫堡里,我并没有感到有什么奇怪!"

玛侬朝贝尔纳投去不安的一瞥。贝尔纳马上插话说:

"这就是说,她用一种想象使她自己处于幸福之中。因为她把一切都美化了……她把……她把……"

"她过去一直有点儿这个毛病。"维克多说,"从她给我的信上看,我觉得她这毛病变得更加严重了……"

"自从我父亲去世,"玛侬说,"她总是大白天做梦……"

维克多又停住脚,皱起了眉头,说:

"这样看来,你们是想告诉我布朗梯也并不是一个宫堡,是吧?那么,是一个古朴的别墅了?"

"也不是。"

"那再好不过了!"维克多大声说,"没有什么能比一座古老的农舍更美了!"

玛侬鼓起她的全部勇气,最后说:

"连一个农舍也不是。这是一个旧羊舍。"

维克多·贝利索尔突然煞住了脚,瞪大了眼睛,若有所思地低声说:

"一个羊舍?"

"是的。在一个山洞里。"玛侬说,"不过,我们把它整理得很好,还摆了些家具,就和住在一所房子里差不多……"

但是,大块头的维克多并没有听她说这些。他把他的呢上衣脱了下来,两眼凝视着天空,说:

"上帝啊,这一轮回算完成了!"

说完,他轮流地看了看两个年轻人,然后诡秘地说:

"你们太年轻,还不知道,可很多人是知道的。我从十岁到十七岁,也是个放羊的。是的,我在下阿尔卑斯地区的山里放过羊。那时我还不认识字。可有一天,著名歌唱家阿乐柴夫斯基听见我在村子的教堂里唱圣歌,于是就……"

他突然打住了话头,变换了语气:

"等到饭桌子上,我再把这一切讲给你们听吧。在这充满山野气息的团聚中,回顾这一段往事,这太有意义了,这太难得了!你们看得出来,一个羊舍就使我这样神魂颠倒了,因为过去有一天,一个茨冈人曾对我说过:'你从羊舍走出来,在一天晚上你会重新回到羊舍里去。'这太离奇了!难道你们不觉得吗?"

"真不可思议。"贝尔纳说。

"我碰到的许多事情都是很离奇的。"维克多说,"到时候,我给你们讲一讲,你们一定会目瞪口呆!"

"您现在还唱歌剧吗?"玛侬问。

"是的,有时候唱。不过,我应当毫不羞惭地承认,我已经力不从心了,我的好胃口使我发了福……就我这个大酒桶似的慵懒样子,不适合扮演维尔特或者德·格里约了……是啊,是不行了。再说,我也有了一大把年纪。我五十岁了,是啊,五十岁了……"

他悲戚地摇着脑袋,接着又突然说:

"为什么要说谎呢?我五十四岁生日早就过了,也就是说,我今年五十五了。至于我的嗓音么,我还没有让它失去。不过,有的时候……"

他迟疑了片刻,仿佛有难言之苦似的。接着,他又怏怏不快地说：

"有的时候，我只能唱中音了……是的，唉，这是男高音歌手命中注定的结局。那清亮纯净的鼻腔音随着年龄的增长变得暗淡下去，降到嗓子，然后降到胸腔，降到腹腔，最后降到脚后跟上去了，最终只好在《犹太人》中扮演希伯来老人，唱半低音了……我还没有达到这个地步，还没有……我还可以用相当漂亮的假声来演唱。不过，我应当承认，一气贯到底唱完一出完整的歌剧，我已经办不到了……这真令人遗憾。因为从各个方面看，我唱得比过去要好得多，我的意思是说……现在我才真正知道怎样歌唱……"

在维克多讲这些话的时候，玛侬在思考着这个男人和他母亲之间可能有的某些关系。正像大多数孩子一样，她对父母们的往日生活几乎是一无所知的。他刚才说她母亲当时非常年轻，是一个初出茅庐的姑娘；说他帮助过她，保护过她……她本人也常常在自言自语中，说她收不到维克多的回信感到十分奇怪，因为他是一个好心肠的善良人……玛侬注视着眼前这个陌生的男人，听着他说话，看着他比比划划。她觉得这个人有一点儿滑稽，他总是谈论着他自己。不过，他有一双孩子似的黑黑的大眼睛，她把她的友情交给了他。

他们沿着高耸的青石崖下边的斜坡向前行，快到布朗梯也了。落日的霞光染红了石崖的顶峰。从远处人们已经可以望见羊舍的后墙壁了。维克多停住脚步，望着眼前奇异的景色。

"真美！"他说，"拿这山谷作《浮士德》里瓦勒布日的夜景一定会收到很好的戏剧效果……这些岩石很像歌剧里的布景。这太奇妙了!"

这时,不见人影,人们却听到一个女人的声音在唱《玛侬》最后一幕里的长句。

维克多不由张大了两只眼睛,煞住了脚步,谛听了几秒钟之后,嚷道:

"是她!"

他突然把手中装酒瓶的草篮放在小路上,把他的手杖和礼帽扔在路边的小树丛上。艾梅这时正从笃耨香中走出来,怀里紧紧地抱着一束在山野里采撷的鸢尾花。她唱道:"啊!我可以死去了!"

他朝着她,急急忙忙地爬上山坡去,她也朝着他,走下山坡来。他唱着回答道:

"不,要活下去!从今后,生活中不再有磨难。我们两人相伴,双双走在开满鲜花的道路上……"

接着,他把她紧紧地拥抱在怀里,脸贴着脸,仿佛世界上只存在他们两个人。他们一起唱起了《玛侬》结束时的二重唱,这是爱情的呼喊。这呼喊在山谷里引起回响,不停地传向远方。两个年轻人伫立在一旁,倾听着,为他们二人声音的高亢和柔美而惊异,同时也为眼前这个不起眼的大块头男子汉的柔情而感动。

当两个年轻人走近他们身旁的时候,玛侬似乎认不出她的母亲了,她的眼睛里重新燃起了火焰。玛侬暗暗感觉到,这个女人为她的丈夫真是牺牲了一切。

维克多用绣边手帕擦了擦眼里的泪水之后,用世界上最爽直的口气说:

"你的声音有点降向中音了,不过,你还能很容易地发出高音'发',而且音色还很美……"

他举起食指,继续说:

"在尖音里力量有些不足。不过,我们会很快地把它恢复过来的……"

玛佳丽到来的时候,玛侬正在摊西红柿鸡蛋,贝尔纳在开沙丁鱼罐头,巴波迪斯第娜在往十几只乌鸫和斑鸫上包肥肉片,准备放在火上烤。在羊舍里,维克多帮助艾梅摆餐具,二人一起哼唱着《奥夫曼传奇》。

在饭桌上,男高音歌手的好胃口并不能耽误他说话……他给人们讲述他在美洲的巡回演出,说那些慓悍的印第安酋长们在听到维尔特死了的时候,竟个个伤心地落了泪;讲述他在墨西哥的成功,在费城获得的殊荣,他说一些绝代佳人亲自送到化妆室的十几束鲜花几乎使他喘不过气来。

玛佳丽张着嘴听着,艾梅兴奋地笑着,有时还高兴得鼓起掌来。

从进餐伊始,玛侬就用一种钦佩的目光望着维克多,不时被他敏捷幽默的语言逗笑了。不过,精明的贝尔纳有时发现玛侬的脸上掠过一片阴云。他认为这是因为歌手和她母亲的亲热使她心里感到不是滋味,她想到了她的父亲。接着,贝尔纳又很快发现有另外一件事使她担忧。

果然,维克多一边用拳头在有裂缝的桌子上砸扁桃,使桌子上的杯盘跳动起来,一边认真地说:

"现在,让我们谈谈正经事吧。这间羊舍是壮观的,是迷人的,是动人心弦的!今天晚上,我要裹上毛毯,在美好的星光下睡在它的门前,以此作为对我童年生活的纪念。但是,我不愿意把你扔在这里。不,这是不可能的。几个孤零零的女人在这荒山野岭里,说不定会发生什么事!"

"不,"玛侬说,"不会的!有昂卓和吉阿戈莫,他们总是在附近干活。有时也来这里几个人,但他们都是打猎的,或者拣蘑菇的可怜老人,这里也没有什么害人的野兽!在这儿,我们生活得非常幸福!"

"你自以为幸福,是因为你对外界什么也不了解。再说,你像山羊似的到处奔跑,像山羊一样的生活,而且你还不到十七岁。可对你母亲来说,这可完全是另一回事了。"

"这位先生说得很有道理。"玛佳丽说,"对于一个还年轻漂亮,而且有这么好的嗓子的女人来说,留在这样的山洞里,整天只能跟自己说话,这是一种罪孽!"

"我的打算是这样的:我现在是马赛音乐学院的教授,歌剧院合唱团团长。金钱上不能说怎么富裕,微薄的财产也不是我自己挣得的,这要感激我的亡妻密勒德莱。我有一套非常大的房子,有好几个房间,就在老港区,歌剧院的旁边。我和我的姐姐住在那里。她是一个非常可爱的老太太。明天,我就把你们娘俩安排到那里去。你在歌剧院的合唱团里唱歌,做首席女高音。夏天的时候,我们到娱乐场去演出。这个小姑娘么,需要给她一点儿文明教育。我给她请一位教师,教给她梳妆打扮,教给她跳舞,也许还应该教她唱歌。"

玛侬低下了头，放低了声音，说：

"我，进城去，要生病的，说不定我会死的！"

"你净说些傻话。"维克多说，"当你看到商店，五光十色的街道，剧场，歌剧院……"

玛侬急切地说：

"那我的狗呢？我的羊呢？我的毛驴呢？我的山野呢？"

她强忍住了泪水，没有让它流下来，可她的嘴唇已经颤抖了。

"维克多说得对。"艾梅说，"你还不能判断你不了解的东西……"

"应当各得其所才是。"贝尔纳说，"她性格天真未琢，思想像鸟儿一样自由，可你们却想把她放进笼子里。不过，从另一方面看，我倒是同意维克多先生的意见。你的母亲应当——如果她能做到的话——重新过一种文明的生活，因为这荒山野岭，对她来说，是毫无益处的，只能消磨她的才华……"

"这样说来，"维克多说，"问题可就难以解决了……"

"请您听我说，"玛佳丽突然说，"我倒有个主意。的确，这个姑娘确实不能一下子就改变她的生活。她看着城里车水马龙，人来人往，她会觉得不舒服，她会喘不过气来，她会在夜里哭泣，她会憔悴下去的……依我想，她能不能在村子里住上一段时间呢？这对她来说可以算作一个过渡。她会逐渐习惯看人，跟他们说话……隔些日子，她可以陪我进城去，顺便去看看你们，这样一点一点的，她就会习惯了。"

"我呀，"玛侬说，"我宁愿住到洛马兰去。"

"住到洛马兰去？"玛佳丽说，"不行。你可以把你的羊啊，狗啊，毛驴啊，放到那儿去，你什么时候想去放一放它们，你就去。可是，像你这样年纪的姑娘可不能一个人住在山里的农舍里。我们家里有地方，你就在我们家住些日子吧。你帮我做家务活儿，我教给你做饭，做针线，我什么都教给你。这样你还有什么说的吗？"

玛侬不作回答。她把拢在一起的两只手紧紧地夹在膝盖中间。她透过耷拉下来的发丝凝视着桌布。

"你呢，贝尔纳，你是什么意见？"维克多问。

小伙子扬起了头，笑了。

"如果她愿意到我家来住的话，依我的想法，那她就永远不要再离开了。"

说着，隔着桌子，他把一只胳膊伸了过去，把他那张开的手掌放在了山泉姑娘的面前。

玛侬滑稽地一耸鼻子，突然站起身来，逃到夜色里面去了。

三十一

菲劳克塞纳穿上了他那身只有拜见省长先生才肯穿的黑色礼服，肩上挎着他的红白蓝三色①绶带，头上戴着高顶黑色礼帽。他脱手而出的铁球在地上跳了三下之后，成功地靠近了中心点。围观的人报以热烈的掌声。然而卡希米尔却懊丧极了，他原以为自己已经稳操胜券了……这场一对一滚球比赛的裁判贝鲁瓦梭先生宣布："十四比十四。"

站在两厢，同样身着节日服装的观战者们十分欣赏贝鲁瓦梭先生那一身海军呢礼服，那条宽大的闪着珠光的领带，特别是他那顶丝织礼帽，帽子高得很，即使他从帽筒里拎出几只活蹦乱跳的兔子，也不会使人感到意外。

这一天既不是宗教节日，也不是星期天。这是四月份的一个晴朗的上午，是小学教师举行婚礼的日子。

在等候新郎新娘到来的时间里，村长和卡希米尔一看见装铁球的筐子，就经受不住它们的诱惑。于是，菲劳克塞纳褪下他的白手套，声言要给铁匠"来一次教训"。对方冷笑着接受了他的这一挑战。

现在两个人的比分是十四比十四，形势非常紧张，每个人只

---

①红白蓝三色为法国国旗的颜色。各级政府长官在举行庆典时须佩戴三色绶带。

有最后一次决定胜负的投球机会了。观战的人们个个屏住呼吸，焦急地等待着最后决战的结果。

正在这时，结婚的队伍出现了。

走在前边的是新娘，小玛侬。由于她穿上了高跟鞋的缘故，仿佛长高了许多，要不是她那一身传统的白色罗纱衣裙，要不是戴在她那金色头发之上的橙花编织成的花冠，人们从远处简直认不出她来了。那真正用鲜花做成的花冠是庞菲尔和卡希米尔送给姑娘的珍贵礼物。鲜花是昨天夜里，他们二人到翁布雷村公证人家，悄悄潜入庭院尽头的小温室里，从一株精心嫁接在酸橙树桩上的甜橙树上偷采来的。另外，为了纪念她心爱的山野，她在一串串白色的橙花中间，插上了四大朵紫红色的鲜花，这是从山上采来的岩蔷薇花，英国人管它叫"石玫瑰"，普罗旺斯人管它叫"刺梅花"。

在走下通往村政府的斜坡路时，玛侬用手拉住了维克多弯起来的一只胳膊。魁伟的维克多身披歌剧人物维尔特的宽大披风，披风在他脚上的那双锃亮的皮靴上飘荡着；皮靴是歌剧中尤汝莫驿站马车夫用的，光亮的程度比钻出水面的海豚还要令人眩目。在古时火枪手们戴的宽沿大礼帽的下边，他那一双漆黑的大眼睛闪着激动、得意的光芒。

走在他们后面的是新郎贝尔纳和他的母亲。玛佳丽穿着一套华贵的浅灰色衣裙，飘拂在宽沿草帽四周的轻薄面纱下面，她那姣好的面孔上一直挂着微笑。贝尔纳穿着一套崭新的礼服，身板挺直。可以看得出，那套新衣服一定是从"美丽花边"高级服装店买来的。另外，在他那硬领下翻的尖角下边，是一条海蓝色丝织领带，上面装饰着一小颗蓝宝石。这就是说，他们母子二人打扮得要比平日更漂亮得多。人们看得出来，他们自己也深知这一点，并以此为骄傲。

接着走过来的是昂格拉德。他为参加"表亲"的婚礼，特意买了一顶漂亮的灰色礼帽。

他理所当然地把弯起的胳膊递给了艾梅。艾梅的化妆，如果是在歌剧院登台演出，还略显不足，可对乡村的结婚仪式来说，却有些过于显眼了。不过，她的宽边遮阳软帽遮住了她那一双妩媚的眼睛……

最后，走在艾梅后边的是四位一律穿黑礼服戴圆礼帽的先生，这是维克多邀来的客人。人们很快就会明白邀请他们来的目的的。

菲劳克塞纳见他们已经来到了空场上，举起手，示意他们停下，并且喊道：

"稍等片刻，让我投出这战胜对手的最后一个球！"

他把他的高顶礼帽递给庞菲尔，把上身向后仰着，把手中的铁球放在眼睛的高度瞄了一会儿，然后，在一片静寂之中，他朝前跃了一步，接着人们便听见一记清脆的响声，他把对方的铁球砸离了中心点，于是响起了噼噼啪啪的掌声。

菲劳克塞纳谦逊地向人们致意，然后在他的带领下，大家朝村政府走去。

在途中，新娘突然挣脱了维克多的手臂，提起她那漂亮的纱裙,朝躲在一棵梧桐树后面的几个人跑过去,他们是昂卓、吉阿戈莫和巴波迪斯第娜。两个伐木工人穿戴得整整齐齐。但是,他们穿着那一身鲜艳的服装,仿佛成了两只大鹦鹉:橄榄绿的帽子,玫瑰红的领带,蓝色的礼服,浅黄色的皮鞋上饰有绿色的镶条。玛侬拉住他们一人一只胳膊,而穿着一身灰色衣服的巴波迪斯第娜却逃开了。贝尔纳连忙跑过去,把她追了回来,然后把她交给了几乎被浆洗的硬领勒得喘不过气来的庞菲尔。

结婚的队伍走进了用笃耨香和开着黄花的染料木点缀起来的村政府议事大厅。

学校里的孩子们也前来看热闹,但被埃利亚山拦在门外,不许他们进到神圣的地方去。他们在门外失望地喊叫着。不过,一个十分有趣的插曲,使他们的好奇心得到了补偿。

在门口,贝鲁瓦梭先生非常优雅地向新娘致意之后,把他那顶美妙的丝织帽子夹在了胳膊底下,用力一挤,把它压偏了,几乎成了一张大烙饼……孩子们被他这突如其来的一手吸引住了,都跳到窗口,把鼻子贴到玻璃上,想看一看他后来怎样。只见他大模大样地走过去,坐在椅子上。当村长发表讲话的时候,他怪模怪样地用他那压扁了的帽子往脸上扇着风。

在同一时间里,在乌高林死后,被岩蔷薇和野茴香包围起来了的马沙冈农场的房后,阿伯孤零零地一个人,在用他的手杖拨弄着那些疯长起来的野生植物。他身穿一套黑色天鹅绒礼服,头戴黑礼帽,打着黑领结。他不时地弯下腰去,把手伸进荆棘丛中,拔下一把红色的或者白色的康乃馨花。那是乌高林服役归来后栽下的第一批插条留下来的后代。那些康乃馨是自然地繁衍下来的,花朵虽然很多,但很小,特里莫拉先生肯定拒绝收购的。忽然间,老头子惊疑地抬起了头:教堂里响起了庆祝婚典的钟声。他用酒椰细枝把采下来的康乃馨花缠了几道,扎成了一个花束。

村长的讲话赢得了人们长时间的鼓掌,特别是贝鲁瓦梭先生,因为他是这篇讲演稿的作者。讲话中令人回忆起"那位属于村子而没有得到自己人支持的人"的一小段以及"想到那失去的珍贵友情,所有巴斯第德村人无不感到沉痛的愧疚"这句话,使玛侬被深深地打动了。

在人们走出村政府议事大厅时,孩子们再次惊奇地目睹了贝鲁瓦梭先生的一个新的绝招。他们固执地一直在门口等着他,原想看他的笑话:当他想把他那顶滑稽地挤扁了而他并没有注意到的帽子戴到头上去的时候,他肯定会大吃一惊的!然而,大吃一惊的不是贝鲁瓦梭先生,而是他们自己。只见贝鲁瓦梭先生一边跟昂格拉德说着话,一边顺手把夹在胳膊下边的黑烙饼拉了出来,用手指一弹,砰地一声,它竟又变成了一顶崭新的帽子。贝鲁瓦梭先生麻利地把它扣到了头上,连他跟昂格拉德的谈话都没有停顿。

教堂里的结婚仪式进行得非常成功。

玛侬要不是脸上红一阵白一阵的话——当然,这对新娘来说，是很相宜的——她几乎不露声色。新郎贝尔纳显得更加镇定和严肃。而玛佳丽却抑制不住自己，哭了。这也是很自然的事。艾梅和维克多并没有留在新郎新娘的身边，他们在廊台上，在管风琴的旁边，和他们那几位神秘的客人在一起。

四位客人中，那个小个子老头儿是一位管风琴演奏家，他向巴斯第德村的村民们展示了管风琴这种古老乐器的真正音色。其余三位是马赛歌剧院合唱团的优秀歌手。他们那富有艺术造诣的声音和谐地与管风琴的低音相配合，更加烘托出维克多的歌喉的高亢和艾梅那女高音的天使般的优美。小教堂的拱顶先谛听到他们的歌声，然后它将这歌声再传达给信男信女们，仿佛这神奇的音乐真的是从天而降似的。后来，贝鲁瓦梭先生评论说，这次唱经弥撒即使放在一座大教堂里，为王子举行婚典，也会为之增辉的。

当人们走出教堂，新郎贝尔纳来到教堂前的空场上向孩子们一把一把地抛撒十个苏的硬币时，阿伯出现在广场的尽头。他用左胳膊把一大束红白相间的康乃馨花抱在胸前，朝着教堂这边走来。

他没有挂手杖，人们清楚地看到，他为了使自己脚步迈得稳，费了很大的力气。他的到来是出乎人们意料的。看着他穿着新衣服，态度严肃，人们以为他是来表示和解，把那束鲜花献给新娘的，新娘也许会因此而邀请他参加婚宴。孩子们停止了奔跑和喊叫，在场的人们也都不再说话，一动不动地站在那里。玛侬见此情景，感到不安和局促，紧紧地捉住她丈夫的胳膊，悄声对他说："我真不知道该对他说什么……"

然而，老头子连看也不看一眼地从人群前边走过去了。他两眼直直地望着远方的地平线，一把沉重的铁钥匙在他的右手里闪着微光，那是开墓地大门的钥匙。

参加婚礼的人们一声不吭地看着他走下村头的空场，看着他头也不回地一直朝墓地走去。

他拖着沉重的两腿和他的苦闷，孑然一身，显得那样孤独。但他却高傲地挺直身板，把苏贝朗家最后一个人的那颗僵化的脑袋高高地扬起。

三十二

一年过去了,村子里还是老样子,巴斯第德村人的思想并没有什么改变。不过,小学教师贝尔纳,特别是他的妻子玛侬已经赢得了大家的友情。因此,村长头上戴着丝织礼帽,手上戴着白手套,亲自到马赛省政府去,请求教育监察员取消安排贝尔纳·奥利维叶先生到拉博姆任教的决定,并请求在原地给他晋升一级。这两项请求得到了有关人士的同意。

玛侬的母亲与善良的维克多结婚之后,住在马赛一幢很大的房子里,房子在老港区,离歌剧院很近。他们夫妇俩沉浸在幸福之中。

玛侬经常收到下面这样的报喜的书信。

我亲爱的孩子:

我告诉你一些有关你母亲的情况:她的身体很好。顺便告诉你,在扮演《维尔特》里的阿乐贝尔这一角色中,我竟出其不意地超过了利卡多·高乐道尼。我已经完全适应唱男中音了。我毫不夸张地对你说,我获得了非常出色的成功。我们有时竟要谢幕八次!你母亲的声音盖过了所有的合唱团歌手。道理很简单,因为观众只欣赏她的歌喉。

> 吻你。

> 又及：你看没看见我们登在《小普罗旺斯》报上的照片？你妈妈漂亮极了。第二排从右数第七个人就是我。

> 星期四我们上山去，带着羊腿、块菰、奶油果子饼和香槟酒，到你们那儿吃午饭。在马赛谢幕八次等于在巴黎十五次！

不信教的人们照常在咖啡馆的露天座那儿聚会。不过，他们当中增加了一个重要成员：神甫先生。开初，他只是在路过时，站着跟他们说上几句话，后来，竟跟他们坐到一起闲聊了。这是一个快活的伙伴，只是他在场的时候，人们的谈话不得不有所收敛，起码在晚祷之前不能信口开河。

不久，庞菲尔和卡希米尔去听星期天的弥撒了，说这是"礼尚往来"。

贝鲁瓦梭先生更换了女佣人，确切地说，女佣人更换了主人。她去马赛了，说是在一个"野蛮人"的村子里，她对一个老吝啬鬼的古怪脾气再也忍受不下去了。

她同时也更换了职业。

新来的女佣人年方十八，是一个什么都不在乎的迷人的姑娘。有时她竟用"你"来称呼她的主人，常常还放肆地直呼其名，叫他让。对这些，贝鲁瓦梭先生十分宽容，说："她还是个孩子……"

阿伯变得更加老迈了。他几乎不再干什么活计了，他的在山谷里的葡萄地由庞菲尔代他侍弄。但是，他每天上午都要上山，到马沙冈去侍弄那三畦康乃馨；每逢星期天，他都要把一束康乃馨花送到乌高林的墓上去。另外，他每天都到露天座来，和人们一起玩纸牌，也不再抱怨了。不过偶尔也有例外。有一天傍晚，玛侬路过时，朝她的丈夫笑了笑。当人们看着她走远了的时候，菲劳克塞纳说：

"她真是越长越漂亮了……"

小学教师因此而得意洋洋。

但是，阿伯在一旁嘟哝道：

"她过去也是这么漂亮啊，所以我们倒了霉！"

一颗浑黄的老泪一直滚落到他的花白胡子上，他抽噎了两下，又说：

"唉！成功的诀窍是什么呢？"

人们把巴波迪斯第娜安顿在洛马兰了，还有山羊、毛驴和吉尤塞普那几把大斧子。她照常过着她的游荡生活，在山上采草药，在家里做奶酪。洛马兰的那片土地由昂格拉德的两个双生儿子耕种。他们放弃了康乃馨，因为栽种那东西太费心思，另外那是"一种非常细微的活计"。有那眼泉，他们哥俩像老卡穆安一样，在那里又重新种上了蔬菜。到了收获旺季，他们赶着装满新鲜蔬菜的骡车下山去，送进欧巴涅镇的市场。

每逢星期四或者星期天，玛侬、贝尔纳和玛佳丽常上山去，和巴波迪斯第娜一起吃午饭，不过吃饭时，巴波迪斯第娜还总是坐在壁炉的旁边。

有的时候,依依相恋的两个年轻人天一放亮就上了山。贝尔纳继续为他的"学校展览室"寻找各种石头;这个展室曾得到省政府小学教育监察员先生的嘉奖。玛侬去张套下夹子(她说:"要像过去一样。")。然后,他们相约到老花楸树下吃午饭。每次上山,玛侬总是在她的挎包里装上一小瓶奶,这是为大"无双"准备的。可是,大蜥蜴似乎有一种潜意识反应,只要有英俊的贝尔纳在玛侬的身旁,它就不肯爬出它的洞穴。于是丈夫只好离开,脸上还要装出宽容的微笑,可是在他的内心深处,却为此十分恼火。

有的时候,木匠庞菲尔背着猎枪,陪着他们一起上山。由于那两个黑色的箭头,玛侬对他抱有一种真正的好感。在玛侬攀上高大的松树,朝着她丈夫的脚下抛松塔果的时候,庞菲尔用百里香的枝叶笼上火,烧烤着羊排或者香肠,准备着野餐。

但是,到了九月份,他们不得不放弃上山了,因为玛侬开始向后仰着身子走路了。庞菲尔独自一人,偷偷地去吕依沙戴尔的教堂,献上一支大蜡烛,祈求上帝,保佑玛侬的孩子不是驼背。

三十三

就在这一年里,德莱菲娜老太太回到了村里。

她是管水员昂日的姑母,早年间嫁给了梅德利克家那个在马赛做海关职员的儿子。她的丈夫积攒了不少钱。后来他又得到了退休金,这说明他的理想得到了充分的实现。他们夫妇俩一直在一起幸福地生活着,直到两个人的头发都白了。但后来,不幸的是,可怜的德莱菲娜两只眼睛逐渐看不清东西,最后失明了。多亏丈夫对她百般照顾,帮助她承受住了病魔对她的折磨。可是,过不多久,他竟然在他们金婚纪念的那一天先她而去了……于是,德莱菲娜带上不多的积蓄和丈夫的一半退休金回到老家来,住在她侄子的家里。她的侄子非常欢迎她的到来。

德莱菲娜身材高大,可这时已经是骨瘦如柴了。庞菲尔说,她要是站在无花果果树园里,会是一个出色的假人,鸟雀见了肯定会被吓得飞走的。孩子们见了她也都害怕,因为在她那张像男人一样的大脸盘上,纵横交错的皱纹,自从她丈夫一死,就永久地凝固不动了,她那张脸成了一个大理石一样又白又硬的假面具。

每天下午,她的侄媳妇,漂亮的克雷莱特把瞎眼的老太太领到村头的空场上去,把她安顿在一个凳子上,让她晒太阳。

她总是戴着一块绣有花边的黑头巾,把她那全白了的头发盖上,用一个也许是真金做成的别针把头巾的两个角在下巴颏底下别紧。在肩上披着一件已经有点磨损了的黑天鹅绒短斗篷。她把两只手叠放在手杖的圆头上,静静地沉思着,谛听着从她孩提时代起就熟悉了的,至今仍然没有什么变化的从村子里传出来的各种声音……差不多所有过路的人,都要停住脚步,跟她聊上几句话。阿伯是早就认识她的,现在经常来跟她坐在一起聊天。他们一起回忆过去,说起什么时候用粮食喂食的母鸡一对才卖十二个苏,哪一年风调雨顺年景好,讲着他们头发还没有变白的那些年代的事……

在一个秋天的傍晚,他们把脊背转向西沉的太阳,让最后的阳光温暖着他们的肩头。他们像往日一样,闲聊着。

阿伯讲起他在非洲当兵的日子,讲着在土坑里烧烤全羊,讲着阿拉伯的小姑娘们伴着笛声和鼓点跳着的晃动肚脐的舞蹈。老太太默默地听着。然后,她把那两只瞎了的眼睛转向阿伯,说:

"晃肚脐的舞蹈确实够美的了,可你在那里的时候,却做了一件大蠢事啊……"

"我?"

"是的,是你,我说'一件蠢事',实际上差不多是一件罪孽!"

"什么蠢事?"

"我不相信你会把它给忘了。"

"可我不知道你想说的是什么。在那儿,所有的长官都喜欢我,他们还奖给我一块勋章呢!我受了伤之后,他们还把我晋升为上士。"

"这，这是另外一码事。我呀，我想到的是你收到的一封信。"

"什么信？"

"一封应当回复的信。可你，却没有回信。"

他望着她，把他那两道浓密的花白的眉毛皱到了一块。

"谁寄的信呢？"

"好啊！"她说，"我明白了，你是不愿意跟我说起这件事。哼！你以为我不知道呢！"

"德莱菲娜，我向你起誓……"

"你这个不信教的家伙，还起什么誓！请原谅，我让你想起了使你不高兴的事。啊——我听见克雷莱特来了……过来，我的孩子！现在有些凉了，最好回家去烤烤火。再见吧，塞扎尔。明天见。请你放心，我永远不会跟别人提起这件事的，我也永远不会再跟你提起这件事了！"

阿伯回家之后，想了很久。谁能给他往非洲寄信呢？在那里，他只收到过他父亲的三四封信，告诉他一些关于收成、骡子、狗和家里人的情况。母亲有时在信后加上几句问候的话，就是这些内容……昂格拉德曾经给他寄过一两次明信片。除此之外，还能有谁给他写信呢？——没有人了。绝对没有人了。德莱菲娜肯定是搞错了。要不，她是为了故意为难我，才编造出这样的话？或者，她的头脑开始紊乱了？……像她那样高龄的人，这不是不可能的。然而，阿伯很快就否定了这些轻率的解释。他清楚地知道，德莱菲娜从来不是一个随便瞎扯的女人。她的记忆力也还很好。

他认为，这里面肯定有什么事情。可到底是什么事情呢？

躺在床上的时候，他忽然想起来了。对了，他还收到过卡斯达涅的一封信。卡斯达涅是一个出了名的酒鬼，父亲曾经借给过他钱，可他拖着一直不还，因而家产受到查封的威胁。

这个卡斯达涅在信中哀求他对老头子说几句话，并且声称，要是他的家产真的被查封了，他就去寻死。他不相信这些鬼话，也不屑给他回信。可是，两个月之后，父亲在来信里，在说起两件微不足道的小事情中间，带了一句，说卡斯达涅上吊死了。

"德莱菲娜想说的要是这个，说真格的，这又算得了什么事呢！"

第二天早晨刮脸的时候，他又接着想昨天晚上想到的事。

"再说，"他自言自语道，"人家借给你钱，自然你要还的。就是我给卡斯达涅回了话，就是我给父亲写了信，这又有什么用呢？老头子比我还要固执，何况他又有道理！"

下午五点多钟，阿伯在村头空场上找到了德莱菲娜。

"听脚步声，我就知道是你。"她说。

"你的耳朵像眼睛一样灵！"

"可这耳朵怎么也顶不了眼睛啊，塞扎尔，这是顶替不了的……"

"哎，德莱菲娜，昨天你跟我说的那封信，我想起来了。"

"是啊。"她说，"你本来就用不着怎么去想的。可是，既然这件事使你感到心里不安，那么，咱们就说点儿别的吧！"

"可这有什么使我不安的呢？卡斯达涅那个家伙本来就不

值得同情。再说,也不是我把他吊死的。他总是喝得醉醺醺的,所以就……"

"看起来,你还想继续装作没事人一样,可这只能浪费你的时间,说明你这个人很虚伪。你说的那个卡斯达涅,我甚至都记不起来他是谁了。我要跟你说的并不是这码事!"

"那么,是谁给我写信了呢?"

"你知道得很清楚,因为你是不能把这件事忘记的!"

"德莱菲娜,我们的前边就是教堂,我看着那上边,在钟楼上边的十字架。好,在这个十字架前,我向你发誓,我并不是在装相,我向你发誓,除了我父亲、昂格拉德和卡斯达涅之外,我确实没有收到别人的信。"

老太太把她那瞎了的两眼转向他。

"唉——"她说,"这真是罪过啊!"

"为什么?"

"你再起一回誓,保证没对我说假话。"

"我再次起誓,我绝对没有说假话。告诉我,是谁给我写信了?"

德莱菲娜迟疑了一会儿,然后朝阿伯侧过身来,悄声说:

"弗洛莱特。"

阿伯身子一抖,急切地问:

"是弗洛莱特·卡穆安?"

"你清楚得很,没有第二个。"

"你敢肯定她给我写过信?"

"是我亲手把那封信交给邮差的,因为她不愿意让别人知道这件事。"

"德莱菲娜，我在上帝面前起誓，这封信我确实没有收到……她的信，我怎么能够忘记呢！要是你想知道实情的话，我可以告诉你，可我从来还没有对任何人说过：直到如今，我还保留着她的两封短信，是用铅笔写的，字迹已经模糊了，还有她的一个黑色头发卡子。是的，她的这些东西我还都留着。可是，在我从非洲回来的时候，她已经不在村子里了。她和克来斯班的那个铁匠结了婚，那时她已经有了一个孩子了！"

德莱菲娜把两只手合在了一起。

"可那封信，"她说，"怎么可能丢失了呢？"

"你可知道，那时在非洲，我们经常换防，不是驻扎在偏僻的村子里，就是驻扎在山上……有时收不到给养，甚至连弹药也补充不上……信件当然就更容易丢失了……你说的那封信，要是我接到了，我肯定会牢记在心上的……"

老太太把头垂了下去，说：

"这，要是真的话，这太可怕了！"

阿伯悄声问道：

"你认为她那时还爱着我吗？"

"蠢话！"

"可她从来没有向我表白过。甚至在……有一天晚上，在跳舞回来的路上，她还装出一副瞧不起我的样子。"

"她的脾气就是那样。可跟我，她可把什么都对我讲了。我知道，她爱着你。她写的那封信，我读过的。"

她沉默了很久，仿佛在回忆那逝去的往日。阿伯突然失去了说话的勇气，把脖子缩进肩膀里去，低垂着脑袋，好像在等待着一块石头从天上落下来似的。最后，她低语道：

"她在信里跟你说，她爱着你，并且永远只爱你一个人。"

阿伯不自觉地轻咳了三下，然后问：

"还说些什么？"

"她说她怀孕了。"

"什么？"

"是的，她怀孕了。大约在你走后三个星期吧，她觉察到了……所以她在信里跟你说，要是你给你父亲写信，他答应你娶她，那她就等着你……那样，她就可以把你的信拿给全村人看，堵住人们的嘴，也就再没有人会嘲弄她了。"

阿伯想站起身来，可刚一起身就又一屁股坐在凳子上了。他声音颤抖地嘟哝着：

"德莱菲娜，德莱菲娜，你肯定她……"

"我跟你说过了，我读过她的信。甚至可以说，那封信是我帮她写的……那些日子，她再也睡不着觉了，可怜的姑娘……后来，她想用草药把那个孩子打掉……她又到山上去，从大石头上往下跳……可那孩子就是下不来。她真是恨死你了。一气之下，她到欧巴涅去跳舞。在那儿，她认识了一个漂亮的高个子年轻人，就是克来斯班的那个铁匠。她嫁给了他，为的是能够离开村子。可后来，没有人知道她的这个孩子是什么时候生下来的……"

"他生下来了？……还活着？"

"是的，活着。不过是个驼子。"

阿伯一时间感觉到有一股寒流从丹田升起，他的心脏也一下子在僵硬了的胸腔中膨胀起来。他并没有感觉到哪里疼痛，可是，他再也喘不上气来了。

瞎眼老太太继续说：

"开始的时候，她给我写过好几封信。她告诉我说，她的丈夫是一个了不起的人，说她的小儿子非常聪明……她希望孩子在成长过程中，会变得和其他孩子一样。后来，我结了婚，住到马赛去了……人一离得远了，也就很快互相忘记了……她不再给我写信，我也没有再收到过她的信……人家告诉我，说她已经死了，她丈夫也死了。可那个男孩子，我不知道后来他变成了什么样。他还应该在克来斯班。你应当看看他，塞扎尔。他在这个世界上，是一个孤零零的人了。你很富有，说不定他需要你的帮助……"

她不再说了，坐在一动不动的阿伯的身旁，长时间地沉默着，仿佛她不存在了似的。

教堂的钟声缓慢地敲响了，该是做晚祷的时候了。只见两个身材矮小的老太太急匆匆地来到了空场上。其中一个嘻笑着说：

"好哇，德莱菲娜，你个贱货，慈悲的上帝在召唤你，可你却在这儿，跟这个老鬼调情，这可不怎么样！"

德莱菲娜站起身来，说：

"这可不是我的过错！是克雷莱特来晚了。我的朋友，把你的手递给我……明天见，塞扎尔。我就去为你祈祷。"

两个小时之后。

小学教师先生从联谊会走了出来。刚才在那里，他给村长菲劳克塞纳讲解了《政府公报》上《关于在村政府管辖范围内建立公共放牧场的权限规定》中几段难懂的文字。

天早已经黑了。从昏暗的天空中飘洒下来的毛毛细雨,在路灯的光线里,似乎成了黄色。夜风吹刮着地上的落叶,在打着旋儿。

小学教师用一只手按着扣在头上的帽子,沿着空场边上急急忙忙地跑着。他急着回家去看他那心爱的妻子。可是,忽然间,他放慢了脚步,然后竟停了下来:他在一个石凳上看见了一个黑影。他走了过去。

原来是阿伯,他孤零零地一个人坐在那儿,在雨中淋着……他一动不动,把下巴放在叠在手杖圆头上的两只手上。他已经缩成一团了。

"晚安,阿伯……您不舒服吗?"

老头子应声抬起了他那蜡黄的脸;在他的黑礼帽下边,这张脸好像在雨水中浸洗过一样。他的嘴在白胡须下边半张着。

"别待在这儿了。"贝尔纳说,"来吧,我送您回家去。"

他帮助他站起身来。

"请您扶住我。"贝尔纳又说。

阿伯拉住贝尔纳的胳膊,仿佛拉住一个老朋友一样。老头子垂着脑袋,抽抽噎噎地呜咽起来。

"您哪儿痛?"贝尔纳关切地问。

可老头子只管抽噎着,已经无法答话。

他们俩从一个竖起的梯子旁边走过。梯子的顶端站着昂日,他正在点燃路灯。

昂日在高处说:

"你们好！不舒服吗？"

阿伯好像没有听见。小学教师回答说：

"是啊，他病得很厉害。我把他送回家去。"

"喝上一剂加点烧酒的汤药，他就会好的……阿伯，你得多加小心，你这么一大把年纪了，一股小穿堂风就可能把你这盏灯吹灭！别犯傻了，赶紧回去躺下吧！"

走过他家院子时，老头子站住了。他从头到脚都在打着哆嗦。

"我想，"贝尔纳说，"最好给您请一个医生来吧，如果您愿意的话，我马上就去给翁布雷村的医生打电话。"

阿伯用低沉嘶哑的声音回答道：

"不必。谢谢。我自己知道我怎么了，我知道……我知道的……"

正在等着老头子回家来的哑巴佣人在门口出现了。她走下台阶，迎上来，嘴里哎呀呀地小声叫着。她捉住了老头子的胳膊，把他拖进屋里去了。

第二天，菲劳克塞纳看见阿伯穿戴得整整齐齐，走出了家门。在他走近咖啡馆时，菲劳克塞纳不由发出一声惊疑的尖叫，说：

"啊！阿伯，你这是怎么了？"

只见老头子的脸瘦小了许多，原来灰白的头发现在全变白了，像一片雪。

他说：

"我到翁布雷去一趟。我有些事情要到那儿去办。"

说完，他趔趔趄趄地走了。

菲劳克塞纳迷惑不解地想道：

"他发生了什么事？肯定是发生什么事了！"

站在作坊门口，吸着香烟的庞菲尔招手把他叫过去，说："你刚才看见阿伯了吗？他那脸色跟死人一样！"

从这一天开始，人们看见阿伯每天早晨都去参加七点钟的弥撒。

"这可不是什么好迹象……"庞菲尔说，"我想我该尽快给他做棺材了！"

面包师傅家的后窗户朝着山谷，面包师傅看见他差不多每天都上山，到马沙冈去，而且直到傍晚才下山。

面包师傅的妻子说：

"他让我看着心里难受。他上那儿去，是因为他思念他的侄子。现在只剩下他孤零零的一个了，这个可怜的人……他的腿脚也不灵便了……"

几天之后，他似乎又有了力气似的。人们看见他又到村头空场上去，和德莱菲娜瞎老太太坐在一起。每天傍晚，他总是让德莱菲娜给他讲关于那封信的事，讲弗洛莱特对他的私情。可他自己却从不向德莱菲娜吐露什么。

每天早晨，人们总见他坐在面包店附近，眼睛特别灵的面包师傅的妻子发现他坐在那儿是等着看玛侬去买面包。他两眼直勾勾地盯着她看。当玛侬走开时，他就跟在她的后面，像被她迷住了似的。

有一天，面包师傅的妻子对丈夫说：

"哼，好哇！那个老家伙竟然追起姑娘来了！"

面包师傅耸耸肩膀，说：

"你是想说他老糊涂了吧！"

在圣诞节的前一天，阿伯把神甫先生叫去，让给他做临终圣事。

他躺在床上，脸色煞白，两颊凹陷，可他讲话时却像平时一样，两眼的目光也是明亮的。

"我亲爱的朋友，"神甫先生说，"我一点也看不出你有要死的迹象。"

"可我自己却看见了死神。我知道今天夜里我就要走了。"

"您怎么能这样想呢？"

"我要死，因为我已经没有了生的乐趣。请您马上听我的忏悔吧。你会看到，我该是多么需要忏悔啊！"

"您可知道，"神甫先生说，"自杀是一种永远不可饶恕的罪孽吗？"

"我并不需要自杀。"阿伯说，"我只要自然地死去。请您听我的忏悔吧，并且请您给我做必不可少的安魂祈祷。"

神甫先生在苏贝朗家的老屋里停留了很长时间。从里面走出来时，脸上现出沉思的模样。

这时天色已晚，刮起了嗖嗖的小北风。菲劳克塞纳、昂日和庞菲尔两手插在裤兜里，缩着脖子，耸着肩膀，站立在房门前。他们是来探听消息的。他们向走过身旁的神甫先生打过招呼后，庞菲尔走上几步，去敲门。

门并没有打开。只见哑巴佣人的脸出现在一块玻璃的后边，她把她的脸颊侧着放在合起来的手上，向人们示意他睡了。于是，他们三个人又回到联谊会去玩纸牌。

当敲响子夜弥撒的钟声时，阿伯悄悄地从床上爬了起来。他写了一封长信，之后，他仔细认真地刮了脸，梳理了他那白雪似的头发。接着，穿上了他的最漂亮的衣服：黑天鹅绒套服，绣有老式花边的呢背心，饰有丝球的领带。他把他的金戒指戴在小拇指上，又用双手擎起了一串念珠。完了，他又躺回到他的床上去了。

第二天上午，人们得知玛侬的孩子出世了。但只知道是个男孩儿，其余的就什么也不知道了。不过，十点钟左右，人们看见小学教师出来了，他代替他母亲来买面包。可人们看得出，来买面包，这仅仅是一种借口。其实他是来接受人们祝贺的。他自己也表现出十分得意的样子，好像这个孩子是他自己生的一样。女人们对此颇为反感。

他告诉人们，他的儿子是在圣诞节这一天早晨五点三十五分出世的，仿佛这是一个非常重大的事件似的。接着他又满面春风地透露说，从翁布雷来的接生员估量这个男孩的体重有四公斤多。孩子有一双蓝色的眼睛，像他的母亲；长着金色的头发，也像他的母亲。可除此而外，孩子的长相完全和他的祖父，也就是小学教师的父亲一个样。孩子的祖父是蒙特里叶那个地方的人，黑色的头发，棕色皮肤，他的儿子，小学教师先生仅仅在照片上看见过他。然后，小学教师郑重地补充说（仿佛在讲述一个非常好玩的细节）：婴儿的脊背是非常平展的，出生时就像一封信通过邮筒口似的，当然是从里往外了！听他这么一说，面包师傅的妻子也讲起了她女儿出生时的困难。说孩子生下来的时候，身子又细又小，可脑袋却非常大，她以为自己生下了一个比尔包开球，可不是么，连那条细绳子都不缺。可是，等长到十二岁，她已经变成一个漂亮的姑娘了。

小学教师先生很不赞成她的这种说法。他心里想，要是人们接受刚生下来的丑婴儿以后都会变美这样一个观点的话，那么势必会得出一个这样的结论：生来漂亮的婴儿将来都要变成丑八怪。于是，他十分自信地对人们说，他儿子的形体从人体解剖学的观点看，是非常完美的，那么，随着年龄的增长，他将会变得更加漂亮。接着，他又谦虚地补充说，这并不能归功于他，这是一件由命运决定的事。可是他脸上的微笑说明他在故作谦虚。人们看得出，他在为有这么一个孩子而沾沾自喜，好像人们从来没有见过这样漂亮的孩子似的……

正在这时，庞菲尔走进了面包店，手里拿着他的木匠尺子。他告诉人们说阿伯死了。可这个不幸的消息并没有使人们感到意外。

"我刚才去给他量了一下身长。"庞菲尔说，"我原先估计他有一米七五，可实际上他只有一米六八。还好。要是我把尺寸给弄颠倒了，那他就得蜷起两腿躺进去了，那他会觉得不舒服的。"

"他在夜里死的吗？"小学教师问。

"是的。"庞菲尔说，"在五点钟到五点半钟之间吧。八点钟，当哑巴佣人给他送咖啡的时候，他的身体已经僵硬了……不过看上去还满好看：脸刮得清清爽爽，洗得干干净净，还带有那么一点微笑。死对人来说，也是很有意思的，它能改变人的个性！"

阿伯的葬礼是很隆重的。几乎全村的人都出来了，加入了送葬行列，把苏贝朗家最后一个人送到墓地。从圣•莫内还请来了一个唱经班。神甫先生在墓前做了精彩的讲话。他向人们透露说，在阿伯生命中的最后日子里，大慈大悲的上帝宽恕了他这个可怜的罪人。他的话引起菲劳克塞纳、庞菲尔和贝鲁瓦梭先生一阵冷笑。

葬礼一结束，把那大慈大悲的上帝打发回去之后，神甫先生就急急忙忙地去敲响了小学教师家的房门。容光焕发的玛佳丽接待了他。只见桌子上放了一大堆襁褓、围嘴、小衣服，中间还有一个玫瑰红色的小瓷夜壶。

"您好，神甫先生！"玛佳丽说，"我想您来是给婴儿确定洗礼日期的吧？"

"这个么，我们也要谈的。"神甫神秘地说。

学校还在放假，贝尔纳没有课，他坐在妻子的床头上，一只手扶着婴儿的摇车在摇晃着。玛侬那美丽的脸庞还像平日那么红润，金色阳光般的头发像神像的光轮披散在鬓间。他不停地说着，她咯咯地笑着。通过来给他们家做家务活儿的塞丽娜，村子里的人们都知道这一对年轻夫妻在一块儿亲热极了，总是说呀、笑呀、亲吻呀，好像世界上只有他们两个人似的。

当玛佳丽告诉他们神甫先生来登门造访的时候，小学教师感到惊讶，可玛侬却为神甫先生能亲自来家向她表示祝贺而感到十分自豪。

神甫先生首先向沉浸在幸福之中的婴儿的父母表示他的祝贺。然后，他说：

"我当然很清楚，孩子的爸爸并不是一个虔诚的教徒，可我相信，与宗教相比，他更重视政治。所以，我认为他不会阻止孩子的母亲给她的孩子举行洗礼的。"

"当然不会！"贝尔纳说，"我的岳母也会为这件事感到非常高兴的：她愿意做孩子的教母。"

"很好。"神甫先生说，"那么，我建议你们明天就给孩子洗礼。这对新生婴儿来说，第一次抱出门，是有点早。可我的建议是有充分理由的。这个孩子和我们的主诞生在同一天，那么在纪念他的得意信徒圣·让·雷旺热利斯特的这一天给孩子洗礼，是最好不过的了。"

"巧得很，"玛侬说，"我们给孩子起的名字就叫让！"

"这太好了！"神甫先生说，"你们给孩子找到教父了吗？"

"是的，找到了。"玛侬说，"是贝鲁瓦梭先生。"

神甫先生不由皱了皱眉头。

"又是一个不信教的。"他说，"他什么都不信。"

"这我是知道的。"玛侬说，"可他叫让，他曾经受过洗礼的，再说我们也不认识另外叫让的人。"

"行吧。"神甫先生说，"但愿以后他会来找我忏悔，那我将会很高兴的！希望他后天就来找我。现在，我还有另外一个重要使命要完成。"

说着，他从长袍的口袋里掏出一封加了封印的信。

"刚刚去世的塞扎尔·苏贝朗——我很高兴地告诉你们,在他险恶的一生即将结束的时候,又皈依了基督教——委托我把这封信转交给你们。我应当亲手把它交给夫人。"

"给我的妻子?"贝尔纳说,"这就奇怪了,他们之间的关系可从来没有好过的呀!"

"他是个罪人。"玛侬说。

"可他已经得到了宽恕。"神甫先生认真地说,"现在他在上帝的面前接受最终的审判。"

他把信递给了玛侬。

"那么,明天上午十一点钟见。"

他为孩子祝福之后,便抽身离开了。

玛佳丽把神甫先生送出门外,急急忙忙地跑了回来。

"这是怎么回事?"她不解地问。

在玛侬扯开信封之际,贝尔纳把他的两只眼睛瞪得大大的,使得他的额头上都出现了皱纹。

"我从来没跟他说过话。"玛侬说,"可最近几天,他好像鬼迷心窍似的。"

"怎么了?"

"他每天上午都在面包店那儿看着我,然后就跟在我后面,我走到哪儿他跟到哪儿。"

"他一天要到咱们家门前来十次。"玛佳丽说,"他站在那儿,往窗子里看!"

"他那目光也很奇怪。"玛侬说。

"他跟你说话了吗?"

"不,没有。可我看得出,他是想跟我搭话。后来我真的害怕了!你想想看,有一天晚上,我独自一个人在供水塔那儿接水,他站在远处,长时间地盯着看我,当我走开时,他竟给了我一个飞吻!"

"哼!"贝尔纳说,"唉,老年痴呆中染上一点淫荡色彩,这也是常有的事。不信你就看看这封信吧,说不定就是表白爱情的!"

"他对你父亲干了那么些坏事,哼,他只缺少这个了!"玛佳丽愤愤地说。

贝尔纳走过去,坐在床上。一对小夫妻脸贴着脸,开始读起信来。

亲爱的小玛侬:

翁布雷的公证人将告知你,我把我的全部财产都留给了你。

"噢!噢!"丈夫喊道,"真是说得好听!这个老色鬼竟然以'你'相称!"

这将会使你感到惊疑,但这是真话,我在上帝面前保证。有很多土地,还有三座房子,公证人将把这些财产的证书和契约全部交付给你。请特别注意马沙冈那栋小农舍,在厨房里,床的下边,告诉你丈夫去那儿挖,在正中间,在正中间的方砖下面。他掀起方砖,打碎抹的灰泥,清除碎石,他就会找到一个埋在土里的大瓮,里边满满装着的全是金币,一共有六千块。

"六千块金币!"玛佳丽惊叫道,"这怎么可能?他在做梦,要不,他就是在耍弄我们!"

"请您不要急,妈妈。"玛侬说。

说着,她又读了下去。

这是苏贝朗家的财富,这些钱是从革命时期①开始攒起的,留存下来的全在那里了。不过,这不是给你的,而是给你即将出世的孩子,我儿子的外孙的。

"这是什么意思?"玛侬不解地问。

"这意思就是说,"玛佳丽说,"你们的孩子是他的重外孙。"

"这真是荒唐之极!"贝尔纳说,"要不,他是不是把这个孩子当成乌高林的了?"

"别急!"玛侬说,"你听着!"

因为你的父亲,是我的儿子,是我们苏贝朗家的人。我一生失去了他,我还让他受尽苦难而死去,这都是因为我不知道是他。我要是把泉眼告诉他,那他现在还会

---

①指从一七八九年开始的法国资产阶级革命。

吹着他的口琴，你们都会住到我们苏贝朗家的屋子里来。可事实却相反，他被折磨死了。这件事没有人知道，但是在人们面前，甚至在树木面前，我仍然感到愧疚。在村子里，有一个人知道全部情况，要是你对她说，我给你留下了信，她会给你解释清楚的。她就是德莱菲娜，那个瞎眼老太太。你去问她，她会告诉你说，这一切过失，都是由于我去了非洲。看在上帝的分上，请你去问她吧！我没有资格对你说我拥抱你，我一直不敢跟你说话。不过现在，你也许能够原谅我了，能够为可怜的乌高林和可怜的我做几次祈祷了。我该是多么可怜啊！

你想想看，由于鬼迷心窍，我竟从来没有想到过去接近他。他的声音是什么样，我不知道；他的面孔是什么样，我也不知道。我从来没有从近处看过他的眼睛，也许是一双跟我母亲一样的眼睛吧。我所看到的是他的驼背，是他的苦难，而这一切又都是我给他造成的，是我的罪孽。这样，你就会理解了，我的灵魂受到痛苦的折磨，即使下到地狱里去，也不会得到解脱。在天上，我就要见到他了，我并不怕见他，不，恰恰相反。现在，他知道他是一个苏贝朗家的人，他不再驼背了，他也会理解，这一切都是由于愚昧造成的。我坚信，在那里，他不但不会攻击我，相反，他是会保护我的。

永别了，我亲爱的孩子。

你的祖父塞扎尔·苏贝朗

《山泉》的故事

许多著名的长篇小说，为电影赋予了生命。而现在，第一次，电影为一部长篇小说提供了灵感。马塞尔·帕尼奥尔，这位伟大的法兰西"经典"作家同时又变成了一个创新者。

1952年，他拍的电影《泉水玛侬》，是一个山民在他只有十三岁时给他讲述的故事。《泉水玛侬》是对他的家乡普罗旺斯的礼赞，同时也是送给一个女人，贾克琳娜的爱情的颂歌。她在影片中扮演玛侬这一角色。玛侬是一个山林中的野姑娘，一个仙女，一个小魔王，也是一个善良保护神。她把这一人物演得惟妙惟肖，活灵活现，令人十分感动。

十年之后，《童年回忆》获得成功后，马塞尔·帕尼奥尔又有了以小说形式写作的欲望，于是写出了玛侬的故事和她的父亲让·弗洛莱特的故事。这是一部新的代表作。后来，他把它们合在一起，书名《山泉》。

诞生于电影的小说《让·弗洛莱特》，又回归于电影。

1985年，电影艺术大师克洛德·贝里决定将这部巨著完整地搬上银幕。摄制组在小说故事发生地，欧巴涅的山林中，安营扎寨。用九个多月的时间，以一种忠实完美的精神进行拍摄。克洛德·贝里将创作出一部在法国电影史上里程碑似的作品。

马塞尔·帕尼奥尔年表

马塞尔·帕尼奥尔诞生于1895年2月28日,欧巴涅镇。
父亲乔塞夫,生于1869年,小学教师。母亲奥古斯汀·朗索,生于1873年,是裁缝。他们1889年结婚。
1898年,他的弟弟,小保尔出生。
1902年,他的妹妹,热尔曼娜出生。
1903年,马塞尔在距欧巴涅镇不远的特莱尔度过他的第一个假期。
1904年,他的父亲应约赴马赛任职,全家也安置在那里。
1909年,他的小弟弟,莱内出生。
1910年,奥古斯汀去世。
马塞尔就读于马赛的莱耶尔中学,完成他的全部中学学业。后进入埃克斯-普罗旺斯大学,获文科(英语)学士学位。
他与几位同窗好友,创立文学性杂志《幸运》,即《南方笔记》的前身。
1915年,在特拉斯贡获得教授助理资格。后在帕米耶、埃克斯等不同的学校授课。
从1920年至1922年,他作为教授助理和走读学校辅导教师,在马赛任教。
1923年,他被邀在巴黎恭道尔中学任职。
他撰写多幕话剧剧本《荣耀商人》(与保尔·尼乌阿合作),之后是《爵士乐》,这是他的首次成功(1926年,在蒙特-卡罗、巴黎艺术剧院上演)。
1928年,《托帕兹》(作品集)出版。在几个星期之内,他变成了名人,奠定了他真正剧作家的地位。
几乎同时,《马里留斯》上演(1929年,巴黎大剧院)。他的另一个大成功,是首次聘用喜剧大师莱秘饰演《凯撒》一剧中的凯撒大帝，使这一人物成了不朽的艺术形象。

莱秘直到去世（1946 年），一直是他的好朋友和最为喜爱的喜剧演员。

1931 年，亚历山大·高尔达与马塞尔·帕尼奥尔合作，拍摄电影《马里留斯》。对马塞尔·帕尼奥尔来说，他的这部电影正与有声电影的起始相呼应，而他漫长的拍摄电影的生涯，以 1954 年的《磨坊书简》为结束。

1931 年至 1954 年，他编写了 21 部电影剧本。

1945 年，他娶贾克琳娜·布维耶为妻。他将赋予她多个电影角色，特别是《泉水玛侬》中的玛侬。

1946 年，他被选为法兰西学院院士。同一年，他的儿子佛雷德里克出生。

1955 年，《犹大》在巴黎大剧院首演。

1956 年，四幕剧《法比让》在巴黎上演。

1957 年，《童年回忆》的前两卷《父亲的荣耀》和《母亲的城堡》出版。

1960 年，《童年回忆》第三卷《秘密时光》出版。

1963 年，包含《让·弗洛莱特》和《泉水玛侬》的《山泉》出版。

最后，1964 年，《铁的面具》面世。

1974 年 4 月 18 日，马塞尔·帕尼奥尔逝世于巴黎。

1977 年，在他逝世后，《童年回忆》第四卷《爱的时光》出版。

马塞尔·帕尼奥尔作品目录

1926 年　《荣耀商人》，与保尔·尼乌阿合作。巴黎，L'Illustration。
1927 年　《爵士乐》，四幕剧。巴黎，L'Illustration。Fasquelle，1954。
1931 年　《托帕兹》，四幕剧。巴黎，Fasquelle。
　　　　《马里留斯》，四幕六场剧。巴黎，Fasquelle。
1932 年　《法尼》，三幕四场剧。巴黎，Fasquelle。
　　　　《旋转》。巴黎，Fasquelle（Charpentier 图书馆）。
1933 年　《约夫华》。马塞尔·帕尼奥尔电影，取材于让·吉奥诺的《谟商的约夫华》。
1935 年　《麦尔吕斯》，为电影准备的原始剧本。Petite L'Illustration，巴黎，Fasquelle，1936。
1936 年　《西卡隆》。巴黎，Fasquelle。
1937 年　《凯撒》，两幕六场喜剧。巴黎，Fasquelle。
　　　　《勒乾》，马塞尔·帕尼奥尔根据让·吉奥诺小说拍摄的电影（收入《可阅读的电影》）。巴黎-马赛，马塞尔·帕尼奥尔。
1938 年　《面包师傅的妻子》，马塞尔·帕尼奥尔电影，根据让·吉奥诺小说《蓝色的让》改编。巴黎-马赛，马塞尔·帕尼奥尔。Fasquelle，1959 年。
　　　　《勒斯浦恩兹》。收入《可阅读的电影》。巴黎-马赛，马塞尔·帕尼奥尔。Fasquelle，1959 年。
1941 年　《掘井人的女儿》。电影，巴黎，Fasquelle
1946 年　《初恋》。巴黎，复兴出版社。皮耶勒·拉富作插图。
1947 年　《笑的音符》。巴黎，Nagel。
　　　　《加入法兰西学院的演讲》，1947 年 4 月 27 日。巴黎，Fasquelle。
1948 年　《美丽的女磨坊主》。依照弗朗兹·旭拜尔的音乐曲调而编写的电影剧本及对话（收入《电影大师》）。巴黎，塞尔勒夫出版社。
1949 年　《批评的批评》。巴黎，Nagel。

1953 年	《小天使》。巴黎，Fasquelle。
	《泉水玛侬》。蒙特-卡罗制作。
1954 年	《我的磨坊三封书信》。根据阿尔方斯·都德作品改编的电影剧本及对话。巴黎，Flammarion。
1955 年	《犹大》，五幕剧，蒙特-卡罗，Pastorelly。
1956 年	《法比让》，四幕喜剧。巴黎，玛提尼翁大街第二剧场。
1957 年	《童年回忆》第一卷：《父亲的荣耀》。蒙特-卡罗。Pastorelly。
1958 年	《童年回忆》第二卷：《母亲的城堡》。蒙特-卡罗。Pastorelly。
1959 年	《马塞尔·阿萨德在法兰西学院接受新院士的欢迎讲演及马塞尔·帕尼奥尔的回敬讲话》，1959 年 12 月 3 日，巴黎，Firmin Didot。
1960 年	《童年回忆》第三卷：《秘密时光》。蒙特-卡罗，Pastorelly。
1962 年	《山泉》第一卷：《让·弗洛莱特》。巴黎，普罗旺斯出版社。
1963 年	《山泉》第二卷：《泉水玛侬》。巴黎，普罗旺斯出版社。
1964 年	《铁的面具》。巴黎，普罗旺斯出版社。
1970 年	《向星空祈祷》、《卡迪艾勒》、《巴黎电影业的膨胀》、《约夫华》、《纳侬斯》。巴黎，作品全集，正直男人俱乐部。
1973 年	《铁面具的秘密》。巴黎，普罗旺斯出版社。
1977 年	《余松夫人的玫瑰花》、《上帝的秘密》。巴黎，作品全集，正直男人俱乐部。
	《爱的时光》，童年的回忆。巴黎，Julliard。
1981 年	《隐情》。巴黎，Julliard。
1984 年	《两眼忧郁的小姑娘》。巴黎，Julliard。

马塞尔·帕尼奥尔电影目录

1931 年	《马里留斯》（亚·高尔达导演）
1932 年	《托帕兹》（路易斯·加斯尼耶导演）
	《法尼》（马尔克·阿雷热尔导演，马塞尔·帕尼奥尔监制）
1933 年	《约夫华》（根据让·吉奥诺的《谟商的约夫华》改编）
1934 年	《小天使》（根据让·吉奥诺的《一个博米涅人》改编）
	《330 条款》（根据库特林作品改编）
1935 年	《麦尔吕斯》
	《西卡隆》
1936 年	《托帕兹》（第二版）
	《凯撒》
1937 年	《勒乾》（根据让·吉奥诺作品改编）
1937-38 年	《勒斯浦恩兹》
1938 年	《面包师傅的妻子》（根据让·吉奥诺作品改编）
1940 年	《掘井人的女儿》
1941 年	《向星空祈祷》（未完成）
1945 年	《纳依斯》（根据爱弥儿·左拉作品改编，莱蒙德·拉部合西耶导演，马塞尔·帕尼奥尔监制）
1948 年	《美丽的女磨坊主》
1950 年	《余松夫人的玫瑰花》（根据居伊·莫泊桑作品改编，让·博耶导演）
	《托帕兹》（第三版）
1952 年	《泉水玛侬》
1953 年	《狂欢节》（根据埃·马邹德作品改编，亨利·韦尔纳伊导演）
1953-54 年	《我的磨坊书简》（根据阿·都德作品改编）
1967 年	《徐西南的神父》（根据阿·都德作品改编）

图书在版编目（CIP）数据

山泉：泉水玛侬 /（法）马塞尔·帕尼奥尔著；马忠林，孙德艿译. -- 上海：华东师范大学出版社，2018
（独角兽文库）
ISBN 978-7-5675-8639-0

Ⅰ. ①山… Ⅱ. ①马… ②马… ③孙… Ⅲ. ①长篇小说－法国－现代Ⅳ. ①I565.45

中国版本图书馆CIP数据核字（2019）第006048号

MANON DES SOURCES by MARCEL PAGNOL
Editions de Fallois © Marcel Pagnol, 2004
This edition arranged with Editions de Fallois through Big Apple Agency, Inc., Labuan, Malaysia.
Translation copyright for the Simplified Chinese edition © 2019 by Shanghai Sattapanni Culture Development Co., Ltd.
All rights reserved.

上海市版权局著作权合同登记 图字：09-2018-060 号

山泉：泉水玛侬

著　　者　（法）马塞尔·帕尼奥尔
译　　者　马忠林　孙德艿
项目编辑　许　静　朱晓韵　史芳梅
审读编辑　陈　斌
封面设计　卢晓红

出版发行　华东师范大学出版社
社　　址　上海市中山北路3663号　邮编　200062
网　　址　www.ecnupress.com.cn
电　　话　021-60821666　行政传真　021-62572105
客服电话　021-62865537
门　　市　（邮购）电话　021-62869887
地　　址　上海市中山北路3663号华东师范大学校内先锋路口
网　　店　http://hdsdcbs.tmall.com

印　刷　者　上海中华印刷有限公司
开　　本　850×1168　32开
印　　张　11.00
字　　数　207千字
版　　次　2019年3月第1版
印　　次　2019年3月第1次
书　　号　ISBN 978-7-5675-8639-0/I.1992
定　　价　67.00元（精装）

出 版 人　王　焰

（如发现本版图书有印订质量问题，请寄回本社客服中心调换或电话021-62865537联系）